大鱼文化传媒　　大鱼文学

明明动了心

MING MING DONG XIN

维和粽子

著

贵州出版集团
贵州人民出版社

图书在版编目（ＣＩＰ）数据

明明动了心 / 维和粽子著. —— 贵阳 : 贵州人民出版社,
2016.1（2020.1重印）
ISBN 978–7–221–13079–2

Ⅰ.①明… Ⅱ.①维… Ⅲ.①言情小说 – 中国 – 当代
Ⅳ.① I247.5

中国版本图书馆 CIP 数据核字 (2016) 第 016441号

明明动了心

维和粽子 著

出版统筹　陈继光

选题策划　欧雅婷

责任编辑　陈继光　潘　媛

流程编辑　潘　媛

装帧设计　刘　艳

封面绘制　林　田

出版发行　贵州人民出版社（贵阳市中华北路289号　邮编550001）

印　　刷　三河市华东印刷有限公司

开　　本　32开（889mm×1194mm）

字　　数　283千字

印　　张　9

版　　次　2016 年 3 月第 1 版

印　　次　2016 年 3 月第 1 次印刷

　　　　　2020 年 1 月第 2 次印刷

书　　号　ISBN 978–7–221–13079–2

定　　价　39.80元

明明动了心

Ming ming dong le xin

-001- **楔子**

-005- **第一章**
林景颜相亲十次，至少有九次是败在林然身上

-024- **第二章**
季铭笑着说，目光却看向了林景颜：『好久不见。』

-042- **第三章**
林然稍稍弯腰，侧头，吻上了林景颜。

-060- **第四章**
妄想着有一天……你会和我怀抱着相同的感情……

-085- **第五章**
从没像现在这样失控过。

-106- **第六章**
那就再干脆地拒绝我一次。

-128- **第七章**
能把她纯情的林然还回来吗？

-157- **第八章**
该来的迟早要来……

目录
CONTENTS

明明
动了心
Ming ming
dong le xin

目录
CONTENTS

-181- 第九章
她实在无法想象一个男人可以卑鄙无耻成这样。

-197- 第十章
久别重逢。

-211- 第十一章
阔别四年的吻，浓郁得令人喘不过气。

-229- 第十二章
你真的……没看出来，我快嫉妒得发疯了吗？

-249- 第十三章
这一生，总有些人，适合你用尽全部的生命，去爱。

-268- 番外一 后日谈

-272- 番外二 家庭旅行

-277- 番外三 Magic

-280- 后记

机场，早晨。

飞机滑行了很长一段，才慢慢停下来，邻座是个带着小孩儿的妈妈，飞机下降时孩子哭喊得尤其厉害，她时不时看向林景颜表示抱歉，林景颜笑笑让她不用在意。

取走行李，林景颜从通道出去，就看见了商周。

商周依然是非常绅士的打扮，手里拿了一捧向日葵，发现林景颜时，他微微一笑，上前两步，随手接过林景颜的拉杆箱："原本还有两个记者想要随行来采访你，不过被我拒绝了，说你舟车劳顿，让他们等两天再登门拜访。"

"你果然还是一如既往的体贴。"林景颜半调笑道。

"那是自然。"商周毫无压力收下恭维，"既然要待一阵子，我给你租了一个小套间，位置还不错，室内我也特地叫人布置过。"

商周的不错自然是很不错。

白墙红瓦，闹中取静，中式与欧式结合的建筑，简单的复式结构，白色家具羊绒地毯，陈设富有浓郁的艺术气息，透过二楼阳台，可以遥遥望见江景。

价格当然也很美妙。

"不用担心，用你画的预付金垫付的，我租了三个月，即使再住一年间题也不大。"

林景颜伸了一个懒腰，将商周送的向日葵修剪好，放进花瓶里："我没想过会这么顺利。"

"我可不是吃白饭的。"商周倚靠在门边，笑笑，"你对自己要有点儿信心，杜瑟尔多夫美术学院的优秀毕业生，杰出学院奖获得者，年纪轻轻就得到世界级绘画大师梅斯特先生的认可。如果你的画都卖不出去，那这个行业也未免太过凄惨。"

"哈哈……年纪轻轻？"

"相对于整个行业来说，你这个年纪也只能算是个初出茅庐的新人。"

商周是个风投商人，但出于个人兴趣，他的投资主要在艺术领域，和林景颜艺术家的父亲是旧相识。

当然，没有他，林景颜也没法这么顺利地申请到学校与资金就读。

现在想来，已经恍如隔世。

她很感激商周在她最困难的时候伸出援手，不管是不是为了偿还她父亲的人情，所以在小有所成之后，和商周签订了经纪约，支付高昂的代理费委托他进行她画作的全权代理。

他有一整个完整的商业运作体系，来保证他资助的艺术家们不被饿死，还能得到不错的物质生活条件以继续创作，林景颜勉强也能算其中一环。

对此，商周侃侃而谈，他不认为艺术和商业化是对立的，有多少人在成为梵·高之前就已经先饿死了，经济基础以及确保自己活下来同样重要，尤其艺术创作与学习是件相当烧钱的事情，他就充当了这么一个中介的角色，让他选择的艺术家们可以毫无顾虑地创作，而他负责所有的商业化行为。

林景颜认识商周的时候，他的这项事业还在起步阶段，如今商周每年在世界各地组织策划或者参与的画展艺术展音乐会的规模和数量说出去都能吓死人。

原本商周是不用亲自来接她的，不过毕竟相识，他又正巧在这儿，就干脆地做了一回地主，虽然……这里也是林景颜从小生活到大的城市。

"好了，休息休息吃个午饭，我们就去画展吧。"

其实这才是林景颜非要赶在今天回来的目的。

18世纪到19世纪法国油画作品大展，算是近年来最大的一场油画展览，汇集了大量的世界级名家名作，相当大手笔，光是画作的投保金就令人瞠目结舌，营销也做得铺天盖地，参观人数多得展览方不得不进行定期放票政策，以保证不会有过多的人堆积在展馆内。

商周拿到的票期是下午两点到三点的，正好饭后的时间。

坐在车上，商周问林景颜回国有什么感想，她望着窗外，脑海里一片空白。

离开时简直是狼狈到了极点，用落荒而逃形容都毫不为过，痛苦难堪心力交瘁，也许这一生她都很难忘记那时的感觉。

把父亲留给她的钱留给母亲，又将还在还贷的房子连着贷款转手卖了出去。

辞去工作，去往陌生的城市。

一切归零。

"没有，什么感想也……没有。"

他们到时还不算太迟，只排了一会儿的队，就拿着门票进场了。

场馆很大，按照流派分为好几层，林景颜拿了张场馆介绍的宣传册子稍微看了看，两人便准备沿着楼梯一层层逛上去。

商周虽然不是科班出身，但对画的研究也不少，两个人边聊边逛，时间过得也很快。

到第三层时，林景颜的目光停留在一幅画上。

《Leave/ 别离》——这幅画的名字。

完全由深色调构成的画作，深黑近蓝的巨大天幕，深灰的道路，纯黑的鸟雀身影……只有在画作边缘才有几抹较浅的灰白色，画面整体扭曲而阴冷，极富冲击力和感染力，可以想象画家在绘画时近乎歇斯底里的情绪，仅仅是站在画前，就能感受到扑面而来的悲伤与绝望，心死如烬。

林景颜按住心脏，共鸣太过强烈，她深吸了几口气，慢慢让自己平复下来。

她转头去找商周，却在下一刻瞳孔剧烈地收缩。

同一幅画前，立着一个人。

恰到好处的西装，系着恰到好处的领带，手腕间的袖扣闪烁着低调的华丽，一看便知这身行头价值不菲，然而穿在这个人身上却并不让人觉得张狂，反而温文内敛，光华自蕴。他的脸庞有着与沉稳气质并不相符的年轻，唇畔浅浅扬着，在笑，一种出于礼貌和教养的笑容。

林然。

转身，林景颜就想离开。

"景……林景颜？"温润的男声低低响起，有几分诧异。

林景颜停下脚步，犹豫着是否装作没听见。

商周的声音响起："……景颜，这是你熟人吗？"

她缓缓回身，点头。

"介绍一下吧。"商周微笑，他是个商人，自然有商人的秉性，遇到适合结交拓展人际的人，便不会放过。

"林然，我……"她停顿了一下，"我前继父的儿子。"

"那就算是你弟弟了？"

"嗯。"这句是林然接的，他笑了笑，"她做了我很多年的姐姐。"

站在一边的林景颜忽然心绞痛了一瞬，过去他从不肯承认他是她的弟弟，坚持着不肯叫姐姐，而现在轻而易举便选择了承认。

四年前。

"林小姐想吃点儿什么？"

对面坐的男人是她的相亲对象，在本地有几套房产，名牌大学硕士，金融行业高管，据说年收入不菲，家境富裕——他的父母和上面一个哥哥一个姐姐全部是银行系统的，且都职位不低，另有一个哥哥是开公司的，公司运营良好收入颇丰。介绍人说他的脾气很好，人很随和，没有不良嗜好，喜欢小动物，厨艺也不错，因为学业紧张加上工作太忙才来不及谈恋爱。

这样的条件似乎让对方才一米六几的身高和其貌不扬的长相也并不是那么难以接受。

至少，看起来像是个能踏实过日子的人。

比上不足下有余嘛。

当然，在四年前，不，两年前，这样的男人她连看都不会看一眼。

年轻的时候总想着要在茫茫人海中找到一个优秀完美的男人，然后和这位白马王子谈一场轰轰烈烈肝肠寸断生死与共的恋爱，最后和王子幸福地生活在一起。但长大了才发现，别说白马王子了，能找到一个条件过得去不渣不劈腿不打女人且不是 gay 的男人，并且两个人都看对眼了，就已经非常不容易了。

林景颜翻了翻菜单，巧笑倩兮："张先生，你决定吧。"

此刻若有熟人在，看到林景颜这副样子，大概会大跌眼镜。

没错，她是个美人，那一头栗色的长鬈发也让她显得慵懒性感，不过林景颜的日常是爽朗大笑、哈哈大笑、捂着肚子捶墙大笑……很少露出这种非常女人味的笑容。

在相亲失败了这么多次之后，她打定主意，至少在和对方熟悉之前，不要暴露本性。

点的菜上来了，两人边吃边聊，张先生聊了没几句就把话题扯到工作上。林景颜大学学的文科，毕业又在广告公司上班，对金融一窍不通，只能随便应付两句。好在她接待客户的经验也不少，虽然只是应声配上专注的神色和脸上的笑容，也并不给人敷衍的感觉。

一顿饭后，张先生似乎也并不急着回去，问她之后有什么安排，没事要不要去看场电影。

林景颜正想着有时间去看看新上映的片子，想也没想就应下。

不过出门的时候就略有些尴尬了。

林景颜一米六八，尽管只穿了平底鞋，也显得过分高挑，而她这一衬托，对方的身高劣势就更明显。林景颜尚不觉得如何，张先生的脸上却明显露出局促神色。

林景颜无声地在心里叹了口气，如果对方是那种自尊心特别强的类型，那么告吹的可能性很高，就算她再怎么努力，做小鸟依人状还是太勉强了。

电影院外。

张先生去买票，林景颜坐在休息的座位上百无聊赖地玩着手机。

耳边一对小情侣争执的声音打断了她的思绪。

"……你看那边那个男的做什么？"

"我哪有，你别诬赖我，我在看电影海报呢。"

"看电影海报看这么久？眼睛都快长到那边去了！"

"我说你这个人怎么乱吃飞醋了啊，就算我看了又怎么样，人家长得帅我还不能多看两眼吗！刚才在街上你的眼睛还不是一直盯着路边那个短裙妹看！"

"不跟你这种没见识的女人计较！"

林景颜忍俊不禁，眼睛倒是好奇地望过去，想知道那位祸水先生长什么样。

刚侧头，下一瞬间就看见鹤立鸡群般出现在纷扰的人群中的颀长身影，宽肩窄臀，黑色短碎发柔软垂到颈侧，露出一截白皙的脖子。的确惹眼，周围瞄他的女生也不止方才一个。

但待反应过来那是谁后，林景颜瞬间僵硬。

她下意识地条件反射就是赶紧开溜，不巧的是那个人此时正转过身，并在发现林景颜后的下一秒朝她走来。

"你怎么在这儿？"

温和的声音平静得过分，却让林景颜心里咯噔了一下。

她现在看到他活像看到了催命的阎王，千瞒万瞒，没想到居然会直接碰上。

暗叹了一声运气实在太背了，林景颜努力笑道："当然是来看电影的。"

林然打量一下四周，似乎并没有发现什么，但一双眼睛里还是写满了怀疑："……相亲？"

林景颜摆摆手："不是，你就别管了，你赶紧……"

"为什么瞒着我？"

年轻男人站在她面前，和之前她的相亲对象形成了鲜明对比。

林然在纯白衬衣外穿了一件深蓝色的薄线衫，长腿被牛仔裤勾勒得修长笔直，一张脸干净清澈得活像偶像剧男主角，跟开了滤镜似的。

这家伙从小到大都这样，那不食人间烟火的劲，硬生生把身边人都衬得市侩了。

很多时候她还是挺为这件事骄傲的，但绝不是现在。

其实相亲最初林景颜是真没想瞒着林然，她甚至还带着林然一起去——毕竟林然是她名义上的弟弟，姐姐相亲，弟弟跟着去参谋，没什么不对的，可问题就出在林然身上，他实在太优秀也太挑剔了。

林景颜去相亲的头十次，至少有八九次是败在林然身上。

之前的相亲对象，也并非没有林景颜中意的，条件差的男人在看到林然的时候就开始退缩，而条件好的男人，则在林然的种种要求和质问下，败下阵来，拂袖而去。

当然，林然的态度没林景颜形容的这么糟糕，自始至终他都温和微笑，谦和有礼，逐条提出自己的不平等条约，甚至用自己的条件来做衡量标准。

"你既然要娶景颜，自然不可能比我要差。"林然温文地说。

林氏的独子，唯一的继承人，一流名校硕博连读，连年奖学金获得者，前途坦荡的学霸，就算这些都不看，光是林然的身材脸蛋就够一群人相形见绌了。

几次下来，林景颜不禁怒从中来："林然，你是不是故意的？次次都搅局！你就不能稍微放过我一次吗？"

"他们不适合你。"林然平静而真诚地道，"我希望你过得幸福，在一起、结婚都是很慎重的事情，我希望你不要草率。"

为了证明自己的话，他把那些和林景颜相亲过的对象的资料都整理到一起，用做研究般的认真严谨跟林景颜逐个分析他们与林景颜不适合的地方，他甚至连结婚生子住房问题孩子学区都考虑到了，让林景颜连辩驳都十分无力，而且林然到底是好意。

只是，这世上哪有能完美合适的人，在一起难道不就是互相磨合吗？

无可奈何，就算她不带林然去，林然也还是会去搅局，她只好瞒着他偷偷去相亲。

没想到头一次运气就这么背。

林景颜还没回话，就先被一个女声打断了。

"林然，电影快开场了，快进场吧。"

林然转头，对那个女孩子笑了笑："稍微等一下，我还有事，迟一点儿进去。"

林景颜看了一眼，那个女孩子和林然过去那些年轻时髦的漂亮女朋友不同，只穿了简单的 T 恤牛仔裤，素面朝天扎个马尾，看起来就像涉世未深的学生妹。林景颜见状不由得促狭一笑，戳了戳林然，八卦心起，兴致勃勃道："新女朋友？你小子换口味了？"

"不是。"林然否认道，"只是一个实验室的同学。"

林景颜继续戳戳他："别装了，同学哪有一起出来看电影的……老实交代吧，来，姐姐也帮你把把关。"

林然无奈道："不止她。"他指了边上几个青年男女，"刚做完一份研究报告，正好没事，实验室里的几个人就一起来看电影了。"

林景颜有些遗憾，同时又有些感慨。

年轻人真好，出门都成群结队的。

"别岔开话题。"林然挡住林景颜的视线，"相亲对象是谁？在……"

"林小姐，我还买了些爆米花，不知道你……"张先生买完票回来，看到林然和林景颜在一起，愣了愣，"这位是……"

林景颜暗叫一声糟糕，刚才就不该跟林然废话这么久，早点儿摆脱他才是正道。

不过此时也来不及了。

她拉过林然的手臂，尽量自然地笑着道："介绍一下，这是我弟，林然。这位是张先生。"

张先生反应过来，也笑："令弟真是一表人才。"

林然的眼睛在张先生的身上打量了一会儿，随即露出无可挑剔的温和微笑，这让他看起来十分亲切："张先生，您好。看样子您似乎是我姐姐的相亲对象。"

张先生有点儿不好意思，但还是点头。

"不知道您对未来有什么打算呢？"

"未来？"

"是的，结婚生子成家立业。物质我们姑且先不提，不知道您一周有多少个小时在家，是否抽烟喝酒，除去工作时您有什么消遣……"林然的声音仍是彬彬有礼，洋洋洒洒问了一通。

不知道是憋久了还是跟林景颜赌气，林然这随口就来的问题比之前几次还详细繁复些。

他语速快又清晰，让林景颜连打断他的机会都不给。

张先生的脸色顿时就有些不好看。

张先生的择偶标准其实不包括林景颜身高这么高的，但他看林景颜长得漂亮脾气也好才想着处处看，谁知道对方的家人竟然会这么刁难……而且不得不承认，他和林景颜的弟弟站在一起，对比鲜明得不止一点半点。

等临时发现有急事的张先生离开后，林景颜怒瞪着已经不记得是第几次搞砸她相亲的弟弟，深深吸了一口气："林然，你到底是什么意思？"

林然目光沉沉，竟然看着像比她还难过："为什么要这样委屈自己？我不信你真的会看上这样的男人。"

"我是在找结婚对象，不是恋爱对象！"

林然轻叹："那也总要挑挑，你不能这么随便就……"

"我又不是定了他已经在谈婚论嫁，只是认识了相处看看！"林景颜气结，"而且我没得挑难道不是因为你一次又一次给我的相亲捣乱，你以为适合我年纪条件完美又没有女朋友的男人这么好找吗？"

林然垂下了头，弧度优美的薄唇轻轻抿起。

"抱歉。"

他说。

她以为林然会跟她争执，没想到居然会示弱，她瞬间就泄了气。

沉默片刻，她问："你电影不看了吗？"

林然看了一下时间："已经开演，来不及，不去了。"

"那就陪我去吧，正好两张电影票。"林景颜把方才张先生买的票和爆米花一股脑塞给林然，空着的手自然而然揽住林然的肩膀，像搂哥们儿似的，"走吧。"

林然看向林景颜揽着他的手，眸光暗了暗，说："好。"

既然是为了相亲而看的，张先生特地精心挑选了一部文艺爱情片。

偌大的播放厅里只零零散散坐着几对情侣，林景颜最不喜欢看的就是爱情文艺片，在电影开场十分钟后，就开始打瞌睡。林然早习惯她这个反应，转头看见林景颜歪着头昏昏欲睡，主动将肩膀靠过去，林景颜的头便自动自发地靠上林然的肩膀。

林然伸出手，修长手指将林景颜有些凌乱的长发理好，而后一动不动地坐着。

整场电影讲了什么林然已经不记得了，他只记得林景颜眼角的那颗泪痣，在电影院昏暗的光线下，美得让他心跳加快。

林然并不是林景颜的亲弟弟。

虽然他们一个姓，但那仅仅是巧合。

林景颜十六岁那年，她母亲许如琪改嫁给了林然的父亲林深，四个人也从此生活在一个屋檐下。

老实说，一开始她并不喜欢林然。

林景颜对母亲这桩婚姻从头到尾都持着抵触和排斥的态度，她不希望自己的母亲嫁给父亲以外的人，也不希望母亲被人戳着脊梁骨说攀附权贵。尽管那个有钱的林叔叔看起来十分温文儒雅，比她的艺术家父亲看起来可靠许多，她也没有丝毫改变念头的意思。

而林然只能说是被迁怒的。

林然长得和林叔叔很像，就连性格也像了个十成十，小小年纪就沉稳乖巧，嘴角含笑。

不过孩子到底是孩子，当林景颜一而再再而三地无视了他，并且同住一个屋檐下就当他不存在的时候，林然的自尊心发作，也将林景颜视为无物——当然，这是在私底下，有人的时候他依然还是那个听话乖巧的好孩子。

于是，林景颜越发讨厌起了这个虚伪的弟弟。

许如琪为了改善自己女儿的看法，在她人生中少有地强势了一把，强硬地将林景颜转学到了林然所在的实验中学，全市最好的中学之一。

林景颜读高一，林然读初一。

在一个学校也没有任何改变，高中部本来就和初中部离得颇远，两年来，虽然上学放学都是一条路，但两个人几乎没怎么遇到过。林然由专门的司机送去学校，而林景颜坚持自己骑自行车上学。

林然初三那年，已经非常出名了。

虽然没有接触，林景颜却还是能零星地听到有关林然的传闻。

不止因为成绩优异，初三就拿了好几个竞赛的奖项，更因为那张毫无争议的校草脸。此外再加上脾气好，人缘好，家境好，林然想不受欢迎都很难。

就连高中部都隐约有女生在传："哎，你知道不知道初中部那个白马王子林然，我上次去看了一下，又帅又有气质，而且看起来生嫩生嫩的。"

"啊，你也去看了吗？真的好帅……唉，我要是年轻几岁就好了。"

林景颜直观地感受到是在校运动会上，初中男子四百米组，林然在最内侧的跑道。

而跑道最外侧，十几个女生自发组织了啦啦队，还扯了一条"林然必胜"的横幅挂在上面，林然一开跑，便声嘶力竭地给林然叫加油，那阵仗大得连隔了大半个操场的林景颜都吓了一跳。

不负众望，林然拿了第一。

刚走下跑道，冲上去递水递毛巾的女生就把林然团团包围住了，女生叽叽喳喳"恭喜"声此起彼伏。

简直令林景颜叹为观止目瞪口呆。

高三的课业很重，林景颜常自习到很晚才离开。

高中部在里面，初中部在外面，每次林景颜骑车离开都会经过初中部的门口，那天大概是一时兴起，随便张望了两眼，竟意外地在初中部大门墙柱边看到一个孤零零被夕阳拖得长长的影子。

当她发现那个靠墙站着孤苦无依的竟然是林然时，对方也看到了她。

犹豫了一会儿，她还是出声问："怎么了？接你的人呢？"

林然没吱声。

林景颜看了一下时间，已经七点了，就算是初三也早都放学了。

"没人来接，你就不会坐公交车或者走回去吗？"

那时候她怎么也没想到林然林大公子从没坐过公交车，也完全不认得回家的路。

看见林然沉默着将视线移开，俊脸似乎有些红，林景颜在帮与不帮上犹豫了一秒，脚下一蹬，一个摆尾把自行车后座转向林然，继续用方才那个淡定的口气道："上来吧，我带你回去。"

回家的路上有一段不短的上坡，骑了一段，林景颜就开始后悔。没等她开口，林然倒是主动跳下了车，对她说："换我来吧。"

林景颜狐疑地看着毫无常识的林然："你会骑车吗？"

林然摇了摇头，但很快道："我可以学……看起来不是很难，只要蹬那个脚踏板就好了吧？"

他作势要上车，被林景颜硬拽下来。

"不用了！"林景颜坚定道，"这段上坡我们走过去就好，后面也不远了。"

夕阳西下，天际边只剩下一抹黑红的深影。

两个人的身影同时被拉得很长，像两条并行的轨道。

十五岁的林然已经抽芽似的长到了一米七五以上，比林景颜还高小半个头，再过两年应该会更为可观，肩膀也会更宽厚一些——到时候应该会更受女孩子欢迎吧，林景颜似想非想。

两年没怎么说过话，再开口都不知道找什么话题，只余下一片尴尬的沉默。

"你还在讨厌我吗？"林然先打破了沉默。

林景颜干笑两声："我什么时候讨厌过你？"随即又补充，"只是不太喜欢你而已。"

林然苦笑："这有差别吗？"

"当然有，讨厌是表达负面情绪，而不喜欢仅仅是个中性词。"

对于林景颜的强词夺理，林然无语了，突然他深吸了一口，像是做了什么重大决定一般，低声道："我说……我们和解吧，总归生活在一个屋檐下，没有必要……"

"好吧。"

"你不答应也……哎？"

林景颜耸了耸肩："那就和解吧。"

"这么简单吗？"

其实林景颜早就想通了，她都十八了，跟个孩子置什么气，更何况这件事，受害的又不止她一个，林然也算是受害者，只是他脾气好接受得快罢了。不过一直以来林景颜没找到台阶下，便就这样不咸不淡地过下去了。

"怎么，你还想波折一点儿……"

"我不是这个意思！"林然对林景颜展露出一个腼腆又灿烂的笑容，"只是……只是有点儿不敢相信。"

林景颜差点儿被美少年的笑容晃花。

之后，林然买了辆蓝色山地车，周末在院子里学着骑，准备到时候骑车跟林景颜一起上学。做习题做到一半的林景颜，出来倒水喝，便听到院子里丁零哐当的声音，林然学车的方式真是简单粗暴到不忍直视，就是——摔，骑，接着摔，再骑。

管家大叔心疼得要死，想上前帮忙却被林然断然拒绝。

最后还是林景颜瞅着他手臂膝盖上的青肿，实在看不过眼，过去帮林然扶住车尾，一边推着他前进，一边告诉他骑车的诀窍。

虽然方向感和平衡感都不怎么样，但林然毕竟聪明，没过半小时就能自如掌控。

骑车上学其实是件锻炼身体的好事，可惜对林然来说可能有点儿麻烦……原本天天坐车上下学倒是省事，骑了车之后，不断有女生在路上攀谈偶遇，而他的车也总是出问题……此外，还有不少人开始风传富家少爷林然家破产、不得不骑自行车上学的八卦。

林景颜对他这个状况有点儿幸灾乐祸，但毕竟高三，她自己也忙得够呛，连幸灾乐祸的时间都不太够。

和解后，林然有什么不懂的题目，也会来问林景颜，平日里学习有什么有趣的事情也会彼此分享，关系倒是越发好了，不过也就到此为止。

后来林景颜去外地上大学，三年后林然也跟着考了过来时，林景颜还微微诧异。

她上的学校虽然也算不错，但离国内 TOP 还有段距离，而以林然的成绩是妥妥能上 TOP 的，更何况他还有那么多可以保送的竞赛奖。

林然却只轻描淡写道："考砸了。"

林景颜以为他考砸了心情失落，顿时怜惜心起，拍着林然的肩膀大气道："没事没事，在这儿上也不错。以后在学校，发生什么都可以来找我！有我罩你！别怕！绝对没人敢欺负你！"

这一罩就又是那么多年，如今林然都已经研二了。

看着一表人才、招蜂引蝶仍似当年的林然长得越发风度翩翩、气质出众，个子也蹿到一米八五，整个人仿佛从言情小说里走出来的男主角，林景颜有种吾家有儿初长成的感觉，既欣慰又感慨。

她揉着眼睛，从电影院出来，长长叹了口气："唉……"

林然误会了她的意思，突然道："以后我尽量不破坏你的相亲……"温润的声音停顿了一下，有些艰难，"别急着结婚。这么多年了，你总该找个人，再好好谈一场恋爱。"

"我在找啊……"林景颜抗议。

"还是说……你仍然忘不了季铭？"

只是听见这个名字，林景颜便瞬间心脏抽疼了一瞬。

疼，是真疼。

不过再疼也已经是过去的事情了。

林景颜扯了扯嘴角，道："怎么可能，他算老几。别提这个人了，扫兴，我们聊点儿别的……你之前那女朋友呢？"

"之前……哪个？"

林景颜立刻转头，用古怪的眼神打量他："你到底交了几个女朋友啊？我说就算你受欢迎也不能……"

林然无奈："之前的早分手了，这半年多我都一直单身。"

"哎？分手？什么时候的事情？我怎么不知道……"见林然的表情更加无奈，林景颜咳嗽了两声，"你又没跟我说，我哪知道……"

林然不像她，他的恋爱都谈得安安静静，除了第一任女朋友带给她见过，之后的两任女朋友都是被林景颜碰到了才坦白交代。他们虽然在同一座城市，但平时林景颜的工作忙得要命，也只有偶尔有时间和林然见面，他不说，她不知道他分手换女友也不稀奇。

不过值得一提的是，本来她以为以林然这种白马王子风格，找女朋友也会找那种很纯情的校花类，但见到时，才发现林然的口味竟然是那种浓妆、大胸、长发、高跟鞋打扮入时的尤物型。想来也是，食色性也，男人都是视觉动物，林然也不例外。

而且她后知后觉反应过来，虽然林然平时跟她在一起都很接地气，但怎么说也是个富二代。

年轻有为，不爱玩乐，又长成这样的富家子，有大把漂亮女孩儿趋之若鹜也就不稀奇了。

"不过到底为什么分手啊？"林景颜努力地回忆着林然上一个女朋友，"是叫 Lena 吧？不是长得挺漂亮的？人也蛮乖巧的样子……"但奈何还是面目模糊，林然的女朋友漂亮是漂亮，但都没有什么明显的特征，看起来像是一个厂生产出来的。

"没什么，就是不适合。"林然口气淡淡。

林景颜用手肘戳了一下林然，道："下次分手不开心就来找我，姐姐陪你出去喝酒，别老一个人闷着，会闷坏的。"

林然笑了："你以为我是你吗？"

林景颜乜斜他："但我喝完第二天就能生龙活虎了，姐姐这是经验之谈，要不是你是我弟，我才懒得管你。"

林然动了动唇，最后，温声道："好吧，如果有下次的话……我就叫你。"

夜已深，路上华灯初上。

林然送林景颜回到家，还没进门就看到堆在门口的外卖盒子，林然稍稍
皱眉："少叫点儿外卖。"

"我没时间烧，下馆子也一样，又浪费时间我又吃不完。"林景颜对他
摆摆手，"别操心我了，姐姐吃山珍海味的机会肯定比你多，倒是你别老做
实验忘了吃饭。"

"我会的。那我走了，你记得锁门。"

"知道了知道了，晚安。"

林景颜随手关上门。

玄关昏黄的灯光落在林然清俊干净的面容上，柔和仿若一幅画卷，随着
门扉合拢，那光影一点点沉入黑暗。

"晚安。"

林然说。

像夜风，无比温柔的声音。

又跟甲方瞎扯了一上午，林景颜说得口干舌燥，几乎保持不住脸上的公
式化笑容，恨不得立刻扑上去干掉甲方，或者大家同归于尽。

不过就是一个唇膏广告，又要细腻感人，又要高贵大气上档次，还要让
观众过目不忘，看了就想买，最后最好再留点儿悬念……他以为广告公司都
是超人吗？

"颜姐，先去吃饭吧。"

说话的是她的助理唐若言，在她手下工作了一年多，看着也是个一表人
才的青年才俊，不过混熟了之后，林景颜渐渐发现，这人完全没有长相那么
无害，一肚子坏水。

一开始她还想把他介绍给自己的学妹，幸好没成。

好在唐若言虽然内里性格恶劣了一点儿，不过工作能力和交际能力都是
绝对没话说的，两人上下属关系还算融洽。

林景颜伸了个懒腰："走吧。"

点了餐，唐若言一边倒茶，一边哪壶不开提哪壶地问："昨天你不是去相亲了吗？结果如何？"

林景颜喝了口大麦茶，耸肩道："碰到林然了。"

唐若言毫无同情心地笑出声："你这口气就像是早恋跟男朋友偷偷出去约会，结果被你爸逮个正着。"

林景颜眼皮都没抬："真要是我爸我才不怕呢。他老人家特别支持早恋，还觉得私奔是一种有着法式情调的浪漫，鼓励我不要束缚在传统教条之下……"

"哦。"唐若言摸着下巴，颇有兴趣，"有机会一定要认识一下令尊。"

林景颜毫无诚意地木然道："行啊，我给你介绍。你们一定很有共同语言。他也是不婚主义者，碰到我妈纯属是运气不好栽了，后来离婚后乐得跟放飞的鸽子一样，满世界乱蹿。"

小时候对父母离异这件事耿耿于怀，看到明明相爱的父母离婚，父亲被迫离开家，母亲转头嫁给了另一个男人，她不能理解觉得愤懑也是理所当然的。大了之后才渐渐明白，有时候并非只要相爱就可以在一起，没有人从中作梗，只是他们不适合罢了。

当然，这并不影响到她对林然他爸的排斥之感。

"谁跟你说我不想结婚了？"唐若言耸肩表示无辜，"只是没找到合适的。"

"得了吧，我还不了解你。"

唐若言在感情方面简直是劣迹斑斑，最开始她还好奇他对付女客户那些娴熟的应酬手段都哪里学来的——唐若言有个绰号，叫"无往不利先生"，只要是他想接近并获得好感的女性，几乎没有失败过的。后来林景颜才意外从唐若言一个高中同学那里得知，唐若言高中时代平均一个月换一个女朋友的辉煌事迹。别人的前女友都是用"个"算，唐若言的得用"打"。

跟他比起来，长到二十来岁前后才交过三个女朋友的林然都算是个乖孩子了。

工作之后唐若言虽然没谈那么多场，但也没有特别收敛，光在八卦里，她就听过唐若言的两三个女朋友，清一色难搞无比的高岭之花，可惜都不长久。

不过好在，唐若言先生就算滥情，也从来不做小三挖人墙脚，恋爱时亦不劈腿，分手时皆是好聚好散，从不纠缠暧昧，有时还会送些价格不菲的分手礼物，口碑不错。

久而久之，她对唐若言这个人的感情态度也算有了差不多的认识。

饭菜上桌，林景颜一边拿筷子，一边道："就前几天还有别的部门的跟我打听你呢，你要真想定下来，开个你心仪的条件给我，颜姐保证半个月内就能给你找到合适的结婚对象。"

唐若言笑得特别纯良真诚："这怎么好意思，颜姐你自己都还单身呢，我这个做下属的怎么能先捷足先登？其实我过去也认识不少人，可以给你介……"

"不用了。你认识的那些人不是纨绔子弟就是花花公子，我可吃不消。"

"喂喂，颜姐你这也太武断了。"唐若言单手托着下巴，歪头微笑着看林景颜，语气像开玩笑偏偏又有几分认真，眼瞳里闪闪烁烁亮着一抹暗光，"要是实在找不到，不如考虑下我怎么样？"

如果不是对唐若言知根知底，林景颜此刻只怕也会心动几分。

她无奈地叹了口气，一个弹指弹开唐若言："也稍微改改你这个随时随地不分对象散发荷尔蒙的习惯，这么有精力的话不如多帮我做两个策划案，上次那个……"

唐若言捂着额头，似叹非叹："春天到了……是该谈场恋爱了。"

二十四小时内遇到两个跟她说应该好好谈场恋爱的人，林景颜开始反省起自己的人生。

然后……张先生果不其然没有再跟她联系。

今年春天回暖早，二月刚出头，已经一片暖意融融。

林景颜开车去超市买东西，远远就看到广场上摆着硕大的塑料玫瑰爱心，边上还围了好几圈气球拼成的爱心，恍惚片刻她才想起，没两天就是情人节了，难怪唐若言有此感慨。

单身久了，对这种日子唯恐避之不及。

最开始只是不去在意，后来便总想着下一年总会有人陪自己一起过，但明年复明年，她仍旧是一个人。

并非不想去恋爱，只是谈了一场耗尽心力的恋爱，就很难再去投入。

所以宁可相亲，找一个不那么相爱却能相守的人，过一生。

情人节当天，林景颜原本是打算在加班中度过的，化悲愤为业绩想来也不错。没想到那天甲方大概也赶着过节，案子通过得异常顺利，林景颜一腔工作热情无处安放，只好回家吃饭，还没到家就接到了林然的电话。

林然来的时候还拎了两塑料袋菜，对比他偶像剧画风的那张脸要多违和有多违和，然后他径直拐进了林景颜的厨房，比她本人还熟络。

林景颜住的是个一居室，有单独的厨房，不过她平时很少自己动手，最多煮个速冻食物，如果不是林然偶尔来用一下，可能会显得更新一些。

看着林然熟练地卷起衬衣袖子洗菜切菜，处理活鱼，林景颜抱臂站在一边，有些好笑地问："你这算是为了搅黄我的相亲来赔礼吗？"

林然抬头看了林景颜一眼，随即垂头道："……算是吧。"

大概和性格有关，林然做什么都很认真，哪怕是做菜也神情专注得像在做什么高精密实验，长长的睫毛偶尔眨动，手上的动作精准而一丝不苟，就算只是看林然做菜，也是件赏心悦目的事情，当然更赏心悦目的是林然的厨艺。

一开始林景颜是真没想到林然会做菜，当年连公交车都不会坐的大少爷必然是十指不沾阳春水的，就算来外地上大学吃不惯食堂饭，他也完全没有必要苛待自己，他父亲给他的生活费完全够他请厨子专门给自己开小灶。

她问林然，林然有些奇怪地看着她，不过很快笑笑说："技多不压身。"

林景颜是不怎么喜欢做菜的，忙是其一，其二是她实在没这个天赋，当然后者是主因，满怀热情买菜洗菜切菜炒菜，结果最后菜肴味道实在不尽如人意，是谁都会受打击。虽然当年她做得再难吃也有人咬着牙皱着眉说好吃……

不过她自己不喜欢做菜，倒也没有阻止其他人的必要。

尤其后来一次她无意间尝到林然做的菜，顿时惊为天人，立刻明白为什么林然愿意自己下厨了。

三菜一汤，端上桌的时候，林景颜已经食指大动。

夹了一筷子鲜美鱼肉送进嘴里，林景颜立刻被鱼肉上浓郁的汤汁味俘虏，眯起眼睛对林然大加赞赏："好吃！味道比上次还鲜！你这天赋，不是我夸张，绝对可以媲美五星大厨了！"

林然对林景颜信口开河的夸赞习以为常，笑道："按照菜谱来做，谁都能做得出来，而且其实做实验有时候要求比做菜还精细……"

"别光顾着说。"林景颜慷慨大方地把鱼腹部最鲜嫩的部分夹给林然，"你也来吃。"

"好。"林然的视线顺着林景颜的筷子向下，点了点头，刚咽下去他似乎又想起什么，起身去厨房拿了两罐冰啤酒过来。

林景颜看到，立刻大笑着拍林然的肩膀："真了解我！"

平时上下班开车，除非应酬必须，林景颜很少喝酒，但其实她相当能喝，有段时间几乎把酒当水喝，成天醉得不省人事。当然现在不至于这样，但偶尔贪杯还是无法控制的。

吃完饭，才刚刚过七点。

林景颜叼着酒罐，想起一件事，冲厨房里刷碗的林然说："上次电影院那个小姑娘真的挺不错的，看着比你之前几个女朋友都靠谱。"

厨房里水声哗啦哗啦，好一会儿才听见林然的声音："我跟她真的没关系。"

说起林然交女朋友这个问题，林景颜多少也操过点儿心。林然从高中毕业一直到大二都没谈过恋爱，起初林景颜还没觉得如何，但那会儿她室友迷恋上了日本动漫，整天给她科普耽美，林景颜一联想起林然，越想越不对劲。林然这么优秀，没道理女孩子看不上啊，大学又不禁止谈恋爱，就算只是尝鲜她班里也大半人谈过，难道林然……

旁敲侧击，明示暗示了半晌，林然总算领会她的意思，表示自己只是没在意，然后没过多久，他就带过来一个漂亮时髦的女孩儿。

后来，林然还问她觉得如何。林景颜虽然并不喜欢这个类型，但总算放下心，笑容满面地对林然说："不错不错，很好很好。"

林然那时候还看着她，扬唇笑道："我也觉得不错。"

可惜没谈到三个月就分手了。

林景颜窝在沙发里又喝了一罐啤酒，手指点着遥控器，但始终找不到想看的台，百无聊赖间看见林然过来了。他的衬衫沾了点水，领口松开了些许，手里同样拎着一罐啤酒，看起来很闲适，长腿一迈，随意地坐到了她身边。

依旧这副不染纤尘的模样，如果不是亲眼所见，林景颜也很难想象他刚从厨房洗碗回来，比较起来，林然的气质还是更适合站在什么罩着玻璃盖的展览台里，供人参观。

"让你喝，但也没让你喝太多。"

林景颜不以为意："就这跟水似的度数，醉不了。"

林然不赞同地看着她，后者毫无反省之意，林然只好眼睛一闭说："算了，反正明早不上班，随你喜欢吧。"

得到纵容，林景颜哈哈大笑起来，飞快跑进厨房又翻出两罐，大有不醉不归的意思。

窗外突然噼里啪啦放起了烟花，林景颜酒都顾不上喝，忙冲到窗口去看。

林然也走过来："市区不是不让随便放……"

"煞风景啊你。"林景颜看了他一眼，继续仰头看窗外闪烁不停的绚烂夜空，"多漂亮啊……"

晚风轻柔地吹拂着林景颜的长鬓发，飘扬起凌乱的弧度。

林然停住脚步。

"是很漂亮……"

身边好一会儿的沉默让林景颜有些不习惯，她转头问："怎么了？怎么不说话？"

林然启唇："我能问个问题吗？"

"问吧。"显然她心情很好，笑着大度应下。

"如果，我是说如果……"

"嗯？"

林然定定看着林景颜，林景颜同样回视着他，双眸微醺，漾着醉人的波光，里头是全然的信赖和关切，唯独没有半分情愫。

他忽然一个字也说不出口。

正巧此刻林景颜的电话响了。

"啊……你稍微等下，我接个电话。"

"我知道你情人节肯定没安排，出来吧。"

接到闺密温蝶的电话，林景颜跟林然匆匆道了个别，换了衣服提包就走。

温蝶是个长相很对得起自己名字的人，一头乌黑长发，杏眼高鼻梁尖下巴，一年四季的浅色长裙森女风打扮，大学那会儿她的绰号就是温女神，追她的男生前赴后继，偏偏温蝶成天抱着本书娴静地穿梭于校园中，就是丝毫不为所动，碰到男生表白回答清一色的"大学期间我不想谈恋爱"，和那时候爱得死去活来的林景颜形成了鲜明的对比。

当然，后来林景颜失恋陪着林景颜在酒吧里坐了一晚上，差点儿拽着林景颜去揍季铭的人也是她。

从失恋的阴影中挣脱，感动得一塌糊涂的林景颜问温蝶为什么对她这么好，温蝶思考了一会儿，很慎重地说："如果我说实话你会生气吗？"

林景颜忙大度摇头："不会啊，你就是告诉我其实你喜欢季铭我也不会生气的。"

温蝶秒答："你把季铭打包送给我我都不要。"

"……"

"那我就说实话了……"温蝶深吸一口气，"你和季铭这段从认识到相爱再分分合合的折腾历程简直比言情小说还精彩狗血……我大学四年就基本靠看你们的八点档过的。"

温蝶是资深言情迷，最爱八点档狗血，大学时她手里抱的书九成九是言情小说。

林景颜抽着嘴角问她："那你怎么自己不谈恋爱？"

"叶公好龙你听过吗？我从不看第一人称的言情小说。"她顿了顿，"当局者迷，我还是更喜欢做个旁观者。"

"这边这边。"

"看到了。"林景颜点了点头，坐到温蝶身边。

温蝶又抿了一口酒，欲言又止，片刻后终于开口："季铭回来了。"

林景颜"啊"了一声，笑容凝固在脸上。

"月底同学聚会，我听说名单上有他，就去打听了一下，他上个月刚回国，听说是工作调动调回来负责这边的业务。"温蝶看向她的目光不无担心，"我怕他回来找你，你自己小心点儿。"

片刻已经够恢复，林景颜笑着道："你别把季铭说得跟我仇人似的，怎么说也是旧情人。"

"就是旧情人才可怕，好马不吃回头草，你得长点儿教训。"

林景颜晃了晃高脚杯，笑道："怎么，言情文里破镜重圆，旧情复燃的戏码不是也很狗血吗？"

"那是小说，现实里你是我的朋友，我可不想你去做什么虐恋情深戏码的女主角。"

虽然开着玩笑，但林景颜清楚地知道已经不可能了。

季铭笑着说，
目光却看向了林景颜："好久不见。"

时隔多年的大学同学会，难得组织人把几乎全班的同学都邀请到，为了避嫌而缺席实在不符合林景颜的作风。

要去，不止要去，还要光鲜亮丽地去。

林景颜特地约温蝶一起做了全身护理，挑选了一身价格不菲的行头，包括一双十厘米的高跟鞋，临出门前又化了足足三个小时的妆，保证从头到脚完美无缺无懈可击。

分明很不耐烦又很唾弃这种事，可有时候人就是这么虚伪。

无论如何，她都不能容忍自己有一丝落魄地出现在季铭的面前。

到场时，林景颜才发现自己的打扮并不是最夸张的。

从头到尾把自己包装成精英人士的绝不在少数，甚至当年打扮颇为土气的女生都改头换面一身名牌，少数还携着家属一同前来，恨不得在脸上写着"我过得非常好"。

一边寒暄一边交换名片，林景颜在心里一个个比对着记忆里的印象，暗暗感慨时光流逝。

脸分明还是那张，气质已大相径庭。

社会的洗礼确实非同一般。

林景颜大学时人缘不错，熟悉不熟悉的都能说上几句话，很快就和几个同学攀谈起来，从近况聊到过去校园里的趣事。

"那时候偷跑进男生寝室的时候差点儿被舍管发现，幸亏我机灵……"林景颜眉飞色舞比画着，"舍管老太太更年期，明明是男生寝室管得严得要死，平时表情都是这个样子的……"

"哈哈哈哈……景颜你学得太像了！"另一个同学接道，"舍管老太太是不好对付，就连天不怕地不怕的季……"顿住。

林景颜一僵，不过极快地接下去："是啊，就连季铭看到她都绕道走，不愿意招惹她。"

见她如常，周围同学都似松了口气。

"你们在说……我不愿意招惹谁？"

一个低沉的男声突兀地出现。

曾经还有些清冽味道的青年音，此刻已彻底变成男人的沉着嗓音。

而方才那句话每一个音节都像是被刻意咬过，抑扬顿挫，吐音沙哑，尾音微颤含着笑意上扬。

久违了的声音。

脚步声在嘈杂的声音中清晰地一下一下传递过来。

五步。

他绕过来，坐在林景颜的正对面，身体放松微微后靠，手指交扣放在交叠的膝盖上，英俊面容上挂着淡笑。

静默了有两秒，才有人笑着打圆场："没什么就随便聊聊，季铭你什么时候回来的，都在猜你会不会来呢！"

"怎么会不来？"

季铭笑着说，目光却看向了林景颜："好久不见。"

林景颜当即展露出面对客户时的公关笑容，同样轻描淡写地回了一句："好久不见。"

大学毕业后，她就再也没有见过季铭。

变了的不只是声音，还有容颜。

稚气而经不起风吹雨打的帅气已经变成历久磨砺出的成熟英俊，过去他最讨厌西装之类的正装，但现在他穿着一身手工精良的纯黑西服，黑色衬衫暗红领带一丝不苟，挺括合适得就像这是天生穿在他身上的。

他没有刻意和林景颜搭话，随意地和周围的人交流着，气氛出乎意料的好。

过去他总是以自我为中心，无论什么时候说话都霸道又独裁，就连偶尔听人说话也一副帝王纡尊聆听的模样，旁人看起来实在是讨厌得不得了。林景颜现在还能清楚地记得，第一次见到季铭时，他那副欠揍的样子。

十年前，9月末，天气炎炎。

林景颜拖着刚结束一天军训疲惫不堪的身躯去校门外的小卖部买冷饮。教官从她们团里选了两个作为标兵代表，因为身高优势突出，她不幸成了倒霉蛋之一，别人都在开小差休息，她不得不和另一个倒霉蛋一起顶着恶毒阳光接受加训，站军姿踢正步……

她还没走到，就在树荫下被人拦住了去路。

来人单腿踩靠在树干上，一派悠闲，看见林景颜过来，收了腿径直向她走来。

"新闻1班的林景颜？"

"我是。学长有什么事情吗？"

因为对方穿着便服，林景颜便下意识以为是学长——事后才知道这家伙跟自己同年，开了一张半真半假的病假条，军训这半个月就在校园里游手好闲——刚入学来搭讪的学长实在不是少数，不过这个长得还不错，林景颜决定压下不耐，稍微挤出一点儿笑容。

他眯起眼睛笑了笑，逼上前一步，林景颜退了一步，他顺势将手压在树干上，将林景颜正好圈在当中，然后以迅雷不及掩耳之势把一张纸片塞进林景颜的手里。

"从今天开始，你就是我女朋友了。"

等对方离开，林景颜才从震惊中回过神。

纸片上写着他的名字院系和电话号码，字特别难看。

她的确非常震惊，震惊于世界上还有讨厌成这样的搭讪方式。

她那时候还不知道这是季铭有生以来第一次跟女生告白，虽然他自己可能不这么认为。

对他来说，那是宣告所有物。

得益于季铭那张脸和还算不错的成绩，中学时期他极其受欢迎，一直被表白，从不懂追人。毕竟中学时期对异性的评判标准基本就两条，脸和成绩，再加上季铭家境颇好，篮球也打得不赖，受欢迎基本上就没什么悬念了。

以至于那时候的季铭养成了这副糟糕的脾气。

而十年后的今天，季铭则完全像换了个人，从他的身上已经很难再看到那种不可一世嚣张跋扈的味道，取而代之的是沉稳、自信，以及光华内敛，甚至面对有些当年看不惯他如今等着看笑话的同学的暗嘲，也能保持良好的涵养。

聚餐的时候，不知是巧合还是故意，林景颜和季铭被分到了一桌。

停在林景颜面前的是她以前完全不吃的菜，她尚未有反应，季铭已经出声让服务生把菜换到他的位置。

"哎，季铭你什么时候喜欢吃茄子了？"

季铭笑笑道："我记得景颜不吃。"

空气又滞住。

这种没意义的体贴让林景颜觉得浑身不舒服。

"不用了。"林景颜阻止了服务生，夹起一筷子，塞进自己嘴里，咀嚼两下，咽下去，笑道，"那是过去，我现在口味变了。"

季铭却依旧不以为意地笑："我记住了。"

之后季铭都没再说什么，只是他们这桌的气氛却始终尴尬，好几个人都用一种探究又八卦的眼光看着季铭和林景颜，谁都知道他们俩谈了场轰轰烈烈的恋爱，又轰轰烈烈地分手，如今久别重逢，竟然看起来像是还有戏的样子……

饭吃得差不多了，已经有人按捺不住："哎哟，今年情人节我又是孤家寡人，都年纪一把了不知道什么时候能结婚……对了，来八卦八卦，大家都有对象没？"

轮到季铭。

"单身。"他笑。

周围有同学开始起哄："不可能！谁说单身我都信，就是你不信！"

季铭耸肩："是真的，没遇到合适的。"说着，他若有似无地看向林景颜，"不然我也很想早点儿定下来。"

男人和女人不一样，过了三十岁事业有成的男人多的是人抢，而女人却往往只能屈就，毕竟容颜苍老，生育年龄也上去了。

这个年纪单身对他而言谈不上什么劣势，她则相反。

而且她也并不想再和季铭有什么关系。

林景颜抿唇，笑："恋爱中。"

这次起哄声就更大了，跟她关系不错的女同学忙打听道："什么样什么样的，来说说啊。"

祸从口出。

半小时后，林景颜不得不为自己的言论负责，躲在 KTV 的厕所里给唐若言打电话。

"喂，颜姐，什么事……"

"过来救场！十万火急！"林景颜尽量压低声音，"事成之后必有重酬。"

她想了一圈，她身边论外表演技最适合来救场的恐怕只有唐若言了，当然，单论外貌气质林然也足矣，只可惜季铭认得林然。

没多久，唐若言果然不负她的重托出现在了 KTV 包厢外，打扮齐整一副青年俊彦模样，进门便露出了温柔体贴的神色望向林景颜，柔声道："我是来接颜颜的。"

颜颜？

林景颜在心里抖了抖，无视自己掉落一地的鸡皮疙瘩，硬着头皮上前挽住唐若言的胳膊，笑道："我男朋友，唐若言。"

包厢内立刻一阵起哄。

紧接着，面对一连串"唐先生在哪儿高就""唐先生看着好年轻今年多大""唐先生和景颜交往多久了"等等的问题，唐若言对答如流，毫无滞障，脸上的表情要多真诚有多真诚。

——"我和颜颜是同事。"

——"我比颜颜小一点儿，不过……在我眼里她就象个没长大的小女孩儿，我更喜欢照顾她。"

——"虽然时间还不长，但我会努力珍惜她的……已经见过家长了，我跟岳父相处非常融洽，他很放心把颜颜交到我的手上。"

——"嗯，有打算谈婚论嫁，可惜颜颜似乎不是想这么早结婚。她是事业型的女性，我经常很心疼她。印象最深的约会吗？应该是在法国出差那次……"

完美到找不出一丝破绽，唐若言甚至还对着林景颜深情款款地唱了一首《甜蜜蜜》，听得周围一众女同学都忍不住冒起粉红泡泡。林景颜简直想给他颁个影帝奖什么的，果然不愧是情场老手……就是靠谱！

林景颜默默在心里给自己的选择点了一个赞。

气氛热乎起来，唯独季铭一直没怎么说话。

折腾了好一会儿，林景颜才找了个借口，拉着唐若言脱身。

出了门口，林景颜拍了拍唐若言的肩膀，准备好好表扬他一番，不料唐若言突然抓住她的手，另一手揽住她的肩。林景颜一愣刚想挣开，就听他对身后来人微笑道："季先生，请问你跟过来有什么事情？"

季铭漫步过来："我有话对景颜说。"

"有什么可以直接在这里说。"

季铭看向唐若言，视线从他的脸滑到他握住林景颜肩膀的手上，淡淡笑，语气却万分笃定："男主角的演技台词过关，可惜女主角实在不够配合……景颜，你看你都僵硬成什么样了？

"是她拜托你来装她男朋友吧？"

林景颜同样看了一眼季铭，反抓住唐若言的手，道："别理他，我们走。"

"这么急着走做什么？"季铭的声音稍扬，嗓音依然沉着，笑意却越来越浓，"只有我最清楚，你恋爱时的表情，你被人搂住肩膀该是什么模样，被喜欢的人夸赞该是什么模样，接吻是什么模样，根本不是这副僵硬虚假的样子……而且，从刚才我进来的那一刻起，你的神情和态度都完全不对了，紧张局促不安……跟我谈过恋爱之后，你怎么可能再爱上其他人。承认吧，你忘不掉我，就像我忘不掉你一样。"

她错了。

这个人成长改变的都只是外壳的伪装而已，骨子里根本什么都没变！

林景颜猛地回头。

KTV外的霓虹灯在季铭的脸上顺着深刻的五官打出斑驳光影，稍稍扯松的领带让他从那种精英模式中脱离出来。他不再笑，孤零零地立在灯光下，眸光深沉浓烈无端令人怀念。

林景颜的思绪一下子飘远。

瓢泼大雨倾盆而下，寝室外的空地上，黑色身影固执地立在风雨中，黑发沾湿一缕缕贴着脸颊，身上全部湿透，雨水不停地从他身上滑落，雨雾朦胧人行匆匆，只有他一个人站在那里。

明明是个十足十的纨绔子弟，爱面子爱得要死，却不惜用最不顾脸面的方法恳求她的原谅。

"我错了，对不起，是我爱面子说了那种话，景颜我是真的喜欢你……"

那是他们第一次分手。

当时她被他突如其来的示弱击中，狠了三个小时心，又在寝室里踱了两个小时步，在打电话叫他朋友劝说他回去无效后，终于还是忍不住撑伞下去。

雨幕里，他看见她来，摇晃了两下，身躯冰冷额头滚烫地倒进了她怀里。雨伞滚落在地，他用双臂紧紧抱住她，雨水从他们的身上流泻，画面比言情剧还要言情剧。

她心软得无以复加。

只是现在的林景颜不会这样了。

她深深呼吸了一口，让自己的声音充满冷酷的意味："我们才刚恋爱不久，有些僵硬是正常的。忘不掉？我以为喝了几年洋墨水能让你清醒一点儿，现在看来，那些水只怕都进了你脑子里了吧？别再跟我说这么恶心的笑话，好吗？"

毫不留情面的毒舌，换作以前的季铭大概会立刻气急败坏。

但此刻他却扬起嘴角，身上的寂寥感瞬间驱散。

他似乎完全不在意林景颜的话："现实教会我很多东西，击溃了我许多的自以为是，但是唯独一件事我至今仍确信。

"那就是，你爱我。"

"我还是第一次看你对人这么恶狠狠地说话。"

午休时，唐若言这样说道。

林景颜白了他一眼："对待前任要像秋风扫落叶一样冷酷无情，不然后患无穷，这不是你的经验吗？"

"哦。"唐若言"哦"字的尾音转了几转,突然说,"说起来,你昨晚不是说必有重酬吗?"

林景颜:"你想要什么报酬?事先声明,超过五位数就算了。"

"用不着,答应我一件事就行。"

"什么事?"

唐若言微笑着坐好,像是要促膝长谈的样子:"跟我讲讲你这个前任是怎么回事。"

林景颜嫌弃地看着他:"你一个大男人为何如此八卦?"

唐若言托下巴笑:"我最喜欢在女性讲过去悲惨恋爱经历的时候,做个聆听安慰的知心哥哥了。"

"然后乘虚而入是吗?"

"我怎么会是这样的人?"

林景颜挑眉:"你就是这样的人!"

唐若言无辜地看着她:"所以说呢?"

"好好工作吧唐助理。"

结果自然不了了之。

倒是温蝶隔了一天惊讶地打电话来问她何时有了新男友,林景颜只好和盘托出,温蝶竟然还有些遗憾道:"我还以为是真的,打脸渣男实在是太爽了,真不愧是我最喜欢的言情小说桥段之一,你没看那位唐先生出现后,季铭的脸色有多难看……"

林景颜扑哧笑了出来。

"不过,给你做伴娘这件事一年内还有希望吗?"

"我……"林景颜默默望天,"努力吧。"

其实这么些年下来,并非没有人追林景颜。

她也不是没动过这方面的脑筋,只是不咸不淡地吃过两次饭后,才深刻意识到她实在对对方不来电。既没有心跳加快,也没有紧张激动。

和曾经热恋时截然不同。

看着人家一腔热情投入,自己却无论如何无法进入状态,林景颜觉得十分愧疚,最后只好干脆清楚明白地拒绝。

这世上,最无法勉强的就是感情。

明明只是荷尔蒙作祟，却叫无数男女为之神魂颠倒辗转反侧。

实在太累，太累。

相比较起来，抱着目的以条件为基准的理性相亲，要更合乎林景颜目前的想法。

各取所需，谁也不会亏欠。

不过提到相亲，林景颜现在也只剩满心无奈。

其实林景颜清楚，只是她还不够坚定。

若是她厉声厉色跟林然大吵一架，叫他不要管自己，和他撕破脸未尝不能解决这件事，可一方面她并不愿意伤害一个真心关心她的人，另一方面那些相亲对象也并没有优秀到让她觉得值得这么做。

至于季铭。

她的确忘不掉他，但说还爱就太可笑了。

失去联络的这些年，林景颜时常还是会想起季铭，毕竟他们留下的回忆太多，但当季铭真人站在她面前的时候，那些糟糕的不堪回首的记忆也一股脑地蹿了上来。

无论如何都不可能回到过去了。

那支好不容易通过的唇膏广告终于进入了拍摄阶段。

厂商找来的拍摄艺人是个名不见经传的小模特，五官立体，足够漂亮上相，就是经验有限又过度紧张，拍摄的时候神色僵硬生涩得差点儿没法看，平面照还好，一旦动起来就显得格外别扭。

广告导演虽然没骂她，但脸色明显不好看。

林景颜出于解决问题的心态，拜托了相熟的副导演稍微给小模特讲讲拍摄和镜头前的注意事项，以及如何调整状态，两个小时后，终于拍出了勉强让导演满意的画面，剩下的交给后期应该问题不大。

拍摄结束，林景颜松了口气。

正想走，不料那个小模特拦住她，一脸感激地说要请她吃饭。

在林景颜看来这不过举手之劳，没什么好谢的，她微笑着正准备婉拒，就听见小模特突然道："其实我刚才就想问……你、你是林然的姐姐吗？"

林景颜一愣："我是……你认识我弟弟？"

小模特的表情有些暗淡："我们见过一面，我真名叫丁嫣然，是林然的前女友……"

林景颜这才发现对方的长相隐约有些熟悉，正是林然当初带到她面前的第一任女友。

来拍唇膏广告她只化了淡妆，和之前在她面前出现时的浓妆艳抹不太一样，而且实在太多年，林景颜的记忆也模糊了许多。

吃饭的地方就选在附近一家日料店。

点完菜，丁嫣然就旁敲侧击地向林景颜打听林然的近况，醉翁之意呼之欲出。

林景颜看着这些小女生的手段，有点儿想笑："他挺好的，正在读研，嗯……目前单身。"

丁嫣然的眼睛明显亮了亮，嗫嚅道："他过得好就好……"

"嗯，我能冒昧地问一下……当初你们是为什么分手的吗？"林景颜冲她和善地笑着，"单纯的好奇，你别想太多。"

丁嫣然的眼睛又暗了下去："是我的错。其实当初林然会跟我在一起我也很意外，他很好，真的很好……就是太好了，我老是觉得不真实，那两个多月我们甚至没吵过一次架。然后……"她顿了顿，"我想知道他是不是真的在乎我，当时正好有另外一个男生追我……我就……可是没想到他会毫不犹豫地跟我提分手，无论我怎么哀求他都……我真的不是故意的，我只是想看他吃一次醋，我只喜欢林然，我从没对别的男孩子动过心……没想到会弄巧成拙……我后悔了很久，这几年我一直都在想着他，当初我要是不那么蠢就好了……"

女孩子双眸泫然，像是在祈求谅解。

可惜她抬眸的瞬间，却并没能从林景颜的眼睛里看到任何一丝同情。

林景颜放下茶杯，方才的亲切笑意已经渐渐淡去："既然是你自己做的选择，那么结果就得你自己承担。我还有事，先走了。"

劈腿就是劈腿，什么为了让自己男友吃醋故意和别的异性接近，真当她三岁小孩儿吗？

对自己的感情都无法做到忠贞，有什么资格谈感情。

"可我真的后悔了……"

林景颜："嗯，我知道。"

心冷下来，一些端倪也渐渐显露。

丁嫣然真当林景颜没看见她肩上挎的那只 Chanel 的限量包？

林景颜并不觉得那是一个兼职模特能够轻松消费得起的。

而广告商又为什么要找一个毫无名气和表演经验的小模特来拍一支夏季主打的唇膏广告？

这一刻，林景颜突然能够理解林然的心情。

她也没办法看着林然找一个不合格的女孩子结婚。

她弟弟这么优秀，值得世界上最好的女孩儿，这个女人居然还敢吃着碗里的，看着锅里的。

林景颜越想越生气。

走出去的同时，她忍不住掏出手机打给林然。

林然还没怎么开口，就被林景颜劈头盖脸一顿教训。从字句间捕捉关键字，林然难得地呆了呆："你说遇到了……"

"对！你当初怎么不告诉我是这个原因……我说你当初到底是怎么看上她的，难道就因为长得漂……"

"我没有喜欢过她。"

"我跟你说……等等，你说什么？"

这回轮到林景颜发呆了。

听筒里清润的声音平静地叙述："没什么。只是朋友说她不错，我就试着交往看看。"

"你不喜欢她那为什么要和她交往？"

林然顿了顿："不是你说……我应该找个女朋友了吗？"

林景颜越想越后怕："那你后来的……"

林然岔开话题："你呢？最近……还有相亲吗？"

"林然！我在关心你！别给我乱打岔！你长这么大就没喜欢过任何一个女孩子吗？"

林景颜在心里哆嗦了一下，难道她弟弟真的……

电话那边沉默了很久。

久到林景颜以为林然为了逃避话题将手机丢到一边时，耳边才冒出一个轻柔到她差点儿没听清的声音。

"……有。"

林景颜想也不想地问："谁啊？"

这次依然是沉默。

林景颜胡乱猜想："是……对方已经有了男朋友？还是对方拒绝了你？不可能啊……哪个小姑娘眼光这么高，还是说……"

林然打断她："不是……"

"那到底是谁？你同学吗？初中还是高中还是大学？"

"……"

街上声音嘈杂，这次林景颜是真的没听清，她忙道："这边太吵了，你说什么？"

"我……"

林然的话没说完，电话那头一阵刺耳的鸣笛声响起，紧接着电话便断了。

医院。

护士小心替林景颜的手臂打石膏。

千钧一发时还好她躲得快，只是摔出去，左臂轻微骨折，倒霉的是手机也跟着摔了出去，暂时报废。当务之急是赶紧叫人去拿备用机，倒是那个差点儿撞到她的车主还担心地问她要不要再做个全面的身体检查，被林景颜笑着婉拒。

她小时候调皮，男孩子似的上蹿下跳，身上摔伤擦伤不知道多少。

石膏虽然吓人，但她骨折得并不严重，回去养个十来天就好，只是洗澡可能有点儿麻烦。

"林小姐真的非常抱歉，都是我忘记打转向灯了，如果要赔偿……"

"没事，不用了。"林景颜无所谓地摆摆手。

车主走之前，还是硬塞给了林景颜一张名片："医药费我已经付了。如果林小姐过两天还有什么要求，尽管来找我。"

林景颜躺在床上正待看名片，病房的门骤然被撞开。

她从来没看过林然这么焦急的表情，一直以来他和他的父亲，包括所有的林家人一样，都是优雅冷静而不紧不慢的。但此时林然倚着病房的大门，额发凌乱，白皙的脸庞绯红，由于奔跑疾速地喘着气，汗水顺着额角一直滑落到下颌。

他推开门，视线迅速定位在林景颜的身上，确定她平安，那股提着的气终于放了下来。

林然重重呼出一口气，闭上眼稍抬下颌，单手按住心口稳定心跳。片刻后，气息稍匀，林然睁开眼踏步走向林景颜，在她身边坐下来，手无声地握成拳，又慢慢松开，轻声道："没事就好……"

他不想说自己在听到电话断线时恐慌的心情，不想说自己怎么回拨都无法接通时快疯掉的心情，也不想说他抖着手托人到处打听哪里出了车祸结果半小时后才查到医院急诊室登记名单时的心情……

只要此刻能站在这里看到她平安无事，就都无所谓。

话没说完，林然先被林景颜揽进了怀里。

用没受伤的那只手拍了拍林然的背，林景颜的声音放柔下来："抱歉让你担心了。"

她看出林然强撑着镇静的情绪，顿时有些心疼。

她这个弟弟什么都好，就是受他爸的教育影响，无论什么都淡泊得要命，没有争强好胜的心，也没有什么太大的喜恶，难过不会失声痛哭，高兴不会夸张大笑，从小就沉稳得过分。

乖巧、听话、懂事，永远是外人眼里别人家的孩子。

但人怎么可能是没有情绪的？

林然只是在用理智消磨和克制这些情绪，此刻也是。

"我没什么问题，就是一点儿小擦伤，医生小题大做所以绑得严实了点儿。"林景颜笑笑，因为靠得太近，她还能感受到林然身上那股热气，和明明稳定过却还是越跳越快的心跳声，"对了，你是怎么找来的，还来得这么快，我……"

林然张开双臂，抱紧了她。

用力，抱紧她。

直到方才从欣赏帅哥和职业道德中抉择出来的护士出声打断："这位先生，我能理解你担心自己女朋友的心情，但是林小姐的手臂刚刚受过伤，你还是小心别扯到她的伤……"

林然转头愕然地看她。

林景颜忙窘着脸解释："他不是我男朋友，是我弟弟。"

林然松开了她。

"你要住院多久？"

"可能要一礼拜观察……"

"我……"

林景颜知道他想说什么，忙抢断："你就不用陪我了，也不早了，快回去休息吧！"

林然自然不可能答应回去，想了想，退而求其次道："我还没吃晚饭，先出去吃点儿东西，也顺便给你拿点儿东西过来，洗漱用具换洗衣服和新手机总是要的。"

林景颜自然不好反对。

等林然提着东西回来的时候，医院里已经彻底黑了下来。

林景颜的房间里还亮着灯，人却已经靠在枕头上沉沉睡去。

林然笑了笑，将东西放好，又替林景颜换好手机卡，才去关上灯。

病房沉入黑暗，林然静静走到床边，只有一抹暧昧不明的月光笼在林景颜脸上，使得那颗泪痣越发动人。他伸出手，却又不敢触碰，良久，替林景颜掖了掖被角，用温柔得仿佛能溢出水来的语气叹道："晚安。"

林景颜皱了皱眉，似乎听到，又似乎没听到。

坐到病床边上的沙发上，林然正准备睡一会儿，忽然听见一声响，林景颜新手机屏幕上的灯光在黑暗中一闪一闪。

有短信到。

陌生号码，下面一行字：

"出来吃个饭。季铭。"

正午的阳光正好，林然站在窗台边，低垂着头，将两朵娇艳含露的玫瑰放进床头柜的花瓶里，有风轻轻掀动白色的窗帘和林然的衣摆，柔和光线变换，给林然极好看的侧颜笼上了一层虚幻的色彩。

的确色相动人，也难怪护士小姐得知他是她弟弟后，想方设法地找她打听林然。

只是，林景颜忍不住破坏画面："我说，来看病人怎么也该送康乃馨吧。"

　　林然看了她一眼，答："情人节没卖完的滞销玫瑰，小姑娘缠着我，我就买了两枝。"

　　想象了一下画面，林景颜扑哧笑了出来。

　　对林景颜的笑点，林然见怪不怪，跟着笑了笑，说："我下午还有课，晚上再来陪你。"

　　"其实不用麻烦你总是来陪我，这点儿小伤我一个人养完全没问……"

　　"不麻烦。"林然顿了顿，"如果躺在这里的是我，你会来照顾我吗？"

　　林景颜实话实说："那时候你肯定被护士小姐团团围住，根本没有我来照顾的必要啊，而且……"看到林然的脸色，林景颜适时换口，"不过来看肯定是会来看你的。"

　　林然勉强点了点头，转身给自己倒了杯水，状似无意地说："那天晚上……我不小心看到你手机屏幕上的短信内容……季铭他……"

　　林景颜滞了一瞬，随即笑道："嗯，他回来了，不知道哪里问到我的手机号，真是阴魂不散。"

　　"你还……"

　　"怎么可能！你就别胡思乱想了，我跟他早八百年就分手了。"林景颜打断，"我说你不是下午还有课吗？还不走不担心来不及？"

　　水漫出来，浸湿了林然的手指。

　　像漫出来的情绪，在纸巾上无声无息地浸透。

　　如果不用忍耐……就好了。

　　林景颜看到那条短信是第二天中午。

　　她看了一会儿，被这种类似命令句的简短句式逗笑。

　　手指在屏幕上敲击几下，删除。

　　反正现在的状况，就算她想去也去不了。

　　因为是特殊情况，假倒是请得很顺利，唐若言还特地跟她说这边有他顶着，让她好好养伤。

　　大概在病床上躺到第四天，不速之客登门拜访。

　　下午两三点，林景颜在床上迷迷糊糊地睡午觉，门被敲响，她以为是林然，眼睛都懒得睁开，说了声"进来"。

来人的脚步声让她觉得有些奇怪，但因为困意并没能及时反应过来。

直到对方执起她的手，在她的手背上轻轻吻了一下，林景颜才猛然睁开眼睛，正对上季铭含着笑意的一双眸子。

林景颜吓了一跳，简直是避如蛇蝎般地抽出自己的手，带着戒备和敌意地看向季铭。

"你怎么会来？"

季铭像在自己的房间一样自如，矮身坐到沙发上，看着林景颜道："这两天才得空，本来想去看你的，没想到会得知你在医院。"他笑，"当然，我不是空手来的。"

他打了一个响指，立刻有人推门而入，将大到一人合抱都抱不下的鲜红玫瑰和数量不少价格不菲的营养品搬进病房，很快略显宽敞的单人病房就被占据得满满当当。

玫瑰的淡香四溢，在两人之间染出了几丝暧昧。

"我不需要，拿回去。"

"我知道你不缺这些。"季铭仍是笑，"不喜欢你可以丢掉，这些不过是我的心意罢了。"他从里面挑出几枝开得最美的玫瑰，随手将花瓶里原有的两枝玫瑰取出丢到一边，放了进去。

这么多年过去，他追人的手段还是这么老土。

变化的只有台词。

十年前。

"我给你发短信为什么不回？"

"我为什么要回你？"说完，林景颜气呼呼地挂了电话，并把这个讨厌又自恋的搭讪者拖进黑名单。

几天后，林景颜在自己上课的教室讲台上看到一大捧玫瑰，小卡片写着"To 林景颜 from 季铭"。

林景颜想也不想，就将之丢进垃圾桶。

第二天，玫瑰雷打不动地出现在林景颜上课的教室里，且比之前花束更大，垃圾桶已经几乎塞不下。

第三天，玫瑰继续升级。

数天下来，林景颜没动容，班上其他女生议论纷纷，有八卦有羡慕也有嘲讽，但不论如何所有人都知道林景颜有个有钱又强势的追求者。

在那个大家都是毛头小青年不知浪漫为何物的年代里，季铭的出现就像是言情小说里的男主角，带着强烈的不真实感。

林景颜气得要命，查到季铭的课表，冲进他的教室，把大捧的玫瑰砸回季铭的怀里："给你！我不要！"

季铭微微愕然接过玫瑰，随即扬起嘴角笑："这是回礼吗？虽然有偷懒的嫌疑，不过我原谅你。"

"你是听不懂人话吗？我是来告诉你不要再送了！"

"你不喜欢玫瑰？"

林景颜怒点头。

季铭笑："没问题，我明白了。"

第二天，林景颜就在课桌上看到了一大束浓香馥郁的香水百合。

林景颜更怒："谁跟你说我喜欢百合的！"

"那你喜欢什么？"

林景颜："我喜欢你滚远点儿！"

季铭挑眉："女孩子这么凶没人要的。"

"关你屁事！"

季铭眉挑得更高，眉宇间写满了骄矜："不过我喜欢。"

林景颜被气笑了："所以你到底怎么才能放弃这种骚扰？"

"很简单。"季铭耸肩，"只要你答应做我女朋友就好。"

"……到底是谁教你这么追女孩儿的？"

季铭终于顿了顿，稍微有些不确定道："没人，我自学成才的。"

后来季铭老实坦白，那段时间是他寝室里的损友出的歪主意，让他找两本言情小说照着做，季铭半信半疑看了几本，当然他也没有完全照搬，自己稍微总结归纳了一下，就自信地开始进行实践。

林景颜忽然就不想生气了。

实际上，生气发怒对季铭毫无用处，她再怎么抗拒，这个人还是会厚着脸皮一点点渗进来。

因为季铭极端自负，所以无论怎样的冷脸也从不放在心上。

她叹了口气："你到底什么意思？"

"你那个假男朋友呢？这次不叫他过来救场了？"季铭四处扫了扫。

"他在上班，不像你这么闲。"

季铭笑："如果我说其实我也在上班呢？"

林景颜没兴趣接他的话茬，说："其实见到你的时候我还真的挺意外的，你比我想象中过得好……"

"谢谢。"

"既然这样你完全可以再找一个，吃回头草有什么好的？"林景颜换了策略，"虽然我怨恨过你，但毕竟我们还有些美好的回忆，好聚好散，至少还能给彼此留点儿好印象。"

"疼吗？"

"什么？"

季铭轻轻抬起林景颜的胳膊，眉峰稍微皱起："手臂还疼吗？我刚问过医生，似乎是轻微骨折？你需要有人照顾，我觉得没有比我更好的选择。我们恋爱过那么久，再在一起的话不需要再磨合，对彼此的脾性都很了解，我认为没有比我们更适合的伴侣，如果你还在怨恨我的话……"压低的声音像震颤着的低音炮，夹杂着认真而成熟的味道，"我们可以一切从头开始，无论是追你还是在一起。"

"我已经有……"

季铭毫不留情地拆穿她："前段时间你还在相亲不是吗？与其将就，为什么不选我？我这次回国，就是为了来找你。我甚至试想过，如果你已经结婚了我要怎么办，但感谢上天……你还在。"

第二章

林然稍稍弯腰，侧头，
吻上了林景颜。

　　寝室里。

　　"好香！然少这次煮的是什么？"室友李朝言流着口水攀爬到林然身边，狗腿地问，"需要小的打下手吗？"

　　考上研究生后，李朝言最庆幸的事绝对就是能和林然成为室友。

　　抱学霸大腿求画考前重点这些都要往后排，重点是在其他寝室还在混食堂的时候，他们寝室早已脱贫致富在林然的带领下走上了自炊的小康社会。

　　最初林然叫人在寝室里搭建装修小厨房的时候，他们还很不以为然。

　　以貌取人，就林然那张脸怎么看也不像是能做好菜的样子。

　　但事实证明，学霸的学习技能就是强悍，林然买了菜对着菜谱研究了一二后，当晚就做了一桌色香味俱全的菜。李朝言和另一个室友赵青城闻香厚着脸皮来蹭菜，林然大度地随便他们试吃。

　　两个人被美味的菜肴感动得热泪盈眶，就差抱着林大少的腿感谢赐饭。

　　那之后来他们寝室蹭饭的人络绎不绝，但就那点儿菜哪里够吃，每每僧多粥少，好在他们近水楼台，每次林然一做完，这边就风卷残云狼吞虎咽。后来其他寝室也有学着搭个厨房自己做菜，但厨艺无论如何及不上林然。

　　李朝言和赵青城吃得嘴软，买菜洗碗格外殷勤。

　　当然也有时候会无意间地漏两张菜谱在寝室里，林然脾气好，有时间都会试着做做看。

某次李朝言蹲在一边眼巴巴等菜，问林然为什么想要学做菜。

林然切菜的手顿了顿，说："有人说自己不喜欢做菜不擅长料理，所以我就想学学看。"

李朝言震惊地看着林然："长成你这样还需要讨好女朋友？"

林然含糊应了一声算是默认。

另一边的赵青城同样震惊，感慨："这年头娶老婆也太艰难了，不只长得好收入高，还要上得厅堂下得厨房……"

当然，等菜做好之后，他俩就只剩一个相同的念头：

然少求嫁 QAQ。

林然最后用筷子挑了挑，关火，边将汤盛进保温饭盒里，边温声道："骨头汤，替别人熬的，不过我汤多，剩下的都留给你们了。"

李朝言扑向剩下的汤，眼睛闪亮道："谢然少！锅碗我和老赵会刷干净的！晚上你要是不回来说一声就行！明早要是来不了我帮你签到！"

林然笑笑："多谢。"

暮色渐晚，舒缓的春风拂面。

林然提着保温饭盒乘电梯上楼，在出电梯的瞬间身体僵硬住。

空旷的医院过道，不远的地方，西装革履气场甚盛的男人停下脚步，唇畔挑出一抹笑，视线扫过林然和他手里提的东西，无视对方敌视的目光，道："来看你姐？"

"季铭，你怎么还敢回来？"如果此刻有熟悉林然的同学在，应当会万分诧异，平素无论发生什么都语气温文的林然，此时不过刚出口，话已带了浓浓火药味。

"当然是因为有事才会回来。"

季铭没理会林然的挑衅，从他身旁擦身而过时，拍了拍林然的肩膀，低声道："我还是更想听你叫我姐夫。"

姐夫。

这个遥远的称谓简直像是噩梦。

那时候林然刚来念大学，大四的林景颜领着他办完入学手续，就边逛校园边给他介绍学姐学长认识。她已经对这个校园无比熟悉，不管是学生会还是社团都有熟人无数，遍布大二到大四。

"以后无论什么事，都可以来找我！"林景颜豪气干云地拍胸脯，"别的不说，在学校里就是你姐我的地盘……对了，新生不是一堆活动吗？那什么新生卡拉 OK 比赛有兴趣吗？辩论赛呢？有想入的社团吗？我记得你高中不就是学生会会长来着，那学生会……"

林然只得笑着求饶："你一次说这么多，要我先回答哪个？"

林景颜也笑："也是，反正不急，来日方长。"

林然看着林景颜，温柔地点点头："是的，来日方长。"

林景颜搂住林然的肩膀，拐着他就走："走走走，姐姐先带你吃顿好的！"原本到陌生城市的一点点紧张，也在林景颜的笑靥下化为乌有。

他开始庆幸起自己的决定，即便高考放弃两道大题不做，也想要和她考到同一所学校的决定。

然而，推开饭店装潢豪华的包间大门，一眼便看见了坐在正当中正百无聊赖玩着手机的男人。

见人进来，男人放下手机，托着下巴抱怨："好慢。"同时抬起眼睛斜睨着打量林然，"景颜，这就是你弟？"

林景颜点头，转向林然："林然。唔，这位是……"

男人终于肯站起来，休闲衬衫搭配黑色休闲裤，扣子开到第三颗，随性又痞气，明明和林然差不多高，却偏偏要用俯视的姿态看着他，走到他面前，才纡尊降贵般地伸出手："季铭，你姐的男朋友，你可以叫我姐夫……啊，疼！"

林景颜毫不留情照着季铭的脑袋敲了一下："你给我态度好点儿！"

"真粗鲁。"季铭揉着脑袋抱怨，稍微收敛了少爷脾气，"好了好了，我知道了……嗯，景颜的弟弟就是我的弟弟，有什么要求你尽管说，碰到什么麻烦报我名字就行。"

林然定定站着，半晌才看向林景颜："我不知道……"

林景颜点点头："我没跟家里讲。"

季铭跟着接茬："你看你姐害羞个什么劲，都说了暑假去你家拜访，她死活不干……我这个女婿一点儿也不丢人好吗？丈母娘打着灯笼都找不……"

"菜点了没？"

"没。"季铭把菜单丢给林景颜，顺手理了一把她的长发，"想吃什么随便点，反正我买单。"

林景颜接过翻看，对季铭趁机吃豆腐的行为视而不见。

"这个？"

季铭站在林景颜身后，下巴垫在她的肩膀上，靠近看着她指向的地方："行啊，不过这个挺辣，你弟没问题吗？"

态度自然亲昵得理所应当。

那顿饭最后是怎么吃完的，林然已然回忆不清。

刻印在记忆深处的只剩下那股绵延不绝的撕心裂肺的痛楚，不强烈，但是漫长。

推开病房的门，林然看起来没有任何异样。

保温饭盒放在床头，他说："我煮了骨头汤，你可以喝一点儿。"

林景颜转过头，欲言又止，过了一会儿，说："你碰到他了吧。"

病房里大朵的玫瑰和堆叠起来的营养品和它们的主人一样明晃晃彰显着存在感。

"嗯。"林然轻声说，"你们谈了什么？他要重新追你？"

林景颜点点头，没说话。

沉默了一会儿，林然问："你在动摇吗？"

林景颜摇头："现在还没有……但我有点儿担心。"

季铭临走前，压低声音对她说，这世上没有人比他更有追她的经验。

是的，就像温蝶吐槽的，他们分分合合太多次，虽然狗血无比但最后还是在一起，如果不是那件事……可能他们早就登记结婚了，事实上，就在大四前夕的七夕节，季铭精心准备了一场无比浪漫烧钱的仪式，向林景颜求婚。两人约定等一毕业就领结婚证，她甚至已经开始物色自己喜欢的婚纱款式。

可直到今天，连婚纱都变成奢侈的幻想。

她很清楚季铭死缠烂打起来有多难缠，现在她还可以清楚明白地拒绝季铭，不想和他再有纠葛，可也许再过一段时间，她就没这么坚定了。

可能就连那些不堪回首的痛苦记忆也会被淡忘。

　　林景颜揭开饭盒盖，扑鼻的鲜香让她的阴郁心情稍稍晴朗一些，她抬头看着没什么表情的林然，语气轻快了点儿："你也稍微给我提点儿建议嘛。"

　　"建议？"

　　"是啊。"林景颜喝了一口汤，意犹未尽地舔舔唇，半开玩笑半抱怨，"我相亲你不都一直操心着吗？这次也给我参谋参谋看看呗。"

　　林然垂头看着床头的花瓶，新换进来的玫瑰更加娇艳夺目，不顾一切地怒放着。

　　"我反对……有用吗？"清润的声线缓慢道。

　　察觉林然的语气有些奇怪，林景颜忙道："怎么了？刚才季铭对你说了什么吗？"

　　"没有。我……只是觉得你们不适合。"

　　林景颜应声："我知道。"

　　病房里继续沉默，只余林景颜喝汤的声音格外清晰。

　　喝了一半，林景颜突然想起一件事，之前被打岔忘掉，此刻倒是突然想起来："林然，你还没告诉我呢。"

　　"什么？"

　　林景颜放下汤，兴致勃勃地靠过来："你喜欢的女孩儿到底是谁？你不是说有喜欢的人吗？"

　　她的眼睛晶亮，是真的对这件事有兴趣。

　　林然抬眸。

　　眼前的女人在病床上躺了几天，但并没有显得多么憔悴。

　　栗色长鬈发随意披散在肩头，弯出几个俏皮的波浪，五官继承她母亲的精致，气质却迥异，笑起来美丽而张扬，顾盼生辉，感染力十足。

　　只是待在她的身边，便连空气都好似轻快起来。

　　心口某处又开始闷闷地痛了起来，仿佛无法治愈的绝症，总在不经意之间发作，永无止境。

　　林然按住胸口，静静扬起嘴角："如果我说……是你呢？"

　　林景颜眨着眼睛滞了几秒，随即如常笑出来："开什么玩笑呢你，这可一点儿也不好笑啊。"

　　"我……不是在开玩笑。"

一时冲动说出口的话，却没有丝毫的后悔。

脑海里纠缠的都是林景颜和季铭在一起的画面。

一幕幕。

痛彻心扉。

难道真的要再经历一次？

林然的嘴角扬起，明明应该是笑，却让人感觉不到一丝喜悦的痕迹："我喜欢的人是你，林景颜。"

以前，他就不喜欢叫她姐姐。

因为从一开始，就没有把她当成姐姐。

"唔……难道你也烧糊涂了？"

林景颜探手在林然的额头上触碰了一下，正常的温度。

林然抬起手，还没碰到林景颜，她就突然收回手，躺了回去，按着脑袋喃喃道："那一定是我烧糊涂了，今天真是一堆怪事……等等，我明白了！"

她猛地坐起来，拽住林然道："是因为季铭对不对？"

季铭？

他的确是被季铭刺激到了。

林然点了点头。

林景颜松了口气，按额头："我知道你也不想我和季铭在一起，那也用不着这样啊。你知不知道刚才吓死我了……靠，被自己弟弟告白的感觉实在太奇怪了。"

林然僵住。

林景颜揉了两把自己弟弟软软的头发："好了，我知道了，我这就把他拖黑，真要旧情复燃还不够我恶心的呢。"

林然："……"

这并不是第一次被林景颜这样绕过去，她不只能找到借口，还对此坚信不疑。

有时候对于林景颜的粗神经，林然实在不知道如何是好。

也许仅仅因为，这并不是，她所期望的。

"然少！今晚回来得这么早？"李朝言正打游戏呢，听见开门的声音，忙摘了耳机说，"正好我们今晚开荒，有没有兴趣来练练手？"

　　林然脱下外套，本想拒绝，念头一转，道："好。"

　　李朝言习以为常地转过头："玩一会儿又没什么……啊，等等！你说什么？"立马对耳机里说，"马上来个强援！"

　　今晚林然开怪得格外暴力，刺客职业被他用得跟狂战士似的。

　　吓得李朝言每隔几分钟就得探头过去对林然说："然少你悠着点儿，我知道你操作好但你现在根本是作死啊……"

　　"嗯，我知道。"

　　林然淡淡地说，一边用和他的语气气质截然相反的凶暴技能群怪，简直杀红了眼。

　　在李朝言提心吊胆的情况下，新副本还是顺利刷完了。

　　伤害统计出来，第一列就是林然的角色 Ryan，输出占团队 80%。

　　队伍频道里一片的"战神 R 威武！""我勒个去我第一次看见还能这样暴力开荒的！""R 大神求加好友求抱大腿""这 TM 再熟悉两遍，R 大神简直可以单刷这个本了"……

　　林然默默退了队伍。

　　李朝言担心地问："然少你今晚怎么了？跟女朋友吵架了？"

　　林然操控着角色漫无目的地闲逛，心情低落得显而易见。

　　"如果你喜欢的人不喜欢你，你会怎么办？"

　　李朝言大惊："你追的是什么物种？"

　　林然："……人类。"

　　李朝言被林然冷到，哆嗦了一下，说："换我的话，实在追不上就放弃呗，还有什么好想的？"

　　放弃？

　　林然起身去阳台吹了吹风。

　　如果可以，他何尝不想放弃。

　　方才还在看书的赵青城长叹息："长得帅的还在努力，难怪长得丑的找不到女朋友。"

　　十年前。

　　送花这招失败后，季铭倒是知道改进，变成送礼物和送饭。

　　礼物不能天天送，饭可以。

每天叫人买好早饭，季铭就开车在寝室楼下等林景颜出来，林景颜不理他，他就把宝马开出蜗牛的速度，追着林景颜的自行车一直到教学楼。

至于中饭晚饭更简单，只要林景颜打好饭坐下，季铭就自动自发坐在林景颜对面。

"你要缠我到什么时候？"林景颜摔筷子。

季铭挑剔地看着送来的外卖，抬眼对林景颜说："我以为这个问题我回答过了。"

当时在他们学校，有个惯例，就是在食堂单独坐在一起吃饭的男女会被默认为一对。

同学的八卦传递速度是相当快的。

那之后，林景颜几乎很难再找到女生陪她吃饭，无论她拉谁，对方都会一脸为难地说："我约了其他人吃饭哎……"

惹不起还躲不起吗？

林景颜干脆顿顿打包回寝室吃，但食堂能逃得了，教室就不行了。

季铭隔三岔五就晃到林景颜的教室，毫不避嫌地坐在林景颜的身边，摊开一本毫无关联的书，就开始插科打诨地边转笔边看她。季铭百无聊赖时还会叠个纸飞机什么的，在上面写上诸如"这课好无聊""我都快睡着了你们老师更年期吗""林景颜你真不打算翘课"，字仍然丑得要命……

林景颜忍无可忍："你自己的课不用去上吗？"

"无所谓啊。"季铭这次叠的是把纸手枪，对着林景颜的胸口虚虚开了一枪，笑，"反正只要考试及格，就算一次不去，也没人敢挂我科，而且……"他挑眉，笑得万分得意，"我正打算转专业过来陪你。"

苛刻得要死的转专业要求在季铭这里仿佛不存在，他的转专业申请批得极快，很快季铭就名正言顺成为林景颜班级里的一员，骚扰得更加理直气壮。

久而久之，林景颜也修炼出了无视大法，对季铭视而不见。

在新班级，季铭混得如鱼得水，转过来的当天就一人送了一份价格不菲的礼物。

出手大方，长得又不错，班里的男生女生很快就被收买了大半，包括林景颜室友在内，都开始在林景颜的耳边说季铭的好话，气得林景颜胃疼。

正巧赶上林景颜生理期，一直对这个没什么感觉的她那次在床上疼得死去活来。打电话跟辅导员请完假，林景颜翻了两片止痛药咽下去，就在床上盖着被子昏昏沉沉睡了过去。

半梦半醒时，她只觉得颠颠簸簸，仿佛趴在某个人的背上。

"坚持住！我们马上就去医院！"

林景颜茫然："啊……"

季铭拽开车门，转身小心把林景颜放进后座。

林景颜捂着肚子，稍微清醒了一点儿："你在干吗？"

"你不是病了吗？"

"我……"

"别说话。"季铭两步坐进驾驶座，粗暴地发动引擎，车猛地飞驶出去，"身份证你带……算了不重要，我爸应该有认识医院的人。"

林景颜简直搞不清状况。

季铭得知她请了病假，偷跑进女生寝室准备探病，谁料看着林景颜一脸惨白冷汗直流意识不清，边上还放着倒掉的药瓶，立刻吓得魂不附体，背着她就冲出寝室，还以为她得了什么重病。

医生得知后也是哭笑不得。

打了止痛针后，林景颜坐在走廊的长椅上没精打采地指挥季铭给她倒点儿热水来。

季铭的表情还很尴尬："你……只是因为那种事情？"

林景颜无力："你之前的女朋友都白交了吗？"

季铭："我也没……交几个。"

喝了两口热水，林景颜冲着季铭勾勾手指："过来。"

季铭难得乖乖坐到林景颜身边。

林景颜就势歪过去靠着，嘴里抱怨："折腾死我了……本来睡一觉就好。"

"所以说还是我的错吗？"

"你知道就好。"

季铭："……"

林景颜眯了一会儿，闭着眼睛，突然开口："你到底喜欢我什么地方？有必要这么锲而不舍吗？"

季铭："喜欢就是喜欢，哪有什么原因？倒是你，我到底有什么不好的地方？你知不知道有多少女孩子倒追我我都……"

林景颜哼唧了两下表达嘲讽。

季铭回嘲："不识好歹的女人。"

林景颜："呵呵。"

那之后他们的关系渐渐没这么僵硬了。

吃饭时间，林景颜也懒得打包回去，季铭坐在她面前，她就开始迅速吃，往往季铭的外卖才到，林景颜就吃完对季铭比了个手势，头也不回扬长而去。几次后，季铭干脆放弃他的五星酒店外卖，一脸嫌弃地点了食堂菜，跟林景颜比起了吃饭速度。

班级活动去KTV，季铭做惯了聚会中心人物，拿着话筒不放，只有他唱累了才有别人的份。林景颜在麦霸方面比季铭只强不弱，两个人在屏幕前一个不让另一个，玩命抢歌，遇到会唱的一首也不放过。合唱到《不得不爱》的时候，围观同学已经纷纷被两人气场闪瞎。

事后，林景颜室友温蝶捧着书总结："哎，你们这……就叫明撕暗秀。"

那时候，她和季铭之间又发生了不少事情，再在一起，就是水到渠成。

现在，温蝶坐在她面前，扫了一眼病房，就断定："季铭来过？这厮的手段从来就没变过。"

林景颜点头，深以为然。

"所以呢？你心软了？"

"当然没有！"

温蝶的柔顺长发垂下，看起来一如既往高冷女神，口气却十分无奈："我真不想劝你，第一次你们分手那会儿我就劝过你……结果你们还是狗血了四年。现在看来，旧情复燃的戏码是不是真的要上演了？"

他们第一次分手，纯属季铭自找。

如果季铭有什么最在乎的，恐怕就是面子。

追林景颜追得轰轰烈烈，季铭那帮纨绔子弟的朋友自然都在看笑话，得知他们在一起后，也没少拿季铭开玩笑。为了面子，季铭就开始信口开河。

说者无心听者有意，那番话最后到底还是传到了她的耳朵里。

说什么呢？

即使现在想起来，林景颜也依然觉得很诛心。

"不过就是玩玩而已，玩腻了就甩了她……你看我哪个女朋友长久过……反正到时候开一笔分手费就是了……"

当时的林景颜简直觉得比被兜头打了一拳还要疼。

她也不想吵架，就指着季铭叫他滚。

季铭站在她寝室楼下等，一遍遍解释，当着林景颜的面，打电话痛骂他那些纨绔朋友，让他们向林景颜求情，林景颜统统懒得理会。

他就站了一天又一天，直到大雨倾盆。

他独自站在雨里，乞求原谅。

真是……狗血得不得了。

林景颜扬起嘴角，抱了一下温蝶："不会的。人总要成长，不是吗？要不然……我这几岁可都白长了。"

林景颜拆了石膏出院，走前一天接到林然电话说要接她回去。

她现在手臂受伤，不宜开车。

林景颜笑着答应。

他们办好出院手续，刚走出去，就看见倚着车门抽烟的男人掐灭了烟头，直起身。季铭换了件深棕色长风衣，和黑色西装衬衫搭配得相得益彰，身上成熟男人的气息越发明显。

她身边的林然明显流露出敌意，林然对林景颜低声道了句"等我一下"，就冲着季铭走去。

还没走两步，他的手突然被人抓住。

他愕然回头。

林景颜抓着林然，淡淡道："别去理他。"

林然的视线下移，片刻后，轻声说："好。"

"你车停哪儿？"

"左边。"

林然一直和季铭不太对盘，林景颜怕他去找季铭麻烦，反而把事情弄复杂，毕竟季铭这个人最擅长顺杆子往上爬，林景颜一直抓着林然的手到他的车边，才松开。

林然开车的时候一直没说话。

空气有些沉闷。

确实不知道该说些什么好。

林景颜抬手去开车载广播，不料和林然同时伸过来开广播的手相碰，她还没有反应，林然像触电一样收回了手。

广播打开，一阵轻快的英文歌飘扬出来：

"If I could write you a song to make you fall in love/ I would already have you up under my arm……"

气氛蓦然尴尬起来。

又过了一会儿，林然关掉广播，若无其事地开口："你们刚才说了什么？"

林景颜刚刚把林然按进车里，回头跟走过来的季铭在边上说了几句话，才坐进林然的车里。

虽然之前还让林然帮她参谋，但现在她实在有些莫名烦躁，摇下车窗吹了吹风："没什么。"

说什么都一样，季铭不会这么轻易放弃的。

其实摆脱他最好的办法是去找一个真真正正的男朋友，但如果真的这么容易找到，她也用不着等到现在。

红灯。车停。

空气里令人烦躁的气息更加浓郁。

林然抿紧了唇，克制住自己想按车笛的欲望。

丁零零……

车前镜上挂着的浅黄色风铃丁零作响，那是他爸刚给他买车后没多久林景颜送给他的，每次开车看到它都会觉得很安心。

但此刻正主就坐在边上，他反而静不下心。

被林景颜握过的手渗出汗，心跳加速的感觉还残留在大脑皮层，所有的理智都在趋于混乱……他应该觉得生气的，告白被忽视，明明说着不会旧情复燃，但仍然藕断丝连……

可他到底用什么立场去管这件事？

说到底，他不过，是个弟弟。

车继续开动，仍然平缓。

林景颜看着窗外良久，忽然转头对林然粲然一笑："能开去南陵吗？"

林然愣了一下，随即掉转车头。

南陵街，酒吧一条街。

林景颜本来只想自己进来随便喝两杯的，谁知道林然径直开进停车场，跟她一起下了车。

"你就不用陪我了。"

"反正最后不是还要来接你？"

林景颜少有的几次醉酒，不幸都是林然帮她收拾残局。

这件事林景颜回忆起来也万分尴尬，她的酒量不错，有时人都喝吐了但还没有醉。只是一旦喝醉，酒品出奇的烂。六亲不认就算了，还经常会做出一些不过脑的举动，事后林景颜只能想起模糊一点儿，但也足够她羞耻的。

林景颜抽着嘴角强调："我不会喝醉的！"

林然扫了一下周围，又看了一眼手机时间："我陪你的话，你喝醉了也没关系。"

果然不是错觉，林然是真的很像她爹……

这话林景颜可不敢说出口，她想了想，最终还是妥协："你要真想来，我也没意见……不过除了来接我，你待过酒吧吗？"

林然笑："你就不用操心我了。"

林景颜常去的酒吧是她大学同学的哥哥开的，有段时间林景颜极喜欢泡在这里，听一瓶瓶开酒的声音。

酒保看见她进来，边笑着同她打招呼，边快速帮她调了一杯 Martini。

林景颜坐在吧台喝了一大口酒，大概因为骨子里流淌着艺术家的血液，这种歇斯底里的嘈杂与喧嚣反而让她觉得很舒服，身体里洋溢着狂欢一样的兴奋感。

并没有多难过，只是习惯心情烦闷的时候来喝两杯。

然后睡一觉，第二天就可以什么都忘掉。

摇了摇酒杯里金色的液体，林景颜冲林然示意："要尝尝吗？"

"好。"

"再拿一个杯……"

"不用了。"说完,林然就着林景颜喝过的位置,长睫覆盖下眼睑,轻轻抿了一口,之后便抬起眼看她,"怎么了?"

林景颜忽然心口咯噔了一下。

她伸手把酒杯拿了回来:"算了,你还是别喝了。"

实在是,林然和酒吧的画风太格格不入。

他看起来太干净,不论是脸还是气质,变幻莫测的魅惑灯光打在他的身上都像斑驳颜料化进水流,被晕染开一片纯粹的透明色。比起酒吧,他更适合出现在纯白背景的广告画里,最好再加点儿天使羽毛的光影特效。

自打林然进来后,偷偷打量他的人不少,但目前还没有一个敢上前。

和林然一起出门最让林景颜觉得有趣的莫过于这点,大约是美女易见帅哥难求,每每林然出门都会不自觉地招蜂引蝶,看林然应对搭讪一直是她的一大乐趣。

其实,实在是平日里的林然看起来太过完美,于是林景颜总坏心地想看他出点儿糗。

林景颜又开了一瓶威士忌,十分钟后,一个打扮性感的女人举杯坐到林然边上。

看起来比林然的年纪要大一些,倒是和他过去那些女朋友画风相似。酒红色长发带点儿卷,黑色露肩长裙,开衩几乎到腿根,妆容浓艳,红唇鲜红,笑容更是透着十成十的魅惑:"第一次来?需要我请你喝一杯吗?"

林然晃了一下车钥匙,笑着摇头。

对方毫不在意,笑容更欢:"没关系,我也开了车,可以送你回去。"

林然仍是拒绝,转头去看林景颜。

林景颜仿佛根本没收到林然的求救信号,自顾自喝酒,还冲着林然挤挤眼睛,笑得幸灾乐祸,不过很快她就幸灾乐祸不下去了。

林然生气了。

"抱歉,我没兴趣。"

说完,几乎是非常失礼地,林然撤身站起,捞起坐在不远处的林景颜就朝外走。

被酒精麻痹,直到出了酒吧冷风迎面,林景颜才回过神。

嘈杂的环境骤然变得安静,只有遥远传来的几声汽笛声,和他们略显急促的脚步声。

她能感觉到林然在生气。

他就连生气也是不明显的，最多不过抿唇一言不发，却让人感觉到莫名心虚。

林景颜松开林然的手，站定，按了一下额头："好了，不闹你了，刚才是我不对，不过我不是看她长得还不……"

"回去了。"

仿佛意识到自己的语气过于冷硬，林然放柔声音，问了一遍："我们回去，好不好？"

"现在不还早得很吗？等我把刚才那瓶喝完。"林景颜看了一眼手机，时间刚过八点，她用商量的语气说，"你不喜欢就先回去吧，不用你送了，喝完我自己打车回去。"

醉意微醺，闭上眼享受了几秒钟夜风还是很舒服的，睁开眼，林景颜正打算回酒吧，手臂再次被抓住："我陪你回去。"

林景颜也有点儿无奈："何必呢？你明明不喜欢那种地方……你就不怕等会儿再有人骚扰你？"她的口气像是在哄孩子，"我很感谢你想陪我的心意，不过真的用不着。"

林然深吸一口气："我不是不习惯去酒吧，我跟同学也有去过几次，我只是……"

他只是觉得挫败。

林景颜说他应该去交个女朋友，他去交了，抱着不可名状的心态带到林景颜的面前，却完全得不到想要的反应。别说吃醋和难过，他在她的笑容里找不到一点儿勉强，全然是恭喜和放心，晴朗无霾，和他第一次见到季铭时，心如死灰的感觉完全不一样。

早应该放弃。

他试过去喜欢自己名义上的女朋友，尽到所有男朋友应该履行的职责，吃饭约会送礼物，断绝和林景颜联系，可事与愿违。在得知对方和其他男生一起出去玩时，林然平静地提出分手，女生哭得稀里哗啦向他道歉，他却觉得该抱歉的是自己。

而林景颜甚至没能察觉，他那段时间刻意的疏远。

他后面两任女朋友身上，也无一不带着林景颜的影子。

他觉得自己很卑劣，最后一次和平分手后，他开始意识到，自己身中剧毒，唯有一味药可解，其他的，试再多次，也是徒劳。

姐弟的身份并不是问题，毕竟他们没有血缘关系，户口也并不在一起。

真正的问题是，不论他长得有多高，表现得多成熟，在其他人眼里有多完美，在林景颜眼里，也始终是个弟弟。

他以为自己可以作为弟弟一直留在她身边安静地守着她。

可事实上，他根本没想象过，林景颜真的和另外一个陌生男人手牵手步入婚姻殿堂的画面。

他在捣乱，他就是在捣乱。

林景颜始终没找到合适的对象，微妙的平衡仍然持续着。

但当季铭再度出现时，平衡被打破了。

林然绝望地发现自己开始害怕，他知道季铭对林景颜的影响有多深，现在的季铭看起来比他成熟得多，也自信得多……最重要的是，季铭真的曾经拥有过她。

"只是什么……"

林景颜问，她眨着眼，等待着林然的下文，双眸半醉的波光格外动人。

四周很安静，人群远去，方寸之地只有他们两个人，缤纷五色的招牌在夜色中闪烁。

即将下雨，空气里有些湿润，混杂淡淡啤酒花的味道。

他还抓着林景颜的胳膊，掌心因为紧张而冒出了些汗。

一切都变得有些熏然。

神志昏聩。

林然抓住林景颜的手臂，轻轻推了一下。

猝不及防，林景颜倒退两步靠上酒吧的墙面。

林然稍稍弯腰，侧头，在恰到好处的位置，小心而轻柔地吻上了林景颜。

林然身影覆盖过来的那一刻，林景颜想的却是：

她弟弟是真的长得很高了。

吻大概只持续了几秒。

林然合上眼，那些微的尘嚣也悄然退去。

对林景颜来说不过一瞬，对林然来说却漫长得像一生。

柔软的，带着酒气的，朝思暮想的，让心脏都仿佛停止跳动的……亲吻，压抑了太久，他不得不万分小心，防止自己伤害到林景颜，也防止欲望出笼。

他还记得林景颜受伤没有痊愈的手臂。

林景颜睁着眼，因为吃惊反而眼睛睁得更大。

从她的角度能看见林然闭眼接吻的侧脸，长长的睫毛垂下，脸颊上是一层好看的浮光，表情纯粹到近乎虔诚。而吻亦是无比干净的，没有半分侵略意味。

她脑子突然短路了。

林然撤开唇，缓缓睁开眼，泛红的脸色在夜色下并不明显。

他低头静静凝视着林景颜，双眸里粹着星光，似乎在酝酿着一句适合的台词。

一瞬间，林然就被林景颜反推到墙上。

"你到底懂不懂什么叫强吻？这也叫强吻？"林景颜眯起眼睛，钩过林然的下巴，随即重重亲了上去。

和林然的蜻蜓点水完全不一样，林景颜轻而易举地撬开了林然的唇，灵巧滚烫的舌头长驱直入，捕捉到林然的，立刻便纠缠上去，吮吸挑逗熟练而有技巧性，直吻到舌根发麻。

林然的反应比想象中大得多，从脸颊一直烧到耳根。

起初他似乎还想推开林景颜，但很快两个人都有点儿沉迷其中，就连有人路过看见吹了一声口哨都仿佛听不见。

吻毕已是气喘吁吁。

林景颜短路的脑袋稍稍回神。

短暂沉默后，她笑道："我现在确定你是真的很久没谈恋爱了……不过找人练习接吻也该找对象，找我总归不太合适。"她按了一下额头，"有点儿晕……"

大概是醉了，或者……缺氧。

林然下意识地扶了一把林景颜，在听清林景颜的话时，他僵了一下，笑："接吻练习？"带点儿滑稽的味道，刚才还红着的脸庞转瞬间退去了血色。

林景颜踩着高跟鞋自己站稳，岔开话题："算了，不喝就不喝了，我们回去吧，而且过两天上班，我突然想起我还有资料没来得及看。"

依旧是林然开车，气氛比来的时候还显得沉默尴尬。

林景颜开始没话找话。

"你最近的学业怎么样了？"

"还好。"

"你之前不是说你的导师特别难搞，光一个开题报告就能叫人修改个十次八次？他没为难你吧？"

"没有，他很喜欢我。"

"那就好。对了，你最近有按时吃饭吧，别老熬夜……"

"嗯。"这次林然连句"我会的"都懒得挤出来。

"还有最近听说……"

林然知道，林景颜每次心虚都会这样，拼命找话题粉饰太平，仿佛什么事都没发生过。

车停在了林景颜的公寓下。

"到了。"

"哦……啊，好，我下车了。"林景颜解开安全带，正准备下车，转头就发现林然正看着她，一眨不眨。

车灯一闪一闪，些微的光映照着他的瞳孔，里面是痛苦而压抑的风暴。

林然扬起嘴角，轻声问："你究竟……要对我的告白视而不见多少次呢？"

声音里满是苦涩。

第四章

妄想着有一天······
你会和我怀抱着相同的感情······

午休时间，林景颜吃饭的时候走神了好几次。

"颜姐，怎么了？"唐若言胃口大开，好整以暇吃着午饭。

昨天温蝶来看她，也问了相同的话，林景颜死活说不出口。

事实上，因为姓氏相同，而她自己又没有特别说明，没有几个人知道她和林然并没有血缘关系······只是就算说了，和自己的继弟弟接吻也不是什么容易启齿的事情。

不过因为身为她的助理，之前帮她整理签证材料，唐若言不幸了解到她复杂的家庭关系，成为少数几个知情人。

林景颜犹豫着问唐若言："我最近看起来很饥渴吗？"

唐若言抬眼看了她一会儿："······要说实话吗？"

林景颜喝着茶水点头。

唐若言吃了口番茄，用一种非常寻常的口气说："长期缺乏性生活是肯定的······"

"噗······"茶喷了出来。

"不过应该还不至于到内分泌失调的地步，要找长期的我可以给你介绍，短期的你可以考虑 ONS······至于我本人对和自己的上司做炮友兴趣不大。"

"用不着。"林景颜擦着嘴，用一种不可斗量的眼神看着自家助理。

唐若言回看她，笑得人畜无害。

林景颜叹了口气："其实是……"

片刻后，唐若言吃惊地看着她："就一个 kiss 你就烦恼到现在？"

"不然呢？"

大概唐若言长了张道德感比较稀薄的脸，跟他说完，林景颜倒是没有一点儿心理负担，而且他的恋爱经验肯定比她丰富得多。

"没什么。"果不其然，唐若言迅速接受，并且丢下另一枚炸弹，"不过……颜姐你不是第一次调戏你弟弟了吧？"

"啊？"

唐若言想了想："我记得某次你在酒吧醉得不省人事，林然来接你……你扒在他身上，一边叫着美人，一边人家身上揩油，我想接手你还不肯松手，最后还是他把你送回的家。"

林景颜大汗，不由得怀疑道："什么时候的事情？"

"就是我刚当你助理没多久的时候……你问白小佳，她肯定也记得。"

"这又……关小佳什么事？"

唐若言无奈："你醉酒的时候还真是什么都不记得，不过……"又夹了块牛肉，咽下去，唐若言笑，"他大概……喜欢的也是你神经大条这点。"

林景颜愣了愣："你说什么？"

"其实你自己也知道吧，我见林然第二面的时候就知道他对你有意思，他看你的眼神根本不是看自己姐姐，老实说一开始我还吃了一惊，不过后来……"唐若言耸肩，有些遗憾，"虚惊一场。"

林景颜语塞，半晌，说："可他是我弟弟。"

唐若言笑眯眯道："So what？"

林景颜："……"

这人的下限和节操果然早都已喂了狗。

除去唇膏广告，林景颜手头还有两个项目在谈，一个是大型商场恒瑞的三十周年庆典广告策划案，另一个则是一家国际奢侈品牌 Miracle 面对中国的一系列广告投放运作，后者是她今年的主要任务。

Miracle 有自己的宣传部门，不过他们需要一家本地的广告公司配合，好几家广告公司跃跃欲试，林景颜所在的广告公司亦是其中之一。

为此她已经准备了两三个月，就连春节放假在家还在琢磨策划。

不过公司里觊觎这个项目的不止她一个人。

"你这是康复了？怎么不在医院里多休息几天？"听起来情真意切的关心，实际上林景颜知道，对方巴不得她在医院里躺一辈子。

林景颜笑着回："汪姐说哪里话，工作这么忙，我哪有心情休息。"

汪雁比她大几岁，早两年进公司，本来井水不犯河水，奈何林景颜升迁过快，现在跟她算得上平起平坐，职位都是策划总监，汪雁难免有些看她不爽。再加上公司里的大项目毕竟只有那么几个，谁都想抢，几次策划案竞争各有输赢，梁子也算是结下了。

不过林景颜最受不了的还是自从前年汪雁结婚后，便在公司里日常秀恩爱秀老公，还时不时对还在单身的林景颜冷嘲热讽，逼婚逼得比她妈还勤快。

"不过你可得小心别留什么疤痕之类的，不然老公可不好找。"

林景颜继续笑："不知道汪姐什么时候准备请产假？你这个年纪也该要孩子了吧，再大些可是容易难产的。"

唐若言在她身后扑哧笑了一声。

虽然请假休息了一周，不过勉强还算来得及，林景颜跟手下几个文案和美术指导加班反复改了多次，才把 Miracle 的策划案提交给客户部。

客户经理孙一让收下，皱了皱眉说："Miracle 刚换了新的负责人，他提出说要亲自来看内部提案，你们可能要准备一下……"

奇葩的甲方林景颜遇多了，完全不足为惧。

但当她真的准备好材料和 PPT 站在会议室的时候，她才发现自己实在是太疏忽大意了。

会议桌边，季铭闲适地靠在椅背上，稍微松了松领带，两条腿架在桌子上，目光颇含深意地看着她："林总监，你可以慢慢讲……我有的是时间。"

难怪之前他这么简单就放弃纠缠，原来早在这里等着她了。

"然少，我想吃排骨……"李朝言眼巴巴地望着林然。

林然转头看他，说："我没时间，你自己做吧。"依然是温和的口气，但无论怎么听都觉得很冷淡！

而且他哪里有在忙！

林然分明又坐在电脑前面，开启了虐怪模式！

李朝言又瞅了一眼屏幕，不知道哪个不长眼的新人居然敢跟林然抢怪，分分钟被切瓜切菜一样地虐回了出生点……顶着一头刺目红名的黑衣刺客Ryan高高站在屋顶上，兜帽遮住脸，只露出一双猩红的眼睛，罡风烈烈吹乱他的袍子……看起来简直就像个杀神！

李朝言犹豫了一会儿，问："你不会还没追到那姑娘吧……"

"……"

"真的假的……那姑娘没瞎吧？"

隔了良久，他才看见林然摘下耳机，揉着眉心，出了会儿神，轻飘飘地开口："她亲了我，但不肯负责。"

李朝言揉了揉耳朵，为什么他听出了轻微的……怨念与委屈？

林景颜只在最初稍微惊讶了一下，很快便调整好情绪，冷静理智地展示起了她的策划案。

"……我们先针对Miracle的同类产品做了很多市场调研，从……"

她准备了很久，说起来就算不过脑也能侃侃而谈，更何况只要一说起来，很快就投入进去，甚至忘了眼前在听的人是谁。

说完后，林景颜轻轻鞠了一躬。

"谢谢。"

台下响起了稀疏的掌声。

季铭轻轻拍了拍掌，嘴角的愉悦几乎掩饰不住："很出色的策划案……看到我意外吗？"

"谢谢夸奖，不知道季先生还有什么问题吗？"

季铭想了想，说："这套职业装很适合你，不过裙子短了点儿，还有颜色再浅点儿会更衬你的肌肤……"

林景颜保持着微笑："季先生你现在是在……性骚扰吗？"

"不，这只是个建议。"季铭低头，随手翻了翻林景颜的策划案，厚厚一沓，只是稍微扫了两眼就知道肯定准备了不少的时间，结构完整，目标明确，数据翔实……不愧是4A级广告公司的策划案。

他不在的这几年，林景颜的成长也并不小。

他们交往的时候，她还是个实习给人打工赚了两三千块就乐得屁颠屁颠的小菜鸟，拿着钱一脸骄傲地说要包养他。现在，林景颜穿着价格上万的定制套装，踩着尖细到戳死人的高跟鞋，喜怒不形于色，明明讨厌得要死还是微笑着对他说："谢谢季先生的建议。"

多么的……可爱。

"晚上有时间一起吃个饭吗？"季铭笑着补充，"工作餐。"

和客户一起吃饭简直是再正常不过的事情。林景颜是个漂亮的女人，还是个酒量不错的漂亮女人，你不得不承认在和男客户谈生意的时候，她有得天独厚的优势。

"抱歉，我今晚可能有点儿事情，可不可以让我的助理……"

"不可以。"季铭断然否决，"今天没时间我们可以改天约……当然你可以选择不来，那么这个项目我们也不需要再谈了。"

林景颜低头沉默了一会儿。

片刻后，她抬起脸，依旧微笑："那就是说，如果我想要拿下贵公司的广告合作，就必须要……讨好你吗？"

季铭站起身，视线在林景颜的脸上肆无忌惮地流连，看得林景颜直发毛，他才又慢慢笑起来，说："你不用担心，我不会让你做什么很为难的事情……不过是吃个饭而已，不难吧？"

临出门的时候，季铭正巧碰到了出来倒咖啡的唐若言。

林景颜没瞧见，但据当时在场的同事回忆，那一幕简直电闪雷鸣、雷电交加，剑拔弩张的气氛强到爆。

"你说 Miracle 那位负责人不会是看上咱们部门之草小唐了吧？"

林景颜一口茶又差点儿喷出去。

"咳咳……可能吧……咳……"

她最近也许真的不太适合喝茶。

为避免尴尬，林景颜原本最近都不想再去见林然。

反正过段时间那个莫名其妙的吻也会随着时间的推移变淡，消失在记忆里。可惜事与愿违，没过两天她妈许如琪就飞过来看她，不知从哪儿得知她手臂受伤的事情，抱着她已经好得差不多的手臂心疼了半天。

许如琪和林然的父亲林深刚从国外度假回来，因为常年养尊处优心情舒畅的生活，已经五十多岁的许如琪看起来还像三十出头，皮肤白皙，气质温和沉静,浑身散发着文雅的书卷气,五官和林景颜有些像,但更小家碧玉一些。

与林景颜对林深的态度不同,许如琪很喜欢林然,几乎把他当成自己的亲儿子,有时候比对林景颜还好——但这种好是有些微妙的,许如琪会跟林景颜生气会骂林景颜,但从不会说林然一句重话,难免在好里就显得过分客气而并不亲昵。

来了没多久,许如琪就让林景颜叫林然过来。

林景颜实在一万个不愿意,但不叫只怕许如琪又以为她和林然闹别扭,反而更麻烦。

电话响了一会儿才接通。

"喂,林然……我妈来了,叫你过来吃饭。"

林然那边只愣了一下,很快回答:"好的,我很快过去,要带什么东西过去吗?"语气很平静,已看不出半点儿那时的失控。

林景颜稍微松了口气:"不用了,我已经买过菜了。"

一居室的房间里容纳下三个人实在有些狭小。

许如琪表示过愿意出钱替林景颜换一间大点儿的屋子,被林景颜婉拒。

林景颜实在不愿意再用林深的钱,不,或者说是一直不愿意用,从大学她能自己兼职赚钱加上奖学金足够养活自己,她就没动过一分许如琪给她的生活费,一直存在卡里没有取出来。

母亲嫁给林深,用他的钱她无从指摘,但是她和林深毫无关系,完全没有资格用他的钱。

有些事情是很难忘记的。

许如琪嫁给林然的父亲后,那些闲言碎语就不断传到林景颜的耳朵里:"听说三栋楼的许如琪带个拖油瓶二婚嫁了个有钱人""啧啧,还不是为了钱嫁过去可就是阔太太了""就是就是,搞不好女儿还能分到点儿遗产呢,真是能算计"……

用林深的钱对林景颜来说,始终是件非常羞耻的事情。

厨房里,许如琪忙活着。

和林景颜不同,书香门第出身的许如琪有好几道拿手的家乡菜,虽然她已经很久没亲自下过厨,但味道始终都令人垂涎。

　　林景颜想，她还真的是像父亲像得比较多。

　　林然来了主动想去帮忙，反而被许如琪赶出了厨房，只得和林景颜一起坐在沙发上看电视。

　　周末的晚上，最受欢迎的大型相亲类综艺节目，屏幕上主持人妙语连珠，台下观众们一片祥和的笑声。

　　看了一会儿，林景颜就忘了身边的人是谁，搭着林然的肩膀吐槽得不亦乐乎。

　　直到中间插播广告的时候，林景颜才发现林然一直盯着她。

　　"我脸上有东西吗？"

　　"没有。"林然轻轻摇头，缓缓道，"季铭最近有来骚扰你吗？"

　　不知道为什么，林景颜下意识就不想林然知道，稍微顿了一下，说："没有……大概放弃了吧，都过了这么多年。"

　　"嗯。"

　　一时无话。

　　"好了，来吃饭吧。"

　　许如琪端着菜从厨房里出来，林景颜忙起身帮忙，才从这种不自在中脱身。

　　饭桌上，许如琪很殷勤地用公筷给林然夹菜："小然多吃一点儿。"

　　林然接过咽下，绽开一个亲和笑容："谢谢许阿姨，许阿姨的手艺还是那么好。"

　　"你觉得好吃阿姨就开心了。"

　　林景颜听得牙酸，咳嗽了一声说："那个……妈，你就别给他夹了，他这么大个人想吃自己会夹的。"

　　而且……她实在不好说，林然做的菜比她妈做的还好吃……

　　许如琪闻言，温和一笑，说："好。"

　　电视上的相亲节目依旧。

　　许如琪在家就很喜欢看，看了没一会儿就像是想起什么一样，说："景颜，你要不要也参加一下？"

　　"妈……"林景颜无奈，"这种节目都是作秀的，你还真当人家是来相亲的？牵手下去再没联系过的多得是，而且我根本没时间每周跑去录什么节目。"

"噢。"许如琪有些失落地应声。

女儿年纪大了，许如琪到底也像其他父母一样操心起了儿女的终身大事，过年回家还特地给林景颜联系了一场相亲，不过林景颜压根儿没去，让林然帮忙打发掉了。

她给林景颜介绍的对象大都是林深的商业伙伴或是朋友的儿子，基本是打算留在本地，而林景颜根本不想留在那里。她有自己的工作自己的事业，甚至今年内就打算贷款买房子自立。虽然很不孝顺，但她确实不想再和许如琪、林深生活在一起。

之后许如琪又旁敲侧击地问了几次，都被林景颜挡了回去。

"你就别操心我了，我过得挺好，就算不结婚也完全没关系。"

"可是这样你老了以后……"许如琪还是忧心忡忡，比一般的逼婚稍微能让人忍受一点的是，许如琪的担心并不是因为觉得不结婚生子不好，而是担心林景颜老了以后无人照顾陪伴。

她是个传统的人，这辈子做过最大胆的事情大概就是嫁给林景颜父亲，那个完全不靠谱的男人。

"我知道了我知道了，我又不是没在找，只是没碰到合适的。"林景颜实在没办法，按着脑袋说，"下礼拜我就去找人相亲行了吧？"

林然一直默默吃饭，没吱声。

去酒店之前，许如琪给林景颜、林然各送了一份伴手礼，林景颜是一套一线品牌的护肤品，林然的则是一只昂贵许多的手表。仿佛怕林景颜内心不平衡，许如琪特地又补充："这是小然他爸特地让我选的，小然的生日礼物。"

林景颜一愣：生日礼物？

林然收下，微笑："谢谢许阿姨。"

直到把许如琪送去酒店，折返的路上，林景颜才心虚地问："你是哪天生日啊？怎么不跟我说一声？"至少让她有时间准备份礼物。

"前段时间吧。"林然毫不在意地说，"无所谓，我自己也记不清了。"

"要不……我们现在补过一个？我去买蛋糕。"

林然笑了："不用了，我本来也不怎么过生日。"

林景颜觉得更愧疚，拽着林然就走："走走走，现在面包房应该还没关门，买个小蛋糕应该来得及……我再给你买份生日礼物！虽然只有我们两个人，但是……"

她没能走动，因为林然反拽住她。

"真的用不着……"他顿了顿，努力掩饰语气里的酸涩，"何必呢……再对我好有意义吗？"

林景颜被林然的语气激得一震，心里忽然也有些不是滋味："我……"

林然抬眼看她，那双浓黑的眸子里雾气氤氲，破碎到令人心惊，他慢慢开口："你……还要再去相亲？"

林景颜是真的很想回答"是"，除了个人问题，她还很想尽快摆脱季铭，但这话对着此时的林然无论如何说不出口。她掩饰道："我最近工作这么忙，哪有时间，你别瞎想了……"

林然似乎也察觉到自己逼迫过甚，松开林景颜，他的语气稍微恢复平静："对不起，我不该管这么多。"

林景颜忙说："没事没事，我知道……你是我弟弟，你这是关心我……"

话音未落，她就又对上林然深黑的眸，立时噤声。

下意识的话，却分明戳中了林然的软肋。

他根本不想只做个弟弟，也不仅仅是出于关心。

他已经做了太久太久的弟弟……

久到他自己都几乎记不清到底忍耐了多久，在她毫不避讳把手搭在他肩膀上的时候，在她冲他笑的时候，在她照顾他的时候……

而忍耐终究到了快崩塌的极限。

林景颜轻声问他，神色小心："生日……真不过了吗？"

这副样子轻而易举击溃了他的冷淡，林然苦笑着摇头："现在过也没什么意义。"

不过是徒增烦恼。

林然送完林景颜就直接回了学校。

再怎么神经大条林景颜也意识到，有些事不是能一直糊弄下去的。

林然喜欢她。

这个她已经认识了十几年的弟弟，喜欢着她。

单身的这些年里，林景颜的身边路过各式的男人，其中也有一些林景颜考虑过的恋爱对象，甚至唐若言她都不是完全没有感觉……唯独林然，她从来也没有想过一次。

大抵是因为她看着他长大的缘故，明明她只大林然三岁，却觉得自己好像大了他一轮，她看林然总有种长辈看小孩子的感觉。

尽管他是个早熟又天才的孩子。

林景颜想，林然会喜欢她，大概也正因为这大了的三岁吧。

就像念书时候的女孩子总觉得同年级的男孩子不够成熟，而明明只大了一两岁的学长却让人觉得又稳重又有思想——后来想想，也不过是一群小屁孩儿而已。

所以，林然可能是在同年级里没遇上喜欢的女孩子，看到年长的她觉得有些特别，青春期他们俩又常年待在一个屋檐下，相处久了难免会对她产生感情错觉。

等有一天，他真的遇见了自己喜欢的女孩子，大概就会清醒过来。

只是现在，到底……她要怎么才能既不伤害到林然，又让他打消这种奇怪的念头？

这个问题对于林景颜而言实在是个难题。

好在林然从不让她为难，后面的几天也没有再联络过她，没被捅破的窗户纸就还在维持着它脆弱的平衡。

林景颜忙了几天恒瑞商场的庆典策划，就又收到季铭发来的邀请信息。

她心里滴血地看着手机。

其实之前 Miracle 的负责人她已经见过面还接触过，双方交谈甚欢，就算纯从技术层面来说，她中标的可能性也还是很高的，所以她投入了很大的精力在里面，毕竟这个项目如果拿到手，不论是薪酬还是后续升职方面都有很大的帮助……可季铭不知道是怎么搞定那边公司，在这个时候换负责人。

可因为这种原因功亏一篑，她实在不太甘心。

纠结良久，林景颜还是回了一个"好"。

得到应允，季铭特地开车到林景颜家附近的地铁站接她。

　　林景颜一走到，立刻就被那辆鲜红色的兰博基尼跑车闪瞎，坐进去，她忍不住说："你不是刚回国吗？换车换驾照的速度够快的。"

　　"车是找朋友借的，驾照办的临时的。"季铭承认得很痛快，"我还没来得及买车，不过毕竟是来接你，怎么也要重视一点儿。"

　　"你还有朋友？"

　　无视林景颜语气里的嘲讽，季铭笑得竟然还有几分得意："我跟以前不一样了，景颜，你要用发展的眼光看我。"

　　哪里不一样了？

　　分明还是一样惹人厌。

　　林景颜没开口接话，怕只怕她再说两句就要跟季铭又吵起来。

　　"车暂时不急，反正公司有配车，我打算先买房子。"季铭兀自说了下去，"我记得你以前说过喜欢三百平方米左右的房子？有感兴趣的楼盘吗？"

　　"三百平方米？你现在买得起吗？"她实在是忍不住。

　　更何况十年前的三百平方米怎么能和现在的比。

　　"全款可能不够，不过首付是没问题。"车快开到地方，渐渐慢了下来，"我现在年薪在七位数以上，虽然不能跟过去比，但……应该有资格追求你吧？"

　　停下车，季铭转头看向林景颜，倒是敛了几分张狂。

　　"我自己的臭脾气我自己知道，你不喜欢也很正常，不过这副样子我只会在你面前表现而已……我知道你现在对我嗤之以鼻，但我真的有改变，过去追求你用的是我父母的钱，靠的是他们的权势，而现在我所拥有的，全是我自己挣回来的。"

　　"所以你就用你最讨人厌的样子来追求我？"

　　季铭低笑一声，沉然的声音磁性十足："因为你是唯一知道我所有样子的人，在你面前我一丁点儿也不想伪装……现在这样说你可能会觉得好笑，但……真的是因为你，我才能坚持下来，成长成现在的我。"

　　如果是二十出头的林景颜大概会感动得一塌糊涂，可现在她已经快三十了。

　　来之前她还是稍微打听了一下季铭，他在 Miracle 海外总公司升职很快，几乎无所不用其极，绰号是奸商。

　　面对这样的人，感动也变得非常廉价。

林景颜笑了笑："我们可以下车去吃饭了吗？"

季铭订的是一家拥有米其林大厨的餐厅。

明明是用餐高峰期，他们到时，里面却人烟寥寥。

装饰精美却小巧的菜品一道一道上来，服务生以为他们是情侣，还特地在桌上放了几枝玫瑰，又送了一瓶由粉色爱心丝带绑起来的香槟。

林景颜看到玫瑰简直头疼得要命，但还是保持着微笑用餐，反复跟自己说现在不过是在应酬陪客户。

吃得只剩下甜点时，季铭忽然问她："我以前送你的东西还在吗？"

林景颜将食物咽下，说："都丢在家里了，你要的话，我可以回去一趟打包给你。"

"我不是这个意思。"季铭摇了摇头，"我是说……戒指还在吗？"

戒指。

大三那年的七夕节，季铭带林景颜约会。

本来只是在中央广场散步，没料到中央广场周围所有的广告屏幕都变成她熟悉的同学的脸，他们开始一个接一个地说着祝福语，四周的喷泉也溅射出爱心的形状，广播开始放起了《今天你要嫁给我》，四周的行人自动自发在林景颜的面前跳起了舞，无数写着季铭和林景颜名字的粉红色氢气球被送入了天空。

祝福语的最后轮到季铭，他理了理头发，有些紧张地说："林景颜，你愿意嫁给我吗？"

画面定格。

而真人站在屏幕下，目光定定地望着她，从怀里取出一个蓝色丝绒的戒指盒。

"嫁给我吧。"他说。

浪漫到无以复加。

他们甚至还上了本地的报纸，就连老师都天天打趣他们，问什么时候能喝他们的喜酒。

那之后那枚戒指就一直留在了林景颜的手里，直到他们分手也没来得及还给季铭。

"还在，那个我早就想还给你，不过……"

"不用了。"话被打断，季铭又拿出了一个几乎和当年相同的戒指盒，打开，"那个就算丢了也没关系……因为我还想再问你一次，林景颜，你愿意嫁给我吗？"

他望向林景颜，那些玩世不恭终于统统敛去，双眸里只余下郑重。

"我曾经错失的东西……能让我再找回来吗？"

这是一场真正的求婚，而并非戏言。

林景颜盯着戒指看了一会儿。

戒指很美，比当年的还要美。

中间是璀璨的钻石，四周由精巧而华丽的银钩固定，戒圈上还散布着点点碎钻，看起来就像顶小小的王冠，很难有女人不为之心动。

真是个美好的梦不是吗？

只要她收下那枚戒指，中间几年的断隔期都会被补上，痛苦和伤害都像从未发生过，她还可以开心地挑选婚纱，有一个完美的婚礼，和一个看起来不赖的丈夫，过几年可能还会有个孩子，不用再担心自己大龄嫁不出去，也不用再头疼和 Miracle 的合作案……

林景颜抬起手，轻轻地，将那个盒子盖上。

"很漂亮的戒指，但我不能答应，抱歉。"

季铭有些许的惊讶，但很快调整好："为什么？就因为我曾经错过一次？"

林景颜不置可否地看着他，笑了笑："是因为答应了你，会让我觉得自己像个傻子。为什么已经跌进去一次的坑还要再跌进去呢？——我们不合适，别勉强了。"

其实季铭说得挺对，他的确不一样了。

至少在遭到这样的拒绝后，他没有勃然大怒，也没有再拿项目威胁林景颜，依然好好地送林景颜回家。

但这种程度的改变并不能动摇林景颜的心。

下车的时候，季铭说："天都黑了，我送你到楼门口，再看你上楼。"

林景颜拒绝，但没能成功，加上隔壁在盖新楼，晚上附近治安确实不是太好，她也没有强硬拒绝。

"就到这儿吧。"林景颜转身，"不知道下次见面的时候，季总你能好好跟我谈项目吗？"

季铭扬起嘴角："那给我抱一下。"

"什么……你……"

季铭已经先一步搂住了林景颜的腰，在她耳边吐气道："虽然我很生气，但不得不承认今晚的你很漂亮，我也很期待下次见面。"

松开林景颜，季铭转身便回了车里。

林景颜咬了咬牙，准备回家。

刚走进楼栋里她就愣住了。

林然坐在一层的楼梯台阶上，双眸漆黑静静地看着她，手里提着的塑料袋里几只螃蟹正在挣扎，那是她随口说过想吃的。

林景颜吓了一跳，下意识觉得紧张不安。

她跟林然说过自己同季铭并无联系，可……现在她只能祈祷天色太晚林然没看清。

稍稍定神，林景颜轻声问："来了怎么不给我打电话？等了多久了？"

"没多久，没来得及。"林然缓缓站起身，活动了一下僵硬的手脚，声音里有种异乎寻常的镇静，"螃蟹你吃不下的话，我明天再过来给你做。"

林然越是镇静，林景颜越是不安。

"我晚上只随便吃了点儿东西垫垫。"林景颜按开电梯，想从林然手里接过螃蟹，"先跟我进屋……"

手指相碰，林然的手指冷得像冰。

三月多，春寒料峭，林然原本就白净的脸显得更加苍白。

林景颜实在有些担心，但又怕关心太过弄巧成拙，只好一回房就立刻开了暖气。

还不是吃螃蟹的季节，不知道林然从哪里弄来的大闸蟹，个个肥美。

林然加了作料，放在锅里蒸，没一会儿，就有扑鼻蟹香。

季铭找的餐厅精致是精致，但每道菜分量都太少，至多吃个半饱，看见蒸好的螃蟹泛着诱人的橘黄色，林景颜立刻被勾得馋虫大动，洗干净手，就抓了一只开始掰掰拆拆。

吃了一只，发现林然坐在对面压根儿没动，林景颜拿了一只给他："怎么不吃？"

林然淡淡道："我不饿。"

可惜林然没跟他的肚子套好话。

林景颜憋笑起身："我再煮点儿稀饭吧，正好我也没吃饱。"

她做菜不在行，不过煮个稀饭还是问题不大。

淘米、放水、插上电，林景颜一回身，就看见倚在厨房门口看她的林然，这次白衬衫外的是件复古英伦的针织衫，贵气又雅痞，搭配上林然亭亭玉立的身形，活脱脱从广告画上走下来的模特，只是此刻他的脸上挂着疏离冷淡的神情，仅仅是看着就让人觉得难以接近。

因为太过完美，就算是林景颜也时常觉得，自己弟弟看起来像水中花、镜中月，并不真实。

但现在，那股虚幻之气仿佛被打破。

林然动了动唇，温和的声音吐字却异常艰难："你……和季铭和好了？"

"你看到了……"

这简直是明知故问。

林景颜沉吟了片刻，开始解释："不是你想的那样，我们只是因为工作关系吃了一顿饭……呃，正巧他是我合作公司的负责人，所以……"

明明都是实话，林景颜却越说越心虚。

她甚至不明白自己为什么要这么慌张地解释。

就算她和季铭在一起又怎么样？

这和林然并没有关系。

林景颜停下解释，改口道："总之你就不要管了，我会处理好我自己的事情。"

"为什么他可以，我就不行？"

压抑到极致的声音突然响起，嗓音里有些许沙哑。

"什么？"

林然朝林景颜走了过来，林景颜不明所以地看着他。

厨房的空间本就不大，林然很轻易就站到了林景颜的身边，他抬起手，食指指腹飞快地在林景颜的嘴角轻轻擦过，抹去一片蟹黄。垂下眸，林然将食指指腹含在唇间，压低声音说："他到底哪里好？为什么你宁可选他，也不愿意选我……他让你痛苦、难过、流泪……你都忘了吗？"

季铭揽着林景颜的腰，俯身将唇瓣移到她耳边的亲昵模样还在林然的视野里晃动。

林然甚至有点儿怪自己的视力为什么这么好，隔着这么远的距离还能清楚地看见季铭脸上得意而自信的表情。

心脏骤然遭到重击，在胸腔里仿佛瞬间不会跳动。

他很想冲上去，将两人推开，告诉季铭，不要再来骚扰林景颜。

可他没有这个资格。

"……为什么我就不行？"

林然又重复了一遍，空洞洞的声音飘荡着，却像是声嘶力竭。

而剩下的，便趋于无声。

我们在一起好不好？

我会对你很好很好的，比季铭对你好一百倍、一千倍、一万倍。

林景颜彻底呆住。

她没有看过林然这么痛苦的模样。

"可是……"林景颜不由得慌不择言起来，出口的话也不经大脑，"你是我弟弟啊，我们怎么可能在一起……这也太奇怪了……我一直拿你当亲弟弟，你比我还小……我……你肯定是太久没谈恋爱，所以头脑发热……要不我先给你介绍个对象……"

"我也希望自己是头脑发热……"林然退后一步，按住左边的胸口，涩然道，"这样，就不会明明告诉自己没希望，还是一直一直地妄想着。妄想着有一天……你会和我怀抱着相同的感情……"

林景颜之前和林然的关系也算亲密，但从没有越过雷池，最近虽然隐约觉得不对，可也没想到林然会这么痛苦："对不起……我……"

"用不着抱歉。"林然苦笑，"该抱歉的是我……"

正是因为预料到现在的局面，他才无论如何开不了口，宁可选择忍耐。

不说，他们还能维持着姐弟的关系。

说出口了，只怕……

"给你带来困扰了……"

林然踉跄了一下，退出厨房。

林景颜担忧地看着林然，忍不住想上前扶他一把。

林然先一步抓住她的手腕，修长的手指扣在腕间，比林景颜还白上两分。

他定定地看着她，不甘心道："我能不能再最后问一次，你对我有没有……哪怕一点儿……"

哪怕一点儿不属于亲情的情愫？

林景颜惊疑着支吾："我……我……"

林然握住她的手一点一点慢慢松开，像一把根本握不住的沙，从掌中流逝，直到彻底滑落开。

"我明白了。"

林然转身，摇晃着走到玄关，低头换上鞋子："我先回去了，你早点儿休息，再见。"

从林景颜的角度只能看见他颈侧的一小片肌肤，白得惊心。

再见。

门被带上，"砰"的一声。

电饭煲里的稀饭还在咕噜咕噜地煮着，桌上的螃蟹已经半凉。

林景颜突然想起来，抽屉里她特地给林然挑的生日礼物还没来得及送出去。

只是……不知道还有没有机会送了。

之后的半个月，林景颜都没有再见过林然。

他没来找过她，没给她打过电话，就连朋友圈都再没有更新——虽然他本来也就不怎么发，但以往半个月也至少会发个一两条，现在却宛若人间蒸发。

这期间，季铭又找过林景颜吃饭。

不知是出于什么心理，她拒绝了。

季铭发来消息问她，项目不想要了？

林景颜平淡地回，她相信贵公司会更加重质量，她会尽全力做好策划案。

这话就连林景颜自己也觉得可笑，她不是第一天上班，职场不比在校园里，只要你努力学习就能拿到第一名，在这个没有硝烟的竞技场里，光努力是远远不够的。

没过两天，汪雁就得意扬扬地出现在林景颜面前，有意无意地在林景颜面前表现出对方公司的人多么看好她的策划案，将她的策划案夸得天上有地上无，仿佛这个项目已是囊中之物。说完，她还不忘提醒林景颜一句，反正项目也拿不到，就别这么拼命了，这么有时间还不如多花精力去找个对象。

林景颜知道季铭十有八九是故意的。

靠着拙劣的激将法想要逼迫她憋不住，主动去找他。

"颜姐，这个项目看样子真的是要被抢走了。"唐若言托着下巴翻已经看了不知道多少遍的策划案，"你不打算再争取一下了？毕竟对象是……"

"我还没开放到卖身换项目的地步。"

这样的事他们公司里也不是没有，但是林景颜本人是不屑的，吃饭应酬没问题，真要"枕营业"还是敬谢不敏。

"要不……我去试试？"

林景颜惊愕地看他："你已经到了男女通吃的地步了吗？"

唐若言笑得狡黠："不是都在传 Miracle 的负责人看上我了，每次看我的眼神都欲火焚身？"

林景颜纠正："是怒火熊熊。"

翻来覆去盯着手机看，林景颜不知道该不该主动联系林然。

她有些卑劣地希望林然只是一时想不开，而不是打算永远都不理她……

毕竟这么多年的感情，不是说断就可以断的。

孤身一人在陌生城市打拼，有一个亲人在身边，无论多么辛苦都不会觉得孤立无援。就像上次擦伤一样，她知道林然得知以后一定会来看她，而倘若林然受伤，她也一样会去看林然。

之前相亲的时候，她想过那么多次，林然倘若不再管她就好了。

可现在……林然真的不管她了。

林景颜突然有些不习惯。

回到家里，看着空寂无人的厨房，会隐约怀念起林然偶尔在里面忙碌的身影。从冰箱里取出一罐啤酒，那还是当初林然买了留在里面的。

刚要打开，林景颜就发现瓶底贴着的字条：

少喝点儿。

林然的字，清俊挺拔，和他的人一样。

狭小的一居室里，到处都有林然曾经待过的痕迹，他在她的沙发上坐过，在她的书桌上上过网，在她的书柜边翻过书，在她的阳台晒过太阳，在……

林景颜靠坐在沙发上，默默喝着酒。

台历上距离 4 月 1 号已经很近了。

林景颜忽然想起去年的愚人节，林然曾经送过她一个玩偶，从沙发上爬起来。林景颜翻箱倒柜找了一会儿，才在衣柜最底下找到了那个有点儿傻气的猴子玩偶。

林然说是在抓娃娃机里抓到的，林景颜还笑过他一把年纪还玩小孩子的游戏。

边喝酒边捏了捏那个玩偶的脸，捏了一会儿脸，林景颜又把手移向了肚子，那里的填充物更多看起来更柔软，刚捏了一下她就觉得不对劲，里面似乎有个软软的机关，她按了好几下才按中那个位置。

"叮"的一声，有个温柔的声音从里面模糊传出来，林然的声音：

"林景颜，我爱你。"

空气凝滞，停顿了足有十秒，才有后半句："……愚人节快乐。"含着些喑哑难言的笑意。

愚人节愚人节，愚的又是谁呢？

周末一早，林景颜就驱车去了林然的学校。

幸亏林景颜之前有在外地寄过东西给林然，按照邮寄地址一路摸索到了林然的学生公寓门口。相较于商区低矮得多的建筑，四周围着绿荫，每个阳台都晾晒着衣服或是被褥，不时有人拿着书从楼栋里走进走出。都多少年没再回到校园，感受到迎面而来的学生气息，林景颜一时感慨万千。

起初她还被舍管拦住，林景颜解释是给弟弟送东西舍管仍旧半信半疑不肯放行。林景颜只好从手机里翻出林然的照片，舍管显然认得林然，一见照片立刻和颜悦色起来，就差没跟她套近乎。

410 室。

敲响林然寝室的房门，林景颜忽然有些紧张。

该说点儿什么？这不是简单道不道歉的问题……

但他们确实需要好好谈一谈。

门开了，是张陌生的脸。

"你是……"来人还没睡醒，一头乱毛，眼睛半眯着，脸方方正正一看就是个老实人。

"我找林然，我是林然的姐姐林景颜。"

"林然的姐姐？"那小青年重复了一遍，猛然反应过来，"居然是然少的姐姐！你稍等一下……"跑进去折腾了一会儿，他才穿戴好慌忙开门，"快……快请进。"

林然并不在。

寝室应当是四人间，不过只住了三个人。

"林姐姐你好，我叫李朝言，是然少的室友，他去实验室了。你先在这里坐一会儿……我给他打个电话叫他马上回来……"李朝言语言凌乱地招待着，他倒是知道林然有个在本地的姐姐，不过林然很少提，他也从来没见过，"你先坐这儿吧，那边是另外一个室友赵青城的位置，他去了图书馆……你要不要喝点儿水？我给你倒点儿……"

"先别打电话！"林景颜忙喝止他，转而又掩饰般柔声道，"谢谢你……我在这儿等他一会儿吧。"

她还是第一次来林然的研究生寝室，当下四处打量起来。

房间里有男生寝室特有的凌乱，但那并不包括林然的区域，他从小就是个有条理的人。床上深蓝色床单铺得很平整，被子叠好放在一边。书桌上书被分门别类摆放得很整齐，台灯边是一个笔筒，正中摆着笔记本电脑，最末尾贴了张课程表，上面是个相框，这就是全部。

而对比起来，李朝言的桌子就更显混乱。

李朝言用一次性杯子给林景颜倒了点儿水，笑得讪讪："我这边搞得有点儿乱……不太好意思……姐姐你多担待……"

林景颜接过水杯，也讪讪："没事没事，我理解。"

在家的时候，因为懒得收拾加上喜欢把常用的东西放到唾手可及的地方，她的房间就比林然乱上许多，许如琪还经常因为这个指责她，说她一个女孩子居然比男孩子的房间还乱……

事实证明，根本只是林然收拾得太干净了而已。

拿起相框，林景颜就看见了里面的全家福，林然和她站在中间，外侧是林深和许如琪。

林然和林深笑得如出一辙，温柔谦和无可挑剔，许如琪亦是如此，唯独她冷着脸，嘴角弧度都像是硬挤出来的。

林景颜已经记不得这是什么时候拍的了。

她不太喜欢拍照，这么些年合影似乎也就只有这一张。

低头间，林景颜在垃圾桶里看到了一盒被丢掉的感冒冲剂。

"这是……"

"哦哦哦，然少上礼拜还是上上礼拜感冒发烧来着，让他去看校医他还不愿意去，这还是我们强逼着他买回来的……姐姐你可得管管他，心情不好就折腾自己的身体，然少他也太任性了……"

感冒发烧？

林景颜回忆起林然离开那天苍白的皮肤和冰得透凉的手，心口一酸，不会是因为……

"姐姐？林然姐姐？"

"啊？什么事？"林景颜这才回神，调整好情绪。

"这大清早的，姐姐你吃饭了没？我这还有面包……"

林景颜温声婉拒。

"唉……"李朝言叼着面包叹了口气，"可惜，最近然少都没怎么下厨了……姐姐你吃过然少做的菜吗？那真叫……"

林景颜笑了："我知道，很好吃。他一个男孩子厨艺这么好我也很意外。"

"还不是为了追女生！"

"哎？"林景颜一愣。

"我问过，据说是因为他喜欢的女生不怎么会做菜，所以他只好自己动手了……"李朝言有些八卦兮兮地靠过来问，"对了，姐姐姐姐，然少有没有跟你聊过他喜欢的人，我问了他怎么也不肯跟我说，我光知道他单恋得挺辛苦的……就是不知道多高傲的小姑娘才会对然少这么狠心。"

林景颜稍微觉得有那么一点儿不对劲，继续掩饰般地喝了口水。

李朝言小声补充："而且，然少亲口跟我说，那小姑娘亲了他，但是不肯负责。"

林景颜："咳咳咳咳咳……"

"姐姐你怎么了？"

林景颜拍着胸口："咳……咳，没什么……咳，就是喝水呛到了。"

"唉，总之恋爱这事可真是……"李朝言叹气，"要不姐姐你劝劝然少，干脆放弃算了，最近整天低气压看得人难受死了，干吗非要在一棵树上吊死？"

"嗯，我一定劝。"

"他又不是没人喜欢，咱们系系花对他那心思简直都……可惜神女有梦，襄王无心。"

林景颜："原句应该是'襄王有梦，神女无心'吧？"

"反正就是那个意思，你明白就好！姐姐你……"

林景颜觉得自己实在没法和李朝言平静地待在一起了，特别是后者用一脸八卦求知的表情看着她，希望从她这里套出点儿有价值的八卦来。

问到实验室的位置，林景颜从林然的寝室出来，径直去到实验室找他。

其实一通电话就可以叫他出来的事情，却总觉得直接来见他有诚意些——不如说是，她始终有些心虚。

还没进到实验室里面，林景颜就先透过玻璃窗看到了林然。

就算实验室里所有人都穿着一模一样的白大褂，他也总是最显眼的那个。隔着玻璃林景颜只能看见他的侧脸，鼻梁高挺，睫毛微垂，嘴角浅浅抿起，轮廓线好看得让人想用手指描摹。白大褂的领口雪白干净，衬得林然的脸也分外白净，不由得想要染指。

林景颜定定看了他一会儿。

林然正忙着处理实验材料，没能发现她，摆弄了几分钟，他又低头在本子上书写着什么，也许是在记录数据，也许是进行验算，神情专注而认真，仿佛那里就是他的全世界，没有任何人能打扰。

大学那会儿，他们都管林然叫象牙塔里的王子殿下，大概也因为这种气质。

"请问你找……"

林景颜稍稍回神："我找林然……"

有人去叫他。

王子被从童话世界里唤醒。

林然抬头看着她，脸上自如的神色刹那变得不自然，眸色也黯然了下来。

学校里的咖啡厅。

周末，咖啡厅里三三两两坐着些学生情侣，林景颜和林然的组合则显得尤为奇怪，实在是林景颜的职业装和校园里的氛围格格不入。

她点了杯咖啡，从包里拿出没能送出去的礼物推了过去。

"补给你的生日礼物。"

"谢谢。"林然浅浅笑，却并没有接过。

咖啡上来，苦得要命。

林景颜刚准备开口，林然已经抬起手，叫店主送点糖过来，回过头，他终于开口问："来找我……有什么事情吗？"有一点儿鼻音，不过很轻。

"那天……"林景颜沉吟着说，"你回去以后感冒了？"

"嗯，可能是没注意保暖，不过现在已经好了。"林然说，等了几秒又礼貌地补充，"谢谢关心……"

"用不着这么客气，你是我……"

林景颜语塞。

话说习惯了，一时要改也不那么容易。

"对不起……"

林然笑："为什么要说对不起？我都说了你用不着抱歉。"

到现在，她才发现自己也不是那么好开口。

但她素来也不是喜欢吞吞吐吐的人，不如说正好相反。从最初的头脑混乱到现在稍稍冷静，林景颜深深叹了一口气："是从什么时候开始的事情？抱歉我一直没发现……"

"我初中吧，具体什么时候不记得了。"林然温和地摇摇头，"你不知道也很正常，那时候就连我自己也不太确定……下定决心大概是初三那次，我故意不让司机接我，等在校门口。"

居然这么早。

如果说现在倒是有点儿隐约猜测，可那时候还是高中生的林景颜就真的一点儿感觉也没有。

只是……

"那大学之后，我和季铭在一起的时候……"

林然抿了抿唇，还是笑："我很难过，但无可奈何。"

接下来的谈话让林景颜越发凌乱，她喝了口咖啡压惊，觉得很多事情都在以她不能理解的方向发展，过去种种竟然都可以推翻了理解。

林然静静地等她喝完了整杯咖啡，才低声问："你来找我……是因为你改变心意了吗？"

林景颜一愣。

林然眼睛里并没有闪过太多的失落，或者说他本来就没再抱多少希望："没关系，你不用在意，就当作不知道吧。我会重新……再做回那个好弟弟的……你是这么希望的吧。"

应该是松了一口的事情，林景颜却高兴不起来，因为林然看起来并不像是已经想通了。

只是，眼下也没有更好的处理方法。

"你……真的要和季铭复合？"

林然突然问，这一次出口的话格外艰难："他真的不是个好对象，我希望……建议你再找找看。以后……我不会再去打扰你相亲了。"

林景颜无奈摇头："真的不是你想的那样……"略作犹豫，她还是将季铭的事情一五一十地告诉了他。

林然听罢，不辨喜怒地"嗯"了声。

林景颜："你就不用担心我了。时间也不早了，我们去吃个午饭？"

"好。"

送走林景颜，回到寝室，林然才慢慢拆起了包装严实的礼物。

一双白色球鞋。

他试了下，尺码没弄错，穿起来很舒适。

但无论怎么看都像是送给弟弟的礼物。

"然少、然少，早上你姐姐来了……你见到她没？"

林然抿唇："她不是我姐姐。"

"啊？"李朝言一呆，"可是跟你桌上的照片明明长得……"

"我有点儿困，先午睡一会儿。"

"哦……"

那天，从林景颜那儿回来，林然就病了。

　　起先只是昏昏沉沉，很快就烧到神志不清，饶是他平时身体再好，这次毕竟也吹了两个多小时的冷风，手臂僵硬到没有知觉，连怎么回到寝室都记不清了。

　　他原本只是想去找林景颜和好，但看到那一幕，实在高看了自己的接受能力。

　　最后被愤怒冲昏了理智，以至于一发不可收拾。

　　现在，算是回到原点了吗？

　　林然合上了眸。

　　不甘心。

　　等了一个十年，又有几个十年可以等？

第五章

从没像现在这样失控过。

唐若言出马，果然名不虚传。

没几天，Miracle 的广告案又变回了待定状态。

季铭给她发来短信，希望她好好做，他不会因为私人感情而左右项目中标结果，顺便告诉了她还有哪几家广告公司也在同时竞争。虽然没有详细透露，但至少也让她稍微有点儿底。

事后，林景颜不得不惊叹："你怎么做到的？难道……"他真的男女通吃？

唐若言用手指在桌子上敲了敲，笑："想知道？"

林景颜点头。

唐若言笑得很开心："我记得颜姐你似乎答应过要跟我讲讲这个前任是怎么回事？"

林景颜嘴角抽搐："你……怎么就这么八卦？"

"你不也很好奇？"唐若言耸肩，"这叫资讯交换。"

下午，唐若言陪林景颜去恒瑞商场实地考察，林景颜不得不边走边回忆。

怎么相识相恋，直到季铭向她求婚，她简单复述得都很顺畅。

唐若言听得十分有趣："教科书一样的校园爱情故事，然后呢？最后是因为什么分道扬镳的？"

　　林景颜沉默了一会儿，说："我有跟你说过季铭的家境很好吧？大学期间他就开着宝马到处乱跑，四五位数的鞋子衣服眼也不眨就买了……"

　　"嗯。"颔首。

　　"我们大四那年，季铭家破产了。那时候他家公司已经负债累累亏本经营了很久，不过他父亲不想让他知道，就一直瞒着他，可报纸财经版上的破产新闻是瞒不住的，他最后还是知道了。"

　　"哦？所以你就嫌贫爱富甩了他？"

　　"不是这样！"林景颜的声音陡然提高。

　　幸亏周围没有什么人。

　　她稍微冷静下来，沉着声音说："相反，我很担心他，但是……"

　　一夜之间，季铭脸上骄傲、玩世不恭的表情全部消失了。

　　他的性格开始反复无常起来，因为一丁点儿小事就跟林景颜吵架，毫无缘由地发火，约会迟到，电话敷衍，短信懒得回，连课都不去上。

　　林景颜起初以为是季铭变心了，但打听之下才知道是怎么回事。

　　季铭显然并不想让她知道这件事。

　　林景颜得知后，第一时间去找了季铭。

　　找了很久，才在教学楼的天台上发现他。

　　他坐在空空旷旷的天台上发呆，地上零零散散散落着喝完的啤酒罐，神色憔悴，眼睛下是浓重的阴翳，她第一次在他脸上看到类似于茫然的表情。

　　看见林景颜来，季铭愣了一会儿，才摇摇晃晃地爬起来，没有看她，转头就要走。

　　"我都知道了。"

　　季铭的脚步稍稍停了一下。

　　"无所谓，我根本不在乎你家有没有钱，我喜欢的是你的人！"林景颜忍不住抄起一个酒罐砸了过去，"季铭，你给我站住！你听到没有！"

　　酒罐骨碌碌滚到了季铭脚下，撞击出清脆的声响。

　　季铭驻足，转身。

　　双眸抬起的瞬间，林景颜才看见他双眸里通红的血丝。

　　"可是我在乎。"

　　季铭的声音都是哑的："很快我会买不起车买不起房，不能送你任何礼物，不能带你出去玩，开始算着钱过日子……不，可能比那还惨，我父亲还有债……"

"那些都不重要！没钱我们可以一起赚！车和房子我可以跟你一起买！"林景颜跑过去，抱住一动不动站着的季铭，"坚强点儿，我会陪着你……我们一起撑过去好不好？"

两人就这么静静抱了几秒。

季铭缓缓推开林景颜："林大小姐，你太天真了。我们，不可能结婚了。

"……分手吧。"

那时候林景颜不太明白为什么季铭会这么称呼她。

后来隔了很久，才知道，原来当初季铭曾经背着她偷偷去过她家拜访，他并不知道林深和许如琪是再婚的事情，以为林深就是她的亲生父亲，也理所应当地认为她是林家的大小姐。

刚得知的时候，他也许还因为门当户对而欣喜过，然而时过境迁，当他从空中摔落尘埃，他的自尊心根本受不了这样的变化。

但那个时候林景颜仍然不愿意放弃。

她无法在这种时候对季铭放手，原本还游刃有余不紧不慢的她开始频繁地投简历，应征实习，找兼职，为了证明自己的确有独自生存的能力，也能够帮助季铭。

可季铭却在得知后勃然大怒。

他把她从打工的店里硬拖着手腕拽出来："你在干什么？"

"工作啊，你干什么，我还在上班时间……"

"你疯了吗？这种工作有做的意义吗？你缺这点儿钱？有这个时间你还不如……"

林景颜从他的手里挣脱出来，定定地看着他："要我放弃也很简单，除非你收回之前说的话。"

"什么话？"季铭明知故问。

林景颜："你跟我求过婚。"

"那不算数。"

"季铭！"她怒，"你没钱我可以养你！"

"用不着！我已经不喜欢你了，你做什么都没有意义。"季铭冷冷地说，

"回去吧,大小姐。"

如此的对话翻来覆去。

致使他们不相往来的最后一个导火索,是若干天后,在一个酒吧。

林景颜心情极其糟糕,时常借酒消愁,喝得烂醉如泥。

那天,刚喝了几杯,林景颜眼前就突然闪过一抹熟悉的身影,她以为是自己眼花,追前几步,就看见酒吧角落的卡座里,季铭正抱着一个陌生女孩儿接吻。

林景颜静静地站着,失魂落魄。

季铭也看见了她,他慌乱了一瞬,仿佛要推开那个女孩儿,但下一刻,他就闭上眼,反手搂过那个女孩儿,更专注地接吻。

那一瞬间,林景颜知道,他们完蛋了。

第二天,季铭就消失了。

一周后,辅导员告诉林景颜,他拿了结业证提前走人了。

这就是全部。

唐若言听完,意犹未尽地眨了下眼。

"我算是明白为什么了。其实那时候他未必是真的劈腿了,不过……"

林景颜深深吸了一口气,吐出,接过话茬:"不过也无所谓了,我不会和他和好的,永远不可能。"

有些错,可以被原谅,但有些,不行。

她永远忘不掉那个被泼了一头一身凉水的感觉。

说完,她抬头对唐若言说:"好了!下面该轮到你……"

没说完,她就看到恒瑞商场四楼走廊的尽头,季铭站在那里,朝她走来,眼睛里都是陈旧的哀伤,眸光泫然。

林景颜刹那间反应过来。

靠,她被出卖了!

林景颜转头怒视唐若言,唐若言抬头假装看风景。

后来唐若言跟她说,他倒也不是故意卖人,只是看到她为项目焦灼,感情也不太顺,想顺水推舟帮她解决点儿问题。堵不如疏,摊开来谈,什么都容易得多。

听罢，林景颜特别想把他调去疏通公司的卫生间。

恒瑞商场四楼走廊。

见到季铭的那一刻，林景颜很想直接甩手走人，仅存的一点儿职业操守让她还是微笑着打招呼："季先生，真巧。"

季铭看着她欲言又止半晌，光眼神都能开个小剧场了，才说："有空去喝杯咖啡吗？"

林景颜仍旧笑："季先生，不好意思，我们还在工作时间，下次吧。"

季铭眼神忧伤："如果我放下所有的自尊和骄傲重新追你，还能有机会吗？"

这时候林景颜倒是确定，她和唐若言说的话，季铭刚才都听到了。

那么多年前的记忆，现在她可以用平静的态度复述，不代表那时候也这么平静。

季铭跟她提分手之后的那段时间，她时常整天吃不下饭，几乎没有睡过一个好觉，必须靠着安眠药和酒精才能勉强维持基本睡眠，但睡着了还是时常会做噩梦。印象最深的还是在那个天台，她时常梦到季铭因为接受不了现实从天台上跳下去，死状恐怖……而等季铭消失后，又变成季铭艰难度日、客死异乡。

为了不让朋友担心，有课她还是会去上课，会开玩笑会笑，装作毫不在意，但实际上她只敢晚上在酒吧哭得上气不接下气，又或者在被窝里哭。

一两个月的时间，她瘦了足足十公斤。

在那之前，林景颜一直觉得因为失恋就天崩地裂的女人实在是太可笑了，然而当亲身经历的时候，才发现有些情绪并不是足够坚强就能克服。

用情越深，伤得也越透。

有时候仅仅是想着，过去的甜蜜回忆从今往后再也不会有，不会有人再陪她上课的时候叠乱七八糟的折枝逗她开心，不会再有人陪她在KTV通宵抢麦，不会再有人在她生日前一个月就开始筹备怎么让她过个难忘的生日会……就忍不住会情绪失控。

走出来其实半年一年也就好了，只是……再恋爱就变成很奢侈的事情。

直到二十五六岁，蓦然回首，才发现自己这几年竟然再也没有喜欢过某个人，于是只好逐渐开始相亲。

这大概才是症结所在。

纵然如此，季铭骄傲，她又何尝不骄傲？

季铭的骄傲和自尊重要，当年不顾一切想要挽留和陪伴的她的骄傲和自尊就真的不重要吗？

就算要单身一辈子，她也不会再想选季铭。

伤害并不能被轻易抚平，就算季铭再对她好，裂缝也始终存在。

"说过别浪费时间了。"

林景颜觉得头疼，但又不得不应付："好吧，除非……"她随便瞟了一眼四周的广告，锁定其中某句宣传语，笑了笑说，"除非你能让时间穿越回到过去。"

其实如果不是唐若言让她说，这些事早跟着记忆埋进陈年的旧书堆里。

被迫想起来，她也觉得有点儿吃不消。

心烦意乱，晚上约了温蝶，林景颜还是竹筒倒豆都说了。

"就知道季铭没这么容易放弃，你先撑住，实在不行，先找个人谈着把他挤对走。"温蝶边说边想，"这种人根本不会长教训的，当年能因为家里问题，现在就有可能因为什么别的问题重蹈覆辙，你永远不会知道什么时候会触到他那要命的自尊心……"说得头头是道……

"你最近又看了什么奇怪的小说吗？"

温蝶斜眼看她："我是很认真地在给你建议！我上次看完一本小说还是半个月前，文荒死我了。"

"去看电影吗？"

"我明天还要上班，谁像你不打卡睡到九点钟才起床上班也没人管。"温蝶敲了一下林景颜，"实在不行找你弟呗，反正他读研还挺闲的。"

林景颜支支吾吾："唔……"

温蝶稍稍惊讶："怎么了？闹别扭了？肯定是你的错，快去跟你弟道歉。"

"喂喂……你到底是谁闺密啊！"林景颜抗议。

"你弟脾气那么好，说句实话，我都没见过你弟性格那么好的人，他是不是从小到大都没发过火啊？"

"也不……"林景颜仔细回想，搜肠刮肚也只能不确定地说，"我……那时候醉在外面，被他捡回来教训了一通算吗？"

温蝶抚额："那根本只是人家担心你！唉，算了，你这个身在福中不知福的人，我要是有个林然那样的弟弟，一辈子不结婚都没关系。"

林景颜震惊："难道你对林然……"

"想什么呢你！"温蝶循循善诱，"你不觉得你弟这个人设非常符合小女生的幻想吗？我要是个十七八岁的姑娘看到你弟肯定小鹿乱撞……不过可惜，这把年纪听见你弟乖巧地喊我'温蝶姐'，真是一点儿心也没有，总觉得要是动了什么心思简直有种诱拐纯良少年的感觉。"

林景颜恍然点点头："是哦……"

"电影还看吗？"

"……你不是明早上班？"

温蝶一胳膊拐过林景颜，笑道："舍命陪大小姐了。"

万幸的是，林然没跟她继续别扭下去，几天后林然又来了她家，田螺姑娘似的又做了一桌的菜，两人都默契地没再提之前的敏感话题。

饭桌上，林然问林景颜："清明你回家吗？"

林景颜点点头，小心看林然安静垂着的眉眼，依旧是没什么情绪温和的画风。

"那一起回去吧。"

"好。"

大清早的飞机，在机场碰面。

林然拿了林景颜的身份证和行李就顺便换了登机牌托运好行李。过了安检，林景颜靠在候机厅 VIP 室昏昏欲睡，林然顺便帮她端了一杯咖啡过来，低声问她要吃点儿什么早点。

一路都有女生偷偷瞄林然，林然显然已经习惯了，目不斜视该干什么干什么。

换作之前，林景颜大概会忍不住出言调戏一二，现在却忽然生出几分心虚。

　　她还是太理想化了，有些事并不是能当作没发生就真的没发生过的，意识到对方是个异性时，疏离也不可避免。

　　接过咖啡，林景颜摇头："不用了，我不饿。"

　　"多少吃一点儿，不然上飞机会难受，而且空腹喝咖啡不好。"林然起身，"我去买两个三明治，你等我一下。"

　　远远看着林然长身而立，穿梭于人群中，忙碌来去，林景颜有种奇妙的感觉。

　　她明明也挺喜欢林然的，只可惜，不是那种喜欢。

　　下了飞机，自然有人来接。

　　司机好几个月不见林然，立刻叽叽喳喳问长问短，林然好脾气地回答，林景颜靠在一边看窗外不说话。

　　她和林然关系不错，但和林家其他人就称不上亲厚，毕竟林然才是大少爷，她只不过是跟着母亲嫁过来的"拖油瓶"。

　　饭桌上，依然是安静有礼的。

　　林家有食不语的习惯，入乡随俗，林景颜也不会不识趣。

　　平心而论，林深是个很容易让人想和他亲近的人，样貌儒雅温润，谈吐斯文有礼，即使这个年纪看起来也还是个美男子，但林景颜就是无法对他产生好感。

　　饭后，林深说已经安排好了明天祭祖的事情。

　　林景颜默默吃水果，因为这跟她没什么关系。

　　林家每年清明的祭祖都算一件大事，据说他们有本厚厚的族谱，上可追溯到唐末宋初，自诩名门望族，家族里的关系亦是盘根错节，这从每年春节他们家族聚会的人数多少就可见一斑。

　　刚来的时候，林景颜还暗暗想过，林然小时候每年拿的压岁钱一定很多。

　　晚上，许如琪不出意外地又问到了林景颜找对象的事情，暗示如果没合适人选的话，她可以安排，显然她还不肯放弃让林景颜在本地找对象的愿望，被林景颜好一通哄才送出门外。

　　第二天一早，林景颜就约了相熟的几个中学同学出来聚会，有女同学还跟她打听了林然，被林景颜打哈哈似的敷衍了过去。

所以说跟一个人的生活圈重叠太多也是件很头疼的事情。

吃过晚饭林景颜就回来了，准备洗个澡研究研究策划案再看点儿电视剧就上床睡觉，不料刚进门就看到了林然从厨房里走出来。

林景颜："你不是去祭祖了吗？"因为距离颇远，他们一去一般都会待一个晚上才回来。

林然点点头："我提前回来了。"

"身为长孙你这么早回来没问题吗？"

林然笑笑："吃晚饭了没？"

林景颜本来想说吃过了，但最终还是意志抗不过食欲，摇了摇头。

因为一家人几乎都去祭祖的缘故，林深给宅子里的用人都放了假，偌大的别墅里只剩下林然和林景颜两个人。

看着林然做菜，林景颜托着下巴好奇，要是给林家的人知道林大少爷做得一手好菜会是什么反应。

继而，她脑子里突然冒出一句话：

"据说是因为他喜欢的女生不怎么会做菜，所以他只好自己动手了……"

林景颜愣了愣，又有些难过。

饭桌很长，不过此刻只有两个人，就只用到一边的角落。

吃了一会儿，林然突然轻笑说："我们好像以前也经常这样坐着吃饭。"语气怀念。

林景颜回想着，点点头。

林深工作时常很忙，天南海北地跑，许如琪就作为夫人随行，那时候家里就剩下他们俩相对吃饭。不熟悉的时候，两个人吃饭都还隔着很远的距离，僵持而戒备，自从关系破冰后，林然就挪了碗筷坐到林景颜边上，坐在一起的时候气氛也越来越随意。

她比画了一下，笑："那时候你还没现在这么高呢，一开始我记得你总板着个脸，连吃饭也一脸严肃的样子。"

林然莞尔："那时其实是紧张。"

"紧张？"

"嗯，怕哪里失礼了……"

林景颜哈哈大笑："结果发现我比你更失礼是吧？"

家里大人不在，她自认没有在这个小鬼面前装的必要，所有的用餐礼仪都丢到一边，平时和朋友怎么吃在家就怎么吃。熟了之后，她还偶尔管管林然，比如有没有好好吃蔬菜，有没有好好喝牛奶——当然，蹿起来的身高证明林然的确好好做到这一点。

关系缓和的那一年，除了学习，一有空闲林景颜最大一个乐趣就是"带坏"林然，让他偏离正轨，比如带林然去 KTV、酒吧、溜冰场，甚至是鬼屋等等，然后企图看到林然惊恐的脸，虽然大部分情况下林然都能一脸淡定地受之，但还是有少数让林景颜得逞的时候。

那时候林景颜就会毫不犹豫地大笑出声，只余下一脸无奈的林然。

十几岁的林然真是可爱得不得了。

不过，不管她怎么"带坏"，林然始终还是林然。

无论什么时候都是让人骄傲的完美好儿子或者好弟弟。

她带着林然和同学一起出门时，时常能收到欣羡的目光，甚至有同学毫不掩饰自己的羡慕之情说"景颜，你家林然实在是太好了，唉要是我弟弟有林然一半乖我就烧高香了"，林景颜在开心之余也有些自豪。

一度，她都认为这是许如琪再婚后唯一一让她觉得好的地方。

话匣子一旦打开，能聊的就更多。

回首间发现，竟然已经不知不觉过去这么多年，回忆也累积了这么多。

突然，林然笑着提议："毕业这么多年，想不想去看看现在的学校？"

"哎？"林景颜一愣。

两个人在储藏室找了许久，才找到林景颜那辆久不用的自行车，所幸上面没落多少灰。

林然骑上去试了试，身体微微一侧，单腿支地，把车尾转向林景颜，微笑道："上来吧。"

单看画面，异常校园小清新恋爱的画风。

但对年纪一把的林景颜来说，就格外羞耻，虽然她已经换了一身休闲裤加长袖 T 恤的搭配，可……坐自行车后座，这是要装嫩给谁看啊！

"没有熟人会看到的。"

"不是……"林景颜头疼了一会儿，"要不还是我载你？"

林然愣了一下，随即点头："好啊。"

很多年没再骑自行车，骑起来才发现这种自由地在空气中行驶的感觉其实也挺舒服的。

不过前提是，不要再载一个比你还重的人。

林景颜骑了不到十分钟，就觉得体力告罄，在城市里车来车往生活太久，又不常锻炼变成这个样子也是咎由自取……她纠结了一会儿，最终还是和林然换了位置。

坐后座的感觉明显好很多，迎面而来最凛冽的风都被林然挡下，只余下两侧清凉的微风，她眯着眼睛，不用费一丝力气。

车突然一个急停，林景颜"砰"的一下撞上了林然的背。

"怎么了……"

林然一本正经回答："红灯。"和开车时一样认真严谨。

林景颜在后座笑得停不下来。

林然完全不知道她在笑什么。

自行车无声地驶出去，速度很快。

"等等等等，你慢点儿……"林景颜不得已伸手抱住林然的腰，以防自己身体摇晃，却没能察觉前面呼吸一滞的林然突然僵了一下，随后骑得更快。

在久违的校园门外停下。

初中部已经放学了，高中部还在上自习，暗夜中教室的灯光格外明亮。

虽然是法定假期，但为了近在咫尺的升学考试补个课也无可厚非。

林景颜站在栏杆外打量，这里和记忆里已经有些出入，毕业时还在建的游泳馆和第二操场都已经建好，最陈旧的那栋教学楼也已经翻修，校门重新设计过了，原本杂草丛生的废地，也已经建上了新楼。

她深深吸了一口气，仿佛这样能稍微唤回一点儿青春的记忆。

然而越是站在这里，越是深刻地意识到自己已逐渐老去，理想和未来都变得更加遥不可及。

曾经年轻的时候，以为自己的人生有无限可能，可以改变世界，岁月更迭，才发现自己最终还是泯然众人了，屈从于现实，走了一条一眼可以望到底的路……

林然停好自行车，也走了过来："要进去看看吗？"

"进不去吧……"林景颜指着入口处的门禁，就连这里都是刷卡进出的。

　　林然笑着从指间变出一张蓝色卡片："去年我被邀请过来参加优秀毕业生讲座，母校发的。"

　　沿着熟悉的小路一路向前，林景颜在操场上跑了个三百米就喘着气改成慢走，林然倒是轻轻松松就跑完了四百米。

　　林景颜仍旧喘着气："……你体力也太好了吧？"

　　林然温和笑，顺便活动了一下手脚："我每天都晨跑，周末还会去打打球。"

　　"晨跑……你可真有精力。"

　　"你要是有时间，我可以带你一起。"

　　林景颜犹豫道："我考虑一下。"她是认真在考虑，常年不运动，对体能真是有很大影响。

　　林荫道、教学楼、实验楼……一路走过来，最后到了实验楼顶楼外的天台。

　　曾几何时，这里还放过两架天文望远镜，可惜已经不在了。

　　林景颜伸了个懒腰，迎着天台上的栏杆感受拂面春风，但晚上实在有些冷，她刚吹了几下就忍不住打了个喷嚏，还没等她反应过来，一件还带着体温的外套已经披上了林景颜的肩膀。

　　林景颜想取下来："给我你不冷……"

　　"我不冷。"林然按着她的肩膀，轻轻笑，"我是男的，总不能让你冻着。"

　　夜风轻轻掀动他细碎的刘海儿和底下单薄的白色衬衫，高挺的鼻尖有一点儿泛红。

　　林景颜忽然想起一件事："你不是才感冒发烧过？对自己的身体也稍微关照一点儿！外套还是……"

　　两个人僵持不下，最终背靠着风，都披在同一件外套下。

　　大概是沐浴露的问题，林然的身上有股淡淡的薄荷味道，淡到不是靠这么近根本闻不到，却又非常清新沁人。

　　林景颜这时候才忽然意识到，他们靠得实在太近了……

　　林然喜欢她，这样似乎不妥。

　　就算这个人是她弟弟，也应该稍微注意下距离。

　　她有意识地往外挪去，还没挪出去十公分，就又被林然拽了回来。

　　"那边冷。"

　　林景颜还是挪了挪，小声说："其实我也不是很冷，刚才打喷嚏只是不小心……"

林然比她想象的可能还要敏感一点儿，听罢，他的语气稍低了些："你不用担心，我什么也没有多想……现在，你只是我姐姐而已。"

林景颜无言。

气氛忽然就尴尬起来。

林景颜转头看林然。

林然正望着夜空，一双漆黑的眸子里倒映着星辰与夜色，随着他双眸的眨动，轻轻颤动着，浩瀚无垠，宛如深渊旋涡。唇轻轻抿着，失了血色般绷紧，有种一碰即逝的脆弱感。

她忽然挺想问问林然为什么会喜欢她。

意识清醒之前，她发现自己已经不知不觉说出了口。

林然转过脸，讶异地看着她，很快又转回头，淡淡笑着说："我也不知道，大概……"他将手轻轻放在胸口，"只有想到你的时候，才会让我由衷地庆幸，自己活在这个世界上。"

心口微微地震颤着，林景颜觉得难过以及不是滋味。

如果是其他女生，她大概会很愤慨地安慰林然那个女生也太没眼光，顺便想办法帮自己弟弟主动出击。

但现在……

她想安慰林然，可无论如何找不到立场。

然而，林然总是这么体贴，校园里铃声响起，晚自习下课了，学生们纷纷从教室走出，林然朝她温和笑笑，看不出半分黯然失落："我们也回去吧。"

"好。"

林景颜应声，伸手抓住了林然冰凉的手："走吧。"

林然稍稍睁大眼睛，但很快就扬起嘴角，轻轻垂下了眸。

回家洗完澡，林景颜在卧室里吹着头发看电脑。

唐若言给她传文件的时候，还顺带传了篇心灵鸡汤的故事。

林景颜随手打开，是篇半自述式的第一人称姐弟恋的故事，情节曲折狗血离奇，作者感情无比充沛，一半以上的内容都是心理活动，林景颜看了几行就羞耻地点了叉。

她发现自己越来越搞不懂唐若言了。

唐若言倒是很大方地表示是在关心她的感情生活。

林景颜发语音消息过去:"你这关心方式是不是不太对?"

唐若言义正词严地回:"一个恋爱中满面春风的女上司显然比一个长期缺失性生活全部精力投入进工作里的女强人好应付得多。而且做属下的关心自己的上司有什么不对的吗?"

林景颜无语了一会儿:"你这是劝我接受林然?你之前不是还在帮季铭传话?一条路走不通就换另一条了?"

唐若言发来一个笑脸:"你可以这么理解,或者当成我在劝你接受我也可以。"

林景颜干笑着发过去一个呵呵。

拖回上面那篇文章,无意识地滑动滚轮,文字一行行流淌过。

……我在他身上感受到了无限的热情与冲劲,这年轻人特有的活力几乎让我有些羡慕,他可以这样纯粹地去爱。那股热情的浪潮席卷着我,炙热的身体使我干渴的心仿佛得到了浇灌……

……但我知道这样不行,我们差了那么多岁。等他正当壮年时,我已青春不再,我不敢想象那时我们会变成什么模样。对他来说,可能是一时的新鲜与激情,去热烈爱慕一个在他眼里看来成熟的女性,但随着时间的转变,随着他事业的发展人生经历的丰富,他会渐渐发现我并非如他所想,那时也许我只能成为他人生中的一段旅程……

林景颜浑身抖了抖,还是掉了一地的鸡皮疙瘩……她颤抖着合上电脑盖,继续吹头发。

吹得半干不干时,突然吹风机消音,眼前一片漆黑。

断电了。

林景颜无奈地用手机照明出房门,冲楼下吼了声:"林然,你那边呢?"

虽然都在同一栋建筑里,但他们住得并不近,林然的房间在一楼主卧,林景颜的则在二楼拐角一间客卧。

"也断了电。"他的声音听着有些模糊。

一楼也都是黑暗,林景颜得很小心地扶着楼梯扶手下去:"你在哪儿呢?

现在是跳闸了？保险丝烧断了？还是……"她犹豫了一下，"你家忘交电费了？"

这显然是个笑话，但林然没笑，只是闷着声音说："我去看看。"

林景颜远远便看到一楼的一点儿光亮。

"哎，我跟你一起……"刚搭上林然的肩膀，林景颜就一愣，紧接着闪电般收回手。

林然回眸，也有几分窘然："我……刚才在洗澡。"

所以此时他只裹了一条浴巾，头发和身上还湿漉漉的，皮肤微微发着热，空气中若有似无飘着薄荷的清香，和一点儿男性荷尔蒙的味道。

"你沐浴露冲掉没？"

"还没有冲完……"

难怪皮肤会这么滑……林景颜想，转而咳嗽了一声说："要不我去看吧，电闸在哪儿？"

"玄关那边，帘子后面……还是我去吧。"林然绕过林景颜，就朝着玄关走去。

林景颜跟着转身道："你身上还有水，别弄不好触电，还是我……"没留神溢出来的水，脚底一滑。

林景颜慌忙向两边扶去，稍微适应了一点儿黑暗，但眼前还是看不分明，更不记得墙壁在哪儿，所幸还没摔到地上就先被一只斜撑过来的手臂揽住。

"小心。"

清冽中含着一丝沙哑的声音，近得宛若在耳边。

林景颜一凛，突然觉得耳郭那里烧得厉害，挣扎着想站直，奈何塑料拖鞋反而更滑，身体一个失衡，连带着揽着她的林然也一并摔到地上。

"疼……"林景颜撑着地面坐起来。

真是糟糕。

等等，林然刚才好像垫在了她下面。

反应过来，林景颜连忙伸手去拽林然"你怎么样了？有没有摔到哪里？"

林然轻轻抽了口气，冲她摆了摆手。

意识到她可能看不到，林然又抽了口气，才轻声说："还好。"

"你等等，我站起来，再拉你起来……"

不可避免地肢体接触到。

　　黑暗中，林景颜甚至不知道她碰到的是哪里，不管哪里的肌肤都细滑又温热，她觉得糟糕透了。

　　其实之前他们也并非没有肢体接触过，教林然骑自行车的时候，她还手把手教他该怎么掌控把手，可在眼下的情况下，就好像哪里都不对……

　　到底哪里不对……

　　林景颜脑海里突然没来由地冒出一个词：

　　滚烫的肉体。

　　她被自己吓了一跳。

　　不、不，一定是刚才那篇文章的错。

　　林景颜努力冷却头脑，扶着墙，伸手去拉林然，林然似乎顿了一会儿，才接过林景颜的手。

　　林然的手也是温热的，修长而骨节分明，隐隐蕴含着力量，握在手心里非常舒服。

　　她稍一用力……就被林然拉过去了。

　　猝不及防地单膝跪地，林景颜上半身前倾，俯靠在林然身上。

　　夜色依然漆黑一片。

　　薄荷清香从林然的发尾透出，带着水汽在林景颜的鼻端反复萦绕，他身上的热力透过林景颜单薄的睡衣徐徐传来，熨烫着心口的位置。

　　扑通！

　　心跳的声音，分外清晰，却不知道是谁的。

　　林然单膝稍稍曲起，双手越过她的身后，环住，下颌随着眸下沉枕在她的肩膀上。

　　一切顺理成章得过了分。

　　"我很难过……"他说，轻得像呢喃。

　　林景颜怔然着，完全忘记了要推开林然，甚至还回了一句："……刚才摔的吗？"

　　林然轻轻摇头。

　　软软的发梢蹭到了林景颜的脸上，像羽毛挠在心尖，微微的痒，直到心田深处。

　　叹息般的吻轻轻落在她的颈侧。

"因为别的。"

扑通！扑通！

因为太过安静，就连林然喉结上下滑动的声音都很清楚，他的胸口随着呼吸起伏着……就连呼吸也好像有了温度。

直到手不知不觉触上了林然瘦劲的腰，林景颜才从昏沉的大脑里分出一丝神智。

她稍稍推开了林然。

在黑暗里待了足够久，久到她可以稍微看见林然现在的模样。

深黑近蓝的短碎发还在滴着水，水珠顺着下巴滑落进他优美的锁骨，在那里积起了一个浅浅的水洼，还有的顺着胸膛直接到了腰腹……

林然穿着衣服时只觉得高挺瘦削，此时才发现他并没有想象中单薄，难怪打架的时候……

她看着林然，林然也在看着她。

纯黑的眸子藏在碎发间，一眨不眨，而后，似乎是有些干，他舔了舔嘴唇。

林景颜倒吸一口气，觉得自己的耳朵连着脸颊全部烧红了。

如果此刻有检测仪器，大概会发现她的肾上腺激素开始迅速上升，大脑内多巴胺逐渐累积叠加……

"等等……"林景颜低声开口。

出了声之后，她才发现自己的声音喑哑得厉害，不但没有喝止的效果，反而更像是在诱惑。

果然，林然又起身靠了过来，面容在林景颜的视野里逐渐放大。

唇在下一刻，贴了上来。

寂静的房间里只能听见唇舌交缠的水声，清晰得叫人面红耳赤。

林景颜明明没有醉，却觉得自己像是醉了，不然又怎么会……在这种地方，这种时候……和林然热吻……

并且觉得这种感觉并不坏……

大约人有时候真的是会被欲望操控的生物。

尤其是一个成年人。

和季铭交往三年多，情之所至牵手拥抱接吻顺理成章，因为彼此都是学生除了最后一步该做的都做了。

之后也短暂交往过几个对象，但最后也不过就是搭搭肩膀的程度。

从没像现在这样失控过。

如水的夜色流淌，到处是暧昧而寂静的黑暗，视觉变得模糊，其他的感官反而更加明显，包括被吻着的感觉，身体发热、头脑昏沉、呼吸艰难……那次喝得半醉模模糊糊的记忆也在脑海里回溯。

不过，那时候林然肯定没有现在这么主动……

柔软而滚烫的唇舌依然没什么技巧，但胜在足够热情和温存，而且大抵是她太久没有过过激的亲密接触，内心深处像有什么被唤醒，仅仅是吻就头皮发麻，触电的感觉顺着脊背一直延伸到大脑……就连自己的睡衣领口不知道什么时候松散开顺着一边肩头滑落都没有察觉。

因为呼吸不畅，嘴角牵起银丝稍稍分开。

林景颜低喘着气，抬眸，不期然撞进林然的眸子里，瞳仁中清晰倒映着她现在的模样。

白天的端庄是半点儿没有了，眉梢眼角都是湿润的潮红，半干的头发凌乱垂着，掩映着露出中间白皙的肌肤，完全是……

林然随意抬手撩起湿润的发，黑眸如同水洗过一般，波光粼粼，他看着她笑了一下，继续俯身过去。

这时候的笑容格外有蛊惑力。

这次的吻缠绵而无声，从嘴角蔓延向下，光洁而修长的颈脖，白净而圆润的肩头……

意乱情迷。

"景颜……"或许已经在唇齿间滚过千万次，他念她的名字，有种千回百转的味道。

声音压得过低，又如叹息般冗长回荡，不像等待了太久的得偿所愿，反而透着巨大的虚幻感，也许，不过是在临水照花只求一夕。

林景颜抓住林然的手，试图让他清醒过来："林然……我们这样好像不太对……"

"我知道。"林然回答。

他比谁都更清楚现在在做什么事情。

手指穿过栗色的发丝扣住林景颜的后脑，在接吻的间隙林然将林景颜轻轻压倒。

等灯重新亮起来，已经是几个小时以后。

林景颜回房重新冲了个澡，温水浇淋在身上，放松神经，理智正在一点一点地回炉，但大脑还是昏沉着……

天哪！她都做了些什么！

林景颜痛苦地按着额头呻吟。

虽然碍于准备有限没能做到最后，不过也差不太远了……

果然是禁欲太久，欲求不满，所以为色所惑……怪只能怪林然长得太好看。

一头倒进床榻里，林景颜根本不知道白天该要怎么面对林然。

随手打开电脑，那篇姐弟恋情感文再度跳入视野中，关键字飞快地弹射进她的眼睛中，林景颜深吸一口气，骤然合上了电脑。

午后，没多久林深和许如琪就赶回了家。

林景颜以身体不适为由没下去吃饭，在房间里收拾好行李准备提前去机场。

刚收拾好，就听见咚咚咚有人敲门。

"景颜，我给你拿饭过来了。"是许如琪，"你舒服点儿没？"

林景颜忙去开门，接过端来的盘子，说："可能是有点儿受凉吧，昨晚停了会儿电……"说到这里，林景颜又语塞了片刻。

好在许如琪并没有发现什么不妥，只是担忧地看着她说："那我下去给你拿点儿感冒药。"

过了一会儿，门又被敲响，林景颜想也不想就说进来吧。

"妈……"

转头，一个音刚出口，林景颜就愣住了。

站在门口的年轻男人静静地看了她一会儿，仿佛什么也没有发生过一样，若无其事说："我们下午几点出发去机场？"

林景颜也镇定地看了一下短信通知的时间，告诉林然。

"需要我帮你把行李提下去吗？"

"嗯，谢谢……"

林然换了一身黑色衬衫，显得他更瘦削，气质也更沉稳了一些。

因为从小穿正装，林然的衣柜里有一水的衬衫，各种颜色款式，不过好在他本身就是衣服架子，再简单的衣服也能穿得有款有型。

弯腰帮林景颜提行李的瞬间，林景颜看到林然衬衫领口后露出的一片肌肤上有一道红色的痕迹，回想起这道痕迹是怎么来的，林景颜瞬间又有些不自在起来。

"对了……"

"嗯？"林景颜一惊。

林然把感冒药放在桌上："刚才阿姨让我给你的，我看了一下，早中晚各一次，每次两片。"

"哦……"

林景颜接过，佯装低头看说明。

林然仿佛没有察觉，直到临带上门前，他才握着门把，轻声说了句："你……不用担心太多。"

她其实也没有担心什么，就是觉得尴尬……无比的尴尬。

回去一路，林景颜都没好意思跟林然说话。

在飞机上睡觉，回程路上一直装作繁忙的样子玩手机，唐若言发给她的那篇文章倒是从头到尾看了两遍……和现实里的尴尬比起来，小说里虚拟的羞耻就根本不值一提了。

分别是在林景颜家的楼下。

林然突然说："这个月下旬的时候我们学校有校庆文艺晚会，本科和研究生部在一起的，我答应了别人上去表演……"从裤兜里取出一张票，他递给林景颜，"到时候你能抽出半天吗？"

设计相当精美的一张门票，校徽的部分还特地烫了金。

说来一直很遗憾，听说林然从小就是文艺会演的宠儿，不过高中那会儿她和林然不对盘，自然不会看他的表演，等到高三已来不及，再等林然上了大学，她不是忙着大四毕业就是忙着工作，一直也没有机会看他的表演。

看了一下日期，林景颜不确定自己到底有没有时间，但还是笑着说："没问题。"

大不了到时候请假就是了。

她收好票，摆摆手："好了，你先回去吧。"

林然点点头，忽然飞快地在她脸颊上亲了一下。

林景颜愕然。

林然已经转身走远。

摸着脸颊被亲过的部分，林景颜怔了片刻，突然发现就在刚才那一个瞬间，自己的心跳突然快了一拍。

不多不少，正好一拍。

第六章

那就再干脆地拒绝我一次。

月中林然又来找过林景颜一次。

而林景颜没主动找过他，主要是因为她最近工作忙得脚不沾地，中途又跑出去出了个差。

Miracle 的策划案不急，倒是恒瑞商场那个三十周年庆典策划时间越发急迫，恒瑞方面又提出了不少要求，林景颜不得不好几晚上都加班跟着讨论策划，光是内部提案就否决掉两三份。

所幸的是，季铭终于没再来打扰她，甚至安分得让林景颜都觉得惊讶。

虽然她当时开出了除非"穿越时间回到过去"这样近乎不可能的要求，但也没指望真的能阻止季铭，以她对他的了解，他是不会这么轻易放弃的，除非有什么事情阻止了他，又或者他也忙晕了顾不上她……林景颜只能这么猜测，但无论如何都是件令人开心的事情。

连带着见林然，她的心情都好了不少。

必须说，工作实在是件很神奇的事情，一旦忙起来所有的烦恼都会暂时被抛之脑后，就连上次她和林然那么尴尬的见面也好像已经是几个世纪以前的事情了。

林景颜心情很好地建议："就别麻烦你下厨了，我们出去下馆子吧，你想吃什么？"

林然把手插在口袋，好脾气地笑笑说："都行。"

酒足饭饱，林景颜坐在副驾上伸着懒腰，浅黄色风铃轻轻摆动，发出轻灵悦耳的撞击声，她随着泠泠的声音哼着首不知名的歌。

车到了林景颜家楼下，林然转头问："你在唱什么？"

"不知道，随便哼哼……"

"很好听。"

"谢……"下一个谢字还没说出来，林然就已经解开安全带，倾身过来吻住了她。

学霸的学习能力果然不容小觑，这次林然已经熟能生巧地单手捧住林景颜的后脑，将她压制在座位上，同时启开她的唇，舌尖碾磨，勾缠舐弄吮吸有样学样起来，至少不再是血气方刚光靠力气和男性本身的侵略性压制的愣头青，而加上了更多技巧性的东西。

林景颜说是有经验，其实也强不到哪里去，加上长期缺乏和异性的肢体接触，很快再度缴械投降。

这小子到底是跟谁……

不……应该是跟她学的……

想到这里，林景颜稍微生出一点儿挫败的感觉。

但接吻的感觉，与其说不坏，倒不如说很舒服，林然身上和唇齿间的气息都很好闻，吻的力度也刚刚好，让人头皮和身体酥软，却又不至于疼痛窒息。

直到喘不过气来，林然才稍稍松开了林景颜的唇，蜻蜓点水般若即若离地触碰着，最后才依依不舍退开。

林景颜回神间，发现自己竟然还有点儿意犹未尽。

太可耻了。

耳畔，林然的声音浅浅传来："不……讨厌吧？这种事……"

何止是不讨厌，不、不对……

林景颜抬眸，用很可怕的眼神看着林然。

林然用拇指在唇上抹了抹，回望她，半晌，他笑了笑，很温柔的样子："不用担心……你可以继续当我是弟弟。"

弟弟……哪有跟弟弟接吻亲成这样的？

自欺欺人也该有个限度吧。

"我没有强迫你接受我，你也……不用烦恼。"

垂下头，林景颜只能看到林然弯起的嘴角，像是在笑，又像是在苦笑："只要这样就好……"

林景颜瞬间明白了林然的意思。

因为她无法接受林然的心意，于是林然退而求其次，不要求她视他为男友，只希望能保持着亲密关系……

这简直……简直比唐若言的节操还不靠谱。

"对不起，我脑子有点儿乱，你让我……回去好好想想。"

"好，我等你。"林然点头应下，"早点儿回去休息吧。还有……演出是这周末。"

"嗯。"

林景颜下车后，还忍不住回头看了一眼。车窗摇开，车灯一闪一闪，林然一手撑着车窗，另一手搭着方向盘，坐在车里转头看她，路灯昏黄的光柔软而温存地投落下来，小风铃在旋转中折射着微光尘埃，林然的面庞就沉在那片柔和中，清俊干净，双眸深邃，顿时林景颜有种无可遁形的感觉。

她几乎是落荒而逃。

原本很坚定的心不知从何时起裂开了一条细缝，而这条缝很显然越裂越大，到了连堵都堵不上的地步。

拒绝、呵斥、教训，话到嘴边都变成泡沫。

理智告诉林景颜，她应该义正词严地拒绝林然，告诉他自己只适合和他做姐弟，两个人无论家庭状况、身份还是年纪都并不匹配，也不要再这样越轨下去，不然迟早得玩出火……

但脑海里另一个念头同时也在升起……

她和林然并没有血缘关系，男未婚女未嫁，在一起又有什么错。

她也确实单身太久了，有多久没体会到这种男欢女爱的愉悦，被关心被体贴甚至被照顾的感觉……如果那个人是林然的话，应该会……很幸福吧……

思来想去，第二天午休的时候，林景颜就和唐若言又坐到了一桌。

唐若言从林景颜口中一知半解地了解了情况，挑眉一笑："那真是件值得庆贺的事情。"

"哪里值得庆贺了？"

唐若言举起柠檬水："来，颜姐，为林先生干一杯。"

林景颜一把夺过他手里的水杯，不客气道："你先给我解决了问题再说！"

"有什么好烦恼的？我还在猜他要忍到哪一年去。"唐若言用舞动手术刀般干脆利落分解了手下的牛排，道，"既然郎有情妾有意，他又没要你负责，那尽情享受就是了。"

"享受……"

唐若言插了一块牛肉，沾着黑椒汁，举起，激昂陈词："自然是恋爱、约会以及性。"

林景颜："……"

愉快地咽下肉，唐若言表情无辜："看我干什么？我说错了吗？趁着还有精力，谈一场不以结婚为目的的恋爱有什么不好的？"

"……不以结婚为目的的恋爱都是耍流氓。"

唐若言夺回自己的柠檬汁，笑容狡黠，道："反正林然绝对很乐意被你耍流氓。"

林景颜这边还没纠结完，那边又有了新的麻烦事。

她的直属上司王媛琦把她叫到办公室。

这位五十多岁的中年女性先是跟她聊最近的项目，之后又亲切地问了一下她最近的生活以及感情状况，最后才一脸和蔼地说明本意："小颜你现在年纪也不小了吧，正好呢，我有个侄子也没对象，他是做风投的，我从小看到大，人品保证不错，性格也不错，长得也是一表人才……你有没有时间周末抽个空见见他？"

王媛琦是林景颜一进公司就跟着干的上司，同为职场女性，她一直挺欣赏林景颜，也对林景颜颇多照顾，可以说如果没有王媛琦林景颜也很难升职这么快。

王媛琦要是早两个月介绍，林景颜大概会非常感激，只是正碰上这个当口……还不够她焦头烂额的。

但所谓的做人就是，哪怕林景颜再想找借口，王媛琦给她介绍的对象她也必须得去见。

约好周日晚上六点半，林景颜虚脱着走出王媛琦的办公室。

到了周六，林景颜才蓦然想起林然的校庆文艺晚会，掏出门票一看演出时间——周日晚上 7：00-23：00。

林景颜瞬间僵硬。

糟糕……正正好撞上了，要不要这么巧！

周日，下午五点半。

林景颜穿戴好出门，她特地穿了一身平日里很少穿的黑色长裙，绾了一个高高盘起的发髻，只化了淡妆，让自己看起来要多沉闷有多沉闷。

六点。

她在约好的餐厅门外见到了打扮得光鲜亮丽的温蝶。

不得不说温蝶实在是个美人，精致无比的妆容将她的鹅蛋脸修饰得更小巧，一袭长及脚踝波西米亚收腰长裙更加衬得她腰肢纤细，身材凹凸有致，搭配一条水色披肩，一路过来的回头率相当之高。

林景颜拽住温蝶，恳求状小声说："拜托拜托，只要你先把他的魂勾走，让我再找个机会溜掉就好……"

"你到底有什么事还非在今晚？"温蝶无奈地按着额头，"事先声明，我真的不擅长这个……"

"非常重要！但这实在是我上司介绍的推不掉，我保证这肯定是个好男人……就是我现在有点儿无福消受……"林景颜搂着温蝶的肩膀，豪气万丈地说，"没关系！你只要往这儿一坐，男人就会像飞蛾扑火一样冲过来的……安心！"

六点十分。

一个戴着眼镜，看起来二十七八岁，穿着灰色休闲西装面容俊朗的男人手里捧着一束清幽的香水百合从店门外走了进来。

他原本只是打算随意落座，双眸扫到林景颜这一桌的时候，定住，然后朝她们走来。

"两位小姐好。"他绅士地鞠了一躬，"我姓商，叫商周。"

就在林景颜以为他会继续问谁是林小姐的时候，他微微一笑，将花放到林景颜的手边："原谅我只带了一束花，无法分享给你的朋友，林小姐。"

林景颜一愣："商先生，你认得我……"

商周叹了口气："看来林小姐真的很健忘，两个月前，我曾给过你我的名片。"

"名片？"因为工作关系，她每周收到的名片数量都很可观。

"但你并没有联系过我，我以为我们大概不会再见面，没想到机会来得这么巧。"商周从怀里又抽出了一张名片放在林景颜的面前，"不知道你骨折的手臂怎么样了？我很乐意再陪你去一次医院。"

看着那张名片，林景颜蓦然想起，这不是那天她跟林然打电话，然后在路上撞到她还担心地让她去做全身检查的车主？

"原来是你……"

"是不是很有缘分？"商周笑，"不过今天的打扮似乎并不太适合你，虽然也十分好看，但未免有些糟蹋美人。"

美人？

林景颜给他一打岔，差点儿忘了重点，忙也笑着给他介绍："商先生太客气了。对了，因为我一个人来不太好意思，所以特地带了个闺密来。她叫温蝶，跟我是大学同学，我们学校的校花，商先生在她面前夸我是美人实在让我汗颜。"

商周跟温蝶打了个招呼，随即笑而不语。

六点二十。

"林小姐想吃点儿什么呢？"

林景颜看了一眼手机时间，有点儿焦心，但面上仍是微笑："我什么都行，不挑食。既然是商先生定的餐厅，就由商先生来决定吧。"同时在桌子底下示意温蝶赶快下手。

温蝶仿佛没收到她的指令，坐得跟老佛爷似的。

林景颜在心里着急，让她往这儿一坐，没让她真的坐着不动啊！

六点四十。

菜上来了。

林景颜又点了饭，接着迅速解决了她面前的那一份。

速度快得商周都忍不住对她说："林小姐你慢点儿……后面还有别的菜呢。"

什么？后面还有别的……

七点十分。

总算吃完了饭。

　　林景颜看着手机祈祷一会儿千万不要堵车，让她还能在八点之前赶到文艺晚会的现场。

　　商周却突然说："林小姐，其实我还订了两张今晚七点半音乐会的票，音乐厅离这儿不远，不知道我有没有这个荣幸可以邀请你看呢？"

　　林景颜努力笑着说："其实……温蝶她很喜欢音乐会的，要不然……"

　　谁料，一直沉默高冷的温蝶突然插话："我等会儿还有事，要不然我先走，就不打扰你们了。"

　　林景颜猛回头，怒视她。

　　温蝶凑到林景颜耳边飞快而轻声说了一句："这男人不错，明显对你有意思，对我却完全没兴趣，你就别浪费机会了。"接着，莞尔一笑，"那我就先告辞了。"

　　林景颜深深有种交友不慎的感觉。

　　同时，商周的手机也响了起来，他含笑看着林景颜接通："是的，她在……嗯，谢谢姑妈，我们交流得很开心……我正打算邀请林小姐听音乐会。"

　　七点半。

　　音乐会开始。

　　林景颜几次想走，商周都在她耳边轻声地做着介绍。

　　最后没办法林景颜只好尿遁，不料商周极体贴道："这座音乐厅构造比较特别，洗手间在二层中间一条岔道上，一般人第一次来都很容易迷路，还是我带你去吧。"

　　九点半。

　　音乐会结束。

　　林景颜看着时间，心如死灰。

　　商周："林小姐还打算去别的地方吗？还是我直接送你回去？"

　　林景颜干笑："不用了，我自己开车过来的，还有……商先生的车技我实在不放心。"

　　商周终于没有勉强，只是颇为遗憾道："那我可以问林小姐要一下名片吗？"

　　林景颜"嗖"的一下抽出名片塞给他，转身告辞。

　　九点四十。

林景颜一路压着限速线开车，不知道为什么周末这个时候路上会这么堵，她捶了两下车笛，心急如焚。

再看一眼手机，林然始终没有回复。

出门前她就发短信给林然说她可能会迟点儿到，可是……

这也未免太迟了吧。

犹豫了一会儿，她给林然打去电话，接不通。

十点半。

林景颜停下车，换了双轻便好跑步的鞋，边问路边冲进会场。

已经有不少学生开始往外走。

林景颜拿着门票进去，里面正在进行《难忘今宵》的最后大合唱。

她很仔细地辨认着票上的座位，一路向前，直到舞台下的第五排，那是除了前面几排领导以外，学生能拿到最好的位置了。

可是……林然在哪里？

环视一周，周围都是攒动的人头，在昏暗中无甚区别，她根本找不到林然。

林景颜打林然的电话，还是怎么也接不通，旁边的学生好心告诉她，会场里人太多，手机信号干扰，从八点多就很难收到信号打通电话了。

林景颜稍稍松了口气，并不是林然不想回复她……

但随即，又揪心起来。

收不到信号，他到底等了多久呢？

十一点。

人群散场，会场里人渐渐稀疏。

林景颜终于在后台找到了林然。

学生们还在津津有味地议论着刚才的表演，后台的工作人员正在收拾着演出后的道具，而林然就站在正中间帮忙指挥。他穿着一身雪白的燕尾服西装，肩膀上还有王子的肩章，碎发间是一顶闪闪发光的银色王冠，亮得几乎有些耀眼，身边围了好些女生，有的在搭讪有的在要签名。然而林然面沉如水，神色落寞，虽然嘴角还是习惯性挂着弧度，但怎么看都有些心不在焉。

林景颜心口一滞。

她想，穿着这一身站在舞台的聚光灯下，林然一定格外好看。

远远站着，她忽然不敢上前。

可林然已经看到了她。

"让一下……"

他侧身过来，径直走到林景颜面前，看着她，轻声说："我的表演结束了。"

林景颜垂下视线："对不起，我有事情耽误了……"

林然平淡道："我收到短信了……只不过发不出去。"

"噢。"林景颜越发不敢直视林然，她咬咬牙说，"没事，不还有明年吗……明年我再……"

"明年我就参加不了了。"

"抱歉……"林景颜不知道该说什么。

林然扬起唇笑了笑："没关系，我也没有生气，只是有点儿……失落。"

他练习了几个星期，手腕酸痛，也只是想表演给她看，从六点多就开始不时朝着他特地要的贵宾票位置看去，一直到八点、九点、十点，期待、失望、麻木……到他演出结束，还是空无一人。

但她总归还是来了。

并没有食言。

林然看看时间，说："我可能……要陪他们收拾到很晚，你先回去吧。"

林景颜这种时候愧疚得要死，怎么可能先回去，下意识便说："没事没事！我等你！几点都行，反正我晚上回去也没什么事。"

林然想了想，说："要不……你先在观众席坐一会儿，等结束了我叫你，我们去吃夜宵。"

林景颜点点头。

坐了没一会儿，林景颜就抱着手臂睡着了。

半梦半醒间，被人摇醒，她发现自己身上披着件外套，周围黑蒙蒙的，寂静无声。

揉了揉眼睛，林景颜说："林然你结束了？那我们走吧？"

"别急，等等……你在这儿坐着别动。"

"嗯。"

林然起身朝后面走去。

几分钟后，舞台上的帘子突然朝着两侧打开了，一束温柔的冷光照射而下来，正对着舞台正中。

一个人，一台钢琴。

修长白皙的十指快速而有力地在黑白琴键上跳跃，倾泻出的乐声宁静柔和，犹如轻软的纱覆盖在月光表面，散乱的音符时断时续，轻灵得宛若置身仙境。

那一束光恰恰好打在林然清冷的侧脸，他半闭着眼，没有看琴谱，也没有看钢琴，仅仅只是任手指在弹奏，面容有种固执的虔诚，在灯光下像是浮起一层浅光，同这乐曲一般温和而清澈。

那一身白色燕尾服像是替他量身定做般合适，雪白的袖口稍稍向上翻卷了一道，露出白皙的手腕，精致如玉……根本像是从童话世界里走出来的王子。

林景颜随手拽了一张节目单。

德彪西《月光》演奏者：林然。

缠绵舒缓的琴声清灵无比，悠扬而起，恍若月夜精灵翩然而舞。

林景颜知道林然会弹钢琴，却没怎么见他弹过，这是第一次，她认真看着林然演奏，并深深觉得，这世上真是没有人比弹钢琴时的林然更适合"白马王子"这个词。

一曲终了，灯光亮起，林然起身朝着几乎已经没有人的观众席鞠躬谢幕。

单薄的掌声响起。

只为你一个人的演出。

只要你喜欢，这一切就都有意义。

林然走下台，对林景颜弯起双眸说："有点儿迟。"

却在下一刻被林景颜抱了个满怀，她哽咽着说："一点儿也不。"

林景颜是个情绪来得很快的人，其实也并不是什么值得哭的事情，然而看见林然一个人安静地坐着为她弹奏她错过的钢琴曲时，突然升起一种别样的温暖。

明明是她的错，却要林然来为她补救。

愧疚和不安汹涌而来，在冲进会场的那一刻，她或许隐隐希望的是林然会生气或者不开心，这样她的愧疚感反而能轻一些……

若这里站的是季铭，恐怕不用等到十点多，他就会夺命call，冲她发脾气，口不择言，可能忍一会儿她也会反唇相讥，两个人吵得不可开交，结果不欢而散。

但现在林然只是轻抚了两下林景颜的长发，温声建议："我去跟同学道声谢，然后换个衣服，我们去吃夜宵，好不好？"

等他们出来已经是彻底的深夜，林景颜跟着林然沿林荫道一路走去。

不知道是不是大学的惯例，出了校园之后林景颜便很少再看到这种在道路两旁遮天蔽日的树荫，深绿色泽浓郁得像是油画，行走其中，让人恍若置身在茂密树丛的宁静怀抱里。

两人最终停在一家藏在民居里的小餐馆。

林然领着林景颜推门进去，有些不好意思："这个时候附近开门的只有这家店，虽然小了点儿……不过很干净，东西也很好吃。"

林景颜笑着戳戳他："你说好吃我就放心了嘛！"

林然显然不是第一次来，老板大叔见他进来，忙笑眯眯地问他："还是老样子吗？"

"嗯。"林然转头问林景颜，"你想吃什么？"

"我跟他一样就好。"林景颜四处打量着，"这里看起来真挺不错的。"

墙面贴着米色墙纸，搭配木质桌椅看着非常舒服，座位是一个个小隔间，每张桌子上还摆了不同的花卉盆栽，他们桌上的是一盆碧绿的仙人掌，生机勃勃，非常可爱。

林然笑了笑，比仙人掌还要可爱。

食物很快上来，两碗虾仁大馄饨。

馄饨的皮很薄，晶莹透亮得勾勒出里面虾仁和配菜的形状，每一颗都饱满而诱人，汤汁里还加了些香葱和海带，中间点了几滴香油，浓香四溢得让人食指大动。

林然帮她倒了点姜汁醋："蘸着会更好吃。"

林景颜蘸着尝了一个。

姜汁去腥和虾仁搭配在一起有种蟹肉的鲜美，咸香的汤汁和蔬菜面皮又中和了肉味，鲜而不腻，顺着舌尖滑进咽喉，整个肺腑都被温暖了。

"好吃！"林景颜又夹了一个，对林然竖起拇指。

林然笑得更开心。

门外进来两个看长相就来者不善的人："老板，我们也来一份夜宵，就跟……边上这两人一样。"

"没有了。"老板淡定地说，"我们打烊了。"

"什么？那他们不在吃吗？"

"他们是最后一份了。"

林景颜有些讶异地看着林然，他们来得这么巧吗？

林然眨一只眼，轻轻对她比了个"嘘"。

"哼……"那两个人骂骂咧咧走了。

老板继续笑眯眯地问林然："够吃吗？要不要再给你加一点儿？"

林然笑："那麻烦再加一份吧。"

"好嘞！"

"哎？"林景颜一愣，就听见林然小声对她说："这家店的老板比较任性……"

又上来一碗馄饨，以及一份看起来就可爱美味的水果布丁，老板问："第一次见你带女生来，女朋友吗？"

"这个布丁是……"

"送的，不用客气！"老板大气道，"好小伙，找的女朋友也养眼，下次再带女朋友来吃，我给你打折！"

她能说老板真是个耿直的颜控吗？

林然："谢谢老板。"

林景颜："……"

等走出了餐馆，林然才忽然开口说："刚才……我很开心。"

"没什么啊，确实很好吃。"

"我是说你没有再跟老板解释说我是……"林然顿住。

没出口的话谁都知道指的是什么。

大概是吃饱了心情舒畅，即使提到这样敏感的话题，林景颜也觉得似乎没那么严肃，随口接道："反正你也没当我是姐姐过。"

林然轻笑一声，有些无奈的味道。

"笑什么，你叫我姐的次数我掰着手指都能数出来，那时候我哪知道你……还以为虽然和解了，但你觉得我配不上做你姐姐呢。"

"景颜……"

林然突兀地叫她的名字:"我……可以这么叫你吗?"

他不叫还好,一叫林景颜简直无可抑制地想起那天失控时,他也是这么叫她,还叫了不止一次……老脸不易察觉地烧了起来,含糊着道:"你想叫就叫呗,名字起了反正也是给叫的……"

说着,林景颜的脸更红了一点儿,她这语气……怎么总觉得不太对?

也太……娇嗔了吧?

林景颜突然被自己雷到了。

但鉴于最近被自己雷到的次数过多,林景颜决定暂时忽略不计。

快到校门口她停车的地方,林景颜转身对林然说:"行了,就送我到这儿吧,我自己能开车回去。"

林然拧了一下眉:"这么晚你一个人……"

"你送我,等会儿还得打车回来,还不够麻烦的啊!"

林然想了一会儿,说:"我明天没课,今晚可以先睡你家。"

林然是在她家睡过的,但那时候他们俩的关系比现在纯洁多了……不,也不是现在他们的关系不纯洁……林景颜有点儿头疼,但看着林然那张纤尘不染无公害的脸……她为自己刚才一闪而过的念头感到羞愧,拒绝的话无论如何说不出口,只好叹了口气,说:"走吧。"

上了车,林然突然看着某样东西,说:"这是……"

林景颜也是一愣,商周送的那束香水百合赫然摆放在副驾驶座上,临走前商周硬把那花塞到她手里说是"香花配美人",她赶时间来见林然也就随手往边上一丢。

"客户送的。"林景颜脱口解释,说完自己也觉得有些牵强,掩饰般地笑了笑,把花果断丢到后座。

林然抿了抿唇,淡淡笑:"你可以直说,用不着瞒着我,下午你是去……"他说得有些艰难,"相亲了吗?还是……约会?"

哪有客户会给人随便送香水百合?这种花语叫爱到永远的花。

林景颜觉得头都大了。

她差点儿忘了林然在抓她相亲时敏锐到不行的嗅觉。

"音乐会……"随便插到车门边抽屉的门票被林然抽了出来，时间一目了然。

林景颜按着额头决定坦白："其实是这样……是我上司给我介绍的对象，她的侄子，我本来找温蝶陪我一起想早点儿脱身出来的，没想到来的人就是上次开车不小心撞到我的，他认得我，所以……"

林然把门票放回去，垂眸沉默了一会儿，抬头微笑，声音依然很平静："你不用跟我解释了。"

"我不是故意想放你鸽子……"

"没关系，我知道，没事的，反正表演最后你也看到了。"林然坐好，系上安全带，"你开车吧。"

林景颜握着方向盘，觉得耳边简直有一千个人在她耳边唱《忐忑》。

没等她想好怎么办，倒是林然先开了口："是个……什么样的男人？"

"什么？"

"你今天下午见到的。"

林景颜硬着头皮回答："叫商周，做风投的，M大念金融博士毕业，比我高半个头，比我大两岁……"

"条件很好啊。"

"嗯……也……不是……我……对他没感觉。"

"……感情是可以培养的。"

这样的林然根本反常到爆，林景颜觉得毛骨悚然。

她把车停在路边。

林然又抿了抿唇，压低声音说："对不起……是我情绪不太好。"

就算是傻子也能看得出林然在闹别扭。

林景颜握住林然的手，认真说："我对他没兴趣，也不会跟他有发展的……你相信我这一次，我这一晚上都在想着怎么早点儿脱身……"

林景颜抓住林然的手才发现，那双方才还弹奏出动听乐曲的手正紧紧攥着，青筋绷起。

林然摊开手，对她苦笑一声："抱歉，我没法真心实意地笑着祝福你相亲顺利。不过……我会克制，不给你添麻烦……"

话音未落，他就被林景颜吻住。

吻毕，林景颜意犹未尽地在他唇上舔了舔，撤回身说："这样总行了吧？"

林然眨巴着眼睛看她。

五秒钟后，林然侧身过去，反客为主，直到林景颜都快忘了呼吸是什么感觉，身体软成水，他才松开唇，恋恋不舍地厮磨着。鼻尖对着鼻尖，林然的眼睛里只能清楚看见她的倒影，其他什么也没有。

吻又落在鼻尖，之后是额头，林然看了她一会儿，笑："我可以再……霸道一点儿吗？"

林景颜看着近在咫尺熟悉的面庞，鬼使神差地点了头。

吻便又落了下来，含糊间是林然的声音。

"别去相亲了，好不好？"

等他们折腾回去，真真正正是深夜了。

林景颜卧室里只有一张床，不过客厅的沙发是可以折叠成床的，林然之前留宿也是睡在那里。

替林然铺好床，林景颜快速冲了一个战斗澡，出来便打着呵欠准备睡觉。

林然听见声音也站起来，他的外套已经脱了，就剩一件衬衫，领口解开到第二枚纽扣，锁骨若隐若现。林景颜下意识转头，脸红，自从……之后，她脑子里不和谐的东西越来越多了。

"你去洗吧。"

"嗯。"林然应声。

林景颜躺在床上，因为疲惫倒是一觉睡到闹钟响，醒来便闻到了一股食物的香气。

睁开眼，清俊的年轻男子沐浴在清晨浅金色的阳光下，从发梢到睫毛都流转着柔和的光晕，在她的额角亲了一下，微微一笑，音若流水："早安，你还可以再睡一会儿。"

林然是在她家留宿过，但从来也没做过早起做早点等她起床吃这种肉麻的事情。

林景颜愣了半晌，才爬起来。

煎蛋、牛奶，和一片抹好黄油的面包，在晨光下居家气息浓郁。

"面包是哪里来的……"

"我出去买的。"林然看她，"不合口味？"

"不是……"她咬了口面包，松软适度，还有刚烤好的热度，"好吃！"

立刻换了话题，"哪儿买的？"

"就楼下的面包房。"

"见鬼！我怎么不知道楼下面包房有这么好吃的面包。"

林然轻笑，晨光熹微下赏心悦目至极。

早起上班，又是新的一天。

没到中午，林景颜就被王媛琦叫去问相亲的情况，显然她对自己这个侄子很自信，根本没觉得林景颜会拒绝，林景颜也不好直说，打着哈哈过去。

王媛琦一副大事已成的样子说："以后你们要是真成了，可得记得谢我这个媒人！"

林景颜努力笑："这是一定一定……"

商周倒还真的给她发来信息，问她五一假期有没有什么安排。

林景颜想也不想便拒绝。

之后是温蝶的信息，同样是问后续，林景颜直截了当告诉她没戏。

温蝶打来电话纳闷地问她："为什么？是他后来又做了什么让你不能忍的事情吗？"

"这倒没有……"

"那你为什么要拒绝？"

对啊？林景颜一愣，也反问自己为什么？

商周的条件……是真的还不错，目前为止也没有什么让她不能忍受的地方，可是……

耳畔却刹那响起了林然的声音，透着点儿诱哄的味道：

"别去相亲了，好不好？"

她竟然也就这么答应了，而且完全没有什么心不甘情不愿……

"我……"

林景颜老久不回话，温蝶已经自动自发开始思索："你不会是……又对季铭动心了吧？你是真要我恨铁不成钢啊？条件这么好的男人你不要，你……"

季铭？

林景颜顿时啼笑皆非："没这回事，你别多想，他都好久没联系我了，大概是放弃了。"

"那……要不然是上次同学聚会那个姓唐的……我知道了，你是不是喜欢他？所以上次故意让他假扮你男友，用季铭刺激他……"

林景颜无语："不要用你的言情小说桥段来揣度我的现实生活，唐若言交过的女朋友数量说出来能吓死你。"

温蝶惊："什么？他居然是花花公子款？难怪业务这么熟练……不过，都不是那你到底是因为什么？"

"嗯……"林景颜纠结了一会儿，还是没法说出口，温蝶不知道她和林然的关系，真要说那恐怕还得解释一堆，最后只好岔开话题，"对了，你回头有时间没？之前让中介留意，他说有合适的房子了，没事的话周末陪我看下房子呗，我请你吃饭。"

"什么？你还真要自己买啊？"

"这是当然。"

之前那个唇膏广告终于上了，反响很不错，林景颜也领到了一笔不菲的奖金，加上这些年她七攒八攒的，付个小套的首付还是够的。

她受够了寄人篱下和漂泊无依的感觉，有个自己的房子怎么也会有点儿安全感吧，她想。

不过说到那个广告，林景颜现在还是觉得有些别扭。

后期公司技术过硬，将荧幕上的丁嫣然修得格外漂亮，连那不自然的演技也都被掩盖过去，循环在黄金时段的广告滚过之后，勉强算混了个面熟，小有人气。

她后来也托人打听了一下，自己的猜测并没有错。

"你说丁嫣然啊？她后头肯定是有人的啦，不然导演早换人了，还忍什么忍呀！找个戏剧学院科班出身的不好多了？不过现在混这行的漂亮女孩儿，除非有个好爹，其他也没几个真干净的……她还算好吧，至少脾气不错……上次来那个不知道哪家老板包的，那脾气叫一个大，带了三四个助理，一有不顺心就把工作人员骂得狗血淋头……"

丁嫣然劈腿，林然却说没对她动过心，搞得到了最后，林景颜也不知道该怪谁才好。

偏偏那广告放得没完没了，就连路边的广告牌都贴着丁嫣然拍的平面广告照，而且厂商相当满意，还有意跟他们继续合作，拍一支同类型的续集广告。

这让林景颜面对林然都有些怪怪的。

不……或许他们最近见面本来就怪怪的，林然来找她，无论干什么、做什么、吃什么，最后都会以两个人吻到一起告终。

林然的吻技进步突飞猛进，连带着她也有点儿吃不消。

她还是想用看待弟弟的态度对林然，然而关系却越来越失控与不正常……

也许真的，身体比感情更诚实一些。

但……她和林然怎么能够在一起呢？

这十年来，无论是谁，都以为林然是她的亲弟弟，只有他们自己知道这复杂的内情。更重要的是，他们要如何去面对林深和许如琪？

林景颜叹了口气。

"怎么了？"温蝶问她，"这房子不好吗？"

"不是，别的事情……"她最近休息时常走神。

林景颜打量着眼前八十来平方米的小户型，比她租住的一居室要大不少，光线通透，位置也算安静。而且这是已经简装过的现房，签了合同过户之后很快就可以搬进来了。

当然，她要是真住，肯定会再精装修一次。

"你觉得呢？这房子……"

"挺适合你的，就是……"温蝶犹豫了一下说，"拿来做婚房的话，等你以后生孩子可能就会显小了。"

"这倒没事。"林景颜笑笑，"我短期内也嫁不出去。"

"那个商周你真的不考虑一下了？"

"不……你等等……"她的电话突然响起来，接通，是林然。

林景颜无奈地对温蝶说："林……我弟来找我了……"

温蝶倒是挺开心："正好我们房子也看得差不多，我也挺久没见你弟，一起去吃个饭就是了。"

林然看到和林景颜一同出现的温蝶，也只是眼睛稍微闪了一下，之后便如常叫了声："温蝶姐好。"

温蝶做了个夸张的动作，抚着胸口说："你别每次都喊我姐，好像我有多老一样，明明你自己真姐都不喊。"

林然笑了笑，没接话。

吃饭的时候选的是海底捞，排队排了好一会儿，三个人只好坐着闲聊。

没聊两句她们下午去看房子的事情就被抖出来了，林景颜怕林然想多了，忙说："还没定好呢，所以没跟你说，反正到时候要搬家还得你帮忙呢。"

"没问题。"林然笑着应。

温蝶不无羡慕地看着两人："唉，有个弟弟可真好……"

林景颜笑得实在有些复杂。

饭后，温蝶先告辞，林然送林景颜回去。

刚走到地下车库，林然就握住了林景颜的手，自然而然，顺理成章。

他似乎越来越习惯这些亲密的行为，并乐此不疲地尝试，林景颜有心阻止，却无力抵抗。

靠在车边，林然轻轻吻了林景颜一下，本来只是浅尝辄止，却又不小心亲出火来……好在停车场本来就人迹罕至，他们的位置也比较偏。

正神志昏聩间，林景颜突然听见一声短促的尖叫，紧接着便是高跟鞋踩着地面快速离去的脚步声。

林景颜越过林然的肩膀望去，看见一个熟悉的背影。

几乎是瞬间，她心头巨震，浑身冰凉，身体里所有的血液都像是被一瞬冻结。

天崩地裂。

她猛然推开林然，冲了出去。

"温蝶！"

温蝶跑得很快，但毕竟慌张，林景颜很快追上她，拽住她的胳膊："你别走……你听我说……"

"你让我冷静一下……我只是突然想起有个文件忘了给你……你和林然……你们……"温蝶慌乱地开口，神色何止是震惊，根本是惊悚。

"你听我说……我们没有血缘关系！"

温蝶又是一震，缓缓回头："但……你们……对不起，我实在有点儿难以接受……这太刺激了……"

林景颜闭眸叹气："我知道……"

林然此时也跑了过来，快接近时改成漫步，神色渐渐淡然："温蝶姐，这是我的错，是我强迫景颜的，和她没有关系……"

温蝶已经稍稍冷静下来，打量着两人："还有别人知道吗？"

林景颜摇头。

温蝶小心问："那你们……是干姐弟？"

林然在一边简单解释："景颜的母亲和我的父亲再婚，所以我们才成了姐弟。姓氏……是巧合。"

"快吓死我了……"温蝶按着心口，"那你们父母知道吗？"

林景颜继续摇头，同时辩解："其实我们并不是……"

温蝶叹了口气："我算是知道你为什么看不上那个商周了，不过这条路不好走，作为闺密我……也只能说，无论你做什么选择，我都站在你这边。只是……你们真的考虑好了吗？"

考虑好了吗？

林景颜惊魂未定地往回走。

她忽然觉得自己实在是想得太简单了……不过是被温蝶看到，她都吓得三魂七魄都出来了，如果真有一天，被许如琪知道……她不敢想象会变成什么样子……

林然一言不发地跟她走回车门口，然后听见林景颜对他说："……我们这样真的不对。"

"我说过你不用负责。"林然淡淡道，"就当我是弟弟好了。"

"根本没有这样的姐弟关系……"她按着头一阵眩晕，失控的列车也该回到铁轨上，"我想，我们最近还是不要再联系的好，冷静一下对……"

"林景颜！"

林然突然叫她的名字。

她抬头，便对上林然痛苦压抑的黑眸，埋藏在里面的深渊被旋涡席卷，风暴不断："为什么你不肯正视我的感情呢？如果你真的……对我一点儿感情也没有，那就再干脆地拒绝我一次。"

画面恍惚间回到上一次，林然松开她的手，说着"我明白了"，踉跄离开，脸白得宛若死去。

如果真的和林然在一起，前途是可以预见的坎坷。

他们所要冲破的防线层层叠叠，家人、朋友、社会以及未来，有些事林景颜连想也不愿意去想,简直可以说是这世界上最不适合在一起的人之一了。

倘若她才二十出头,可能不会思考这么多,今朝有酒今朝醉,感情来了便去爱,可现在她已经快三十了,一个需要安定的年龄,一个没有多少时间与精力可以冒险的年纪……

但这一刻,她却又不忍心看着林然失望。

时间仿佛静止下来,就连停车场周围嘈杂的汽车来去声也消弭无声。

林景颜垂头,低声说:"我们来约法三章吧。"

对于做了这么多年策划案的林景颜来说,一份双方书面合同的拟定并不复杂,几乎只用了一两天,她就弄好打印下来,一式两份。

内容很简单,期限内的恋爱关系,不得告知其他人知道,在可能会遇到熟人的场合保持正常姐弟关系,彼此保持忠诚,一旦遇到真正合适的恋爱对象,并得到对方的同意,合约可终止……合起来洋洋洒洒十多条,末尾是时限,一年为期。

遇到恋爱对象那条其实是针对林然的,林景颜可能始终觉得林然只是没遇到合适的女孩子,才会……

林然抿唇对着那份合约看了好一会儿,逐字逐句往下阅读。

"一定要这样吗?"抬起头,林然漆黑的眸子看着她。

他不是不知道她在担心,只是没想到她根本毫无信心。

"我们可以搬到其他地方去住,父母那边我可以去解释,你根本不用出面,他们不肯接受的话……"

"你还有至少三年才会毕业。"

"我可以只读到研究生毕业,那样一年就够了。"

"值得吗?"她知道林然喜欢读书,更何况,"去到陌生城市,失去父母朋友所有的人际关系,并不是你想的这么容易。"

林然淡淡道:"值不值得是我来判断。"

其实并不是他值不值得的问题,而是林景颜觉得值不值得。

他并不值得林景颜去冒这个风险,失去一切的风险……怪只怪他现在还太年轻,再怎么做到他能做到的最好,也仍显得肩膀单薄。

这一刻,林然深深地意识到年龄的鸿沟与无可奈何,如果是他大林景颜三岁,可能问题都不再是问题。

林景颜不得不狠下心："如果你不同意，那我只能……"

"我同意。"

林然低头，抽出笔，在合同末尾漂亮利落地签上名和日期。

从林景颜的位置能看见林然微皱的眉心和抿成一条线的唇，他的心情并不难猜测，但这已经是林景颜感性上能做的最大退步，理性上她更希望他们能退回正常关系。

他们将合同锁进银行保险柜，用的林景颜的身份证，钥匙由林然拿着。

走出来时，天光大亮，阳光耀眼得刺目。

林景颜深呼吸一口气，肺腑淤塞得厉害，转头看林然亦是面沉如水，他低头把玩着那个钥匙，风轻轻吹过，额发拂动盖住双眸。

"签的时候有一瞬间我还以为自己在签结婚协议书，实际上却是截然相反的东西。"

林景颜尴尬地笑了笑。

气氛实在沉闷，为了改善氛围，林景颜试着建议："我知道新开了一家法国餐厅味道还不错，要不要去试试？"

林然扬起嘴角："如果……一年后我能让你改变观念，合同可以改写吗？"

林景颜不知如何回答。

林然笑笑："没事，我就是问一下，我们去吃饭吧。"

第七章

能把她
纯情的林然还回来吗？

晚上林然提出要留宿，林景颜没拒绝。

等林然抱着被子到她的卧室，林景颜才有些傻眼。

林然理所应当地说："我们在交往。"

是的，没错，尤其他们还签了合同。

但林景颜总觉得进展有些过快了，从很小起她就已经自己睡了，一直一个人睡到现在，突然有人说要分走她一半的床铺，接受起来还是需要一点儿过渡。

林景颜洗完澡，坐在床上看下属发来的资料，但事实上看了半天连一页也没能看完。

隔壁水声淅淅沥沥，片刻后安静下来，之后是穿着拖鞋在客厅里走动的声音。

又过了一会儿，门被推开，林然擦着湿漉漉的头发走进卧室。

上一次还是在黑暗中，林景颜根本没怎么看清，这一次就清楚多了，瘦削而并不纤细的身体，肩膀连着锁骨的弧线都非常漂亮，手臂隐隐有隆起的肌肉——她记得林然挺喜欢打篮球的，大约因为有锻炼，骨肉显得非常匀称，身上没有一分多余的赘肉，再往下是腰际边没入裤腰不甚明显的人鱼线，尽管只露出了一小截，却性感非常。

林景颜移开双眸，欲盖弥彰地说了一声："你洗好了？"简直废话。

林然"嗯"了声，问林景颜："你一般什么时候睡？"

"十二点左右吧。"

几乎是说完，她就感觉另一边的床铺陷了下去。

林然躺了进来，头发已经擦得半干，但身上的气息还是很轻易地挥散过来，这种气息这些天林景颜已经在林然的唇上品尝过多次。

她在看电脑，林然拿了本书在看，手上握了笔，不时写些什么。

握笔的姿势很好看，当然，林然的手更好看，那双一看便属于钢琴家的手简直是巧夺天工的艺术，修长而根根分明，指尖略窄，透着一股漫不经心的冷淡。

林景颜纠结了一会儿，忍不住握住林然另一只手。

林然稍稍有些惊讶地转头。

林景颜握着林然的手说："借我玩一会儿不介意吧。"

林然弯起眼睛笑："你随意。"

林景颜捏了捏又摸了摸林然的手，越看越觉得好看，玩得不亦乐乎，那只手却突然自己动了起来，指尖从林景颜的手指缝隙间缓慢插入，再温柔地扣住她的手。

十指交扣。

书被放在一边，吻也温柔地覆盖了下来。

实在太过温柔缠绵的一个吻，温柔到心脏都觉得仿佛承受不住。

睡衣顺着林景颜的肩膀滑落，事态越来越朝着不可控制的方向发展，林景颜在喘息间隙，攥着林然往下的手，说："你知道……怎么做吗？"

林然的耳垂可疑地红了，点点头，含糊说："理论知识……"

他哪里来的理论知识？

不是林景颜想破坏气氛，实在是……她想象不出林然一脸认真地研究观摩学习的样子，谁叫林然长了张不食人间烟火的脸。

林然自然不可能傻到跟她慢慢解释，他略一思考，开口："科学的研究成果，需要扎实的理论基础和锲而不舍的实践经验……"

声音就在林景颜耳边很近的地方响起。

这次脸红的换成了她。

不过，还是快了点儿……林景颜最后还是婉拒了。

林然的眼中闪过一丝失望，不过很快他便释然，来日方长，不急。

　　林景颜又奋战了几天，最终定案交上去，剩下的也只能看恒瑞那边满不满意了。

　　王媛琦表扬了林景颜几句，给她放了三天假，私底下又在问她和商周接触得如何，没安排的话两个人可以趁机出去短途旅行一下。

　　林景颜勉强笑着，实在不好意思告诉她自从她严词拒绝过后，她就没再和商周联系过了。

　　倒是这三天假期……她在心里盘算着要不要跟林然出去玩两天？

　　正巧是周末，他的课最近似乎也不多……

　　只是这么想着，忽然就很开心，心口也跃跃欲试地跳动着，像有人一直在往心口吹气，鼓得涨涨满满都是充实的感觉。

　　就连唐若言都似笑非笑地对她说："颜姐，要不要我再给你发两篇文章？"

　　林景颜汗颜："不用了！"

　　回家的路上，林景颜却收到了某个人久违的电话。

　　"季铭？什么事？"这么久没联系，她以为季铭这次真的是放弃了。

　　"有时间出来吗？"季铭也直截了当。

　　林景颜冷淡回问："是公事还是私事？"

　　"私事。"

　　"抱歉，那我恐怕就没法跟你见面了。"林景颜顿了顿，说，"我现在已经有交往对象了。"

　　"就这一个月？"季铭根本不信，"今晚七点，我在你家楼下等你。"

　　这种不容质疑的口气惹怒了林景颜。

　　"季铭！你能不能不要这么幼稚！这个世界不是围着你转的！而且我不是说过除非……"

　　季铭打断她，声音低音炮般压得极低沉："最后一次，之后我就……再也不会骚扰你了。"

　　林景颜一愣，没想到季铭居然会这么说。

　　"不然，你知道我的性格……你就算再谈两个三个，我也会一样把你搅黄掉。"

的确是季铭会做得出来的事情，林景颜沉默了几秒，说："好吧。"

晚上七点。

林景颜随便穿了一身常服就下了楼，原本也不是当作约会的，更没必要精心打扮，她只是想跟季铭见个面，再说清楚。

季铭靠着车门等她，见林景颜下来，便迎了上去。

稍一走近，他就看见了林景颜脖子上的吻痕，她没有刻意遮掩，圆领毛衣更像是故意显示给他看，自己有恋人这件事并不是谎言。

季铭的眸色转深，沉声说："上车。"

林景颜站住没动："不用了，就在这儿说吧。你还有什么私事要找我？"

"你就非要这么绝情吗？"

"你误会了，我们早就分手了，哪有什么情好谈。"

说出这句话的时候，她忽然觉得轻松，忘记一段恋情最好的办法，果然是开始一段新的恋情。自从和林然关系亲密之后，她已经越来越少地在意季铭，那些刻骨铭心的爱恨都仿佛轻飘飘淡去，都是过去的事了，有什么必要抓着不放呢？她甚至有些想不起来，再次见到季铭的瞬间，那种心脏重击忐忑不安的感觉。

季铭实在再了解不过林景颜，她看他的眼神的确不一样了。

哪里不一样……他不知道，但他确定，那绝不是他想要的转变。

"如果没事，我就先回去了。"

林景颜转身。

没走出一步，林景颜突然脖子一疼，接着大脑意识昏聩，身体软绵绵地倒进了一个怀抱里。

晚上回来的路上，林然在街边看到林景颜很喜欢吃的那家烤肉串店又开了门。

喜欢是喜欢，但林景颜怕长肉一直吃得很克制，林然犹豫着要不要买点儿带回去给她，顺便告诉她其实一点儿也不介意她长胖，便打了个电话过去。

然而，打了两三次，那边却始终是关机状态。

季铭是学过跆拳道柔道的，主要是他爸怕他被人欺负——林景颜后来想想季铭那个性格不学点儿什么，恐怕真的有可能被人套黑麻袋。

只是没想到有朝一日会用在她身上。

林景颜揉着脖子想，他是想犯罪吗？话说，用这么大力气，就不怕把她敲死吗？还是说……季铭因为不能接受拒绝，所以心怀愤懑，决定杀了她？

算了，想这些也没用，还是先想想怎么回去吧。

四周一片漆黑，她摸了摸，放在口袋里的手机不见了，钥匙和钱包倒还在。

往前走了一步，不知道踩到什么，只听见"咯吱"一声，林景颜连忙扶住墙站稳，黑暗中的空间似乎并不大，再往前一点儿，她就摸到了门把手。

她不抱希望地拧了一下，门把手却动了。

推开门，大片的光线涌进来，林景颜忙抬手遮住刺目的阳光，适应了一会儿，她放下手。

眼前是一条走廊，她很熟悉，因为曾经四年大半的时间，她都待在这里消磨——这是她大学时常上课的文科教学楼四楼，他们许多的课程都是在这层的教室上的。

外面并不安静，隐约有人说话的声音。

一个穿着 T 恤牛仔裤的女人背着双肩包从她面前路过："哎，景颜，你怎么还不进去上课？"

"上课？"林景颜认出这是她的大学同学，但是……

"对啊，快迟到了。"不由分说地，对方拖着她的手走进一间教室。

里面坐满了人，都是熟悉的面孔，不久以前她还在同学会上看到过他们，但如今他们穿的不再是正装、职业装，而是只有大学时期才会穿的廉价学生装，淘宝店几十块钱的上衣和裤子，低廉到这个年纪已经很难再穿出门。

讲台上教授正打开 PPT 文件，同时翻阅着教案，看见林景颜进来，他促狭地对她笑了笑："景颜，你又忘带课本了？"

一个无所谓的声音响起："没关系，老师我可以借给她。"

季铭一身休闲服搭配运动裤坐在最后一排，拿着一本已经开始卷边的教科书拍了拍边上的座位，示意林景颜坐过来。

女士凑在一起小声说着话、嬉闹，而男士已经有的开始转书、转笔，或者玩手机。

几乎和大学时一模一样的场景，除了少了温蝶。

林景颜被人推到季铭身边，神色有些复杂地看着他。

这就是他的……时间穿越回到过去？

季铭有气无力地举手，痞痞地冲讲台上说："老师，景颜看起来脸色不太好，我能送她先回寝室吗？"

教授仿佛无奈地说："你们……唉，早去早回。"

季铭拿起桌面上摆着的书和笔，对林景颜说："我们走吧。"

林景颜合了一下眸，说："……我的手机在哪儿？"

季铭理所应当地说："你的手机我怎么知道在哪儿？"

"别玩了……"

季铭不理会她，直接走出了教室。

林景颜看了一眼教室里的同学，都一副看好戏的模样，迟疑片刻，她说："你们谁能借我一下手机？"

"哎，你先追出去吧，还要什么手机啊？"

"季铭在寝室楼那儿等你呢，快下去吧。"

他们也开始朝外走，三三两两，像是把这当成了另一场同学会。

知道他们和季铭都是串通好的，林景颜也明白借手机恐怕没戏了，连忙追了下去。

季铭果然在寝室楼下等她。

"我的手机呢？"

季铭双手插在口袋里看她："你寝室的床上。"

"你开什么玩笑，现在……"现在她寝室肯定早就被学妹占了……但季铭笃定的眼神告诉她，他并不是在胡说。

林景颜犹豫着一层层爬上寝室楼，身边不时擦肩而过一些真正上学年纪的学妹。

最后，她推开了曾经属于自己的寝室房间门。

里面空无一人，却摆满了东西，摆满了熟悉到令人毛骨悚然的陈设，不论是她挂在衣柜上的外套，因为堆不下而放在地面上的书本，还是她隔壁床的室友摆在那里碍事破破旧旧的电风扇……都和记忆里没多少出入。

有人跟着进来，那两个她曾经的室友很配合地在演戏，仿佛她们还是在读的大学生，这里也还是她们每天住着的寝室……当然演技十分拙劣。

林景颜踩着梯子到床上，摸索着找到了自己被关机的手机。

窗外突然传来喧嚣声。

"景颜，快往外面看。"

窗户外，季铭站在树丛间，地上摆满了玫瑰，围成一个大大的心形，将他圈在正中。

他举着一个扩音器，开始朝林景颜所在的窗口呼喊："林景颜！我喜欢你！"

"林景颜，我喜欢你！"声音一次比一次大，一次比一次更执拗。

与此同时，正对面的教学楼抛下了两条红色的横幅。

一条写着：林景颜，季铭喜欢你；另一条写着：林景颜，嫁给我好不好？

周围不知不觉围满了看热闹的学生，有的是在看热闹，有的以为是在拍电视剧，但更多的人开始朝着林景颜窗口处张望，希望能看到被表白的女主角。

真是季铭的手段，林景颜握着手机想。

永远嚣张又霸道，就像言情小说里幻想的那样，不吝惜精力与钱财以最夸张的方式去达到他想要的效果、获取女生的好感，难怪温蝶都吐槽他们的恋爱经历比小说还要狗血精彩。

但曾经的她却偏偏很吃这套。

希望自己的恋爱是独一无二、轰轰烈烈的，因而用力去爱，用力去恨，每一次吵架分手都把自己搞到憔悴无比，好像世界坍塌，宇宙毁灭，恨不得为情而死，以此来证明自己爱过。

现在想想，简直是有病。

一场正常的恋情难道不是把自己变得更好？变得更幸福吗？

两情相悦，琴瑟和鸣，朝朝暮暮。

都希望能把最好的给对方，而不是活得像个刺猬，用伤害他人或者自己去掩盖不安与焦躁，最后互相刺得遍体鳞伤，再试图用更好看的装饰品去掩盖那些伤口，欺骗自己它们并不存在。

到了最后，感情又能磨得还剩下多少呢？

季铭永远也不会知道，当初在那个酒吧昏暗的角落，曾带给林景颜的是什么样的伤害。

他击溃了她所有的信任与勇气。

那并不是爱所应该给予的。

没来由地，林景颜想起了她和林然交握的手指。

简单而紧密地贴合在一起，内心充满了温存与宁静，喜悦与甜蜜，心口软成一汪春水。

她甚至想到了海枯石烂、天长地久这样的词句。

脑海中闪过一幕幕画面：林然小心地说"如果我喜欢的……是你呢"；林然握着她的手问"你对我有没有……哪怕一点儿……"；猴子玩具里暗哑着嗓音的"林景颜，我爱你……愚人节快乐"；林然苦涩着声音说"我会重新……再做回那个好弟弟的……你是这么希望的吧"；林然按着心口温柔地说"只有想到你的时候，才会让我由衷地庆幸，自己活在这个世界上"……

更久远一些，他们过去相处的那些回忆细节里她都未曾留意到的地方……

或许最初擦出火花是因为欲望，但真正让人动心的恐怕还是林然本身。

他认真、专注、冷静、聪明、沉稳，做什么都会全力以赴做到最好，能坚持会持之以恒，交给他的事情你永远不用担心他会忘记……

她怎么会现在才留意到呢？

如果……许如琪没有嫁给林深就好了。

只是，那样恐怕他们也不会相遇。

林景颜缓缓走下楼，除去围观的，下面也站了好些同学，跃跃欲试地起着哄。

季铭放下了扩音器，目光定定地看着她："你说的时间穿越回到过去，我做到了。那么，能否兑现你的承诺？"

四周的人开始有节奏地鼓起掌。

林景颜嘘了一声，等周围安静下来，才毫不逃避地回望着季铭，说："我知道你可能准备了很久，不过……我已经不爱你了，季铭。"

回来时，他那么笃定地看着她，说唯一确定的事情就是她爱他。

但这一刻，季铭无法再确信。

林景颜双眸里的平静像一把刀子在他的心口拉开巨大的缝隙，满涨的自信如同漏了气的气球，无声无息萎顿在地。

"还有，下次请不要再用打晕人带走这种做法，恶作剧做过头了。再有第二次，我会报警的。"

说完，林景颜毫不犹豫，转身就走。

四周鸦雀无声。

季铭站住不动，像和时间一样被定在那里，纹丝不动。

女主角走了，表演成了一场荒唐的闹剧。

林景颜知道季铭现在的心情一定不好受，就像她当年那样。

也许她可以有更委婉的拒绝方式，但倘若不直截了当地当着所有人的面拒绝，季铭是根本不会意识到他们的关系是有多不容转圜。

有人分手后还可以当朋友，但她和季铭这种，绝对是老死不相往来的类型。

边走路，林景颜边打开了手机。

开机的那一瞬间，海量的信息涌进来，把林景颜的手震到发麻。

一百多个未接来电，八十多个未回复信息。

她失踪不过才十几个小时而已……

几乎是紧接着，有电话打进来，林景颜手忙脚乱接通，电话那头是林然带着鼻音疲倦却又欣喜的声音："你在哪儿？"

林景颜鼻子一酸："外面，我马上打车回去。"

"你别动，告诉我在哪儿？我过来接你。"

"不用……"

林然笑笑，按了下汽笛："我已经在外面了……"

十几分钟后，林然摔上车门，冲下来抱住林景颜，紧得像要把她勒死。

担心，不需要言语，就像感情也不需要言语。

"吃饭了没？"

"没……"肚子配合地叫了一声，从昨晚到现在林景颜都没吃东西。

林然随手丢了个还热乎的手抓饼给她，林景颜接过果断吃了起来，林然嘴角弯出笑意，趁着红灯在林景颜的嘴角舔了一下，舌尖卷走粘在上面的一小块面饼。

林景颜脸红，同时思忖，最近林然也未免太主动了一些，她身为年长者的主动权都去了哪里？

回去没多久，林然便靠在床上沉沉睡了过去。

等他醒来，面对的便是林景颜精心准备的晚饭，虽然卖相和味道都差强人意了一点儿，林然还是惊喜地笑着接受了。

等林然吃得差不多，林景颜才用尽量轻松的口气把酝酿了半天的话说出口："林然，我们做吧。"

"咳咳……"林然剧烈咳嗽了两声，呆若木鸡地看着她，"你……说什么？"

重新掌握主动权的林景颜满意地看着林然的反应，笑着重复了一遍。

林景颜承认，她是想逗林然。

原本水到渠成的事情，特地说出来，不知为何就多了一份羞耻感。

但很快，她看着一脸淡定站在超市柜台前挑选安全套的林然，发现自己还是小看他了……林然尚未退缩，她光是看着林然就觉得尴尬了，幸亏此时边上没有多少人。

"你要看到什么时候？"

"在研究。"林然转头问她，"这些有什么差别吗？"

林景颜扫了两眼，尽量让自己也显得淡定："大概是……口味和种类？那什么……我先过去买点儿纸巾，正好家里纸巾快用完……"

她还未说完，不知从哪里钻出来一个推销员，殷勤而笑容满面地说："两位是新婚夫妻吗？需不需要我为您介绍一下我们的产品？这几种是我们新推出的口味，超薄，并且非常适合……"

林景颜默默朝买纸巾的地方走去。

十分钟后，她看见林然朝她走来，手里的购物篮里花花绿绿放了许多小盒子。

林景颜一惊："你买这么多做什么？"

"不知道哪种适合，所以每种拿了一样。"他顿了顿，又补充，"研究。"

就算是学霸也用不着连这种东西都……

"但你拿的这些也太多了……"

"我放回去一点？"

林景颜按着额头："算了算了……"她本来想说这东西买这么多也用不完，而且价格也并不便宜，转念想到林然根本不差钱，买什么都随心所欲，就懒得再劝。

林景颜又买了一些水果和储备食物，才去收银台。

结账时，收银员用一种又高深莫测又复杂难言的眼神看着两人。

林景颜望天，假装没看到。

她觉得林然买的数量，估计到一年后都未必能用完……当然，事后证明，她完全是多虑了。

天色已黑下来，雾蒙蒙的天穹偶尔可窥见一二星辰。

已经是 5 月份，春寒退去，取而代之的是一份融融暖意，就连拂面的风都是轻柔而温暖的。

林景颜和林然并肩走着，她难得没穿高跟鞋，接近二十厘米的身高差便一下变得明显，就算踮起脚也还是没有林然高。

林景颜一时感慨，拍着林然的肩膀说："真是个壮实的小伙子。"

林然扑哧笑了出来，眼睛里像是落进了星星。

林景颜呆了呆，叹道："小伙子长这么好看真是作孽。"

林然竟然很认真地点了点头："嗯，所以为了防止我去作孽，好好收好我吧。"

"天哪！"林景颜做了个夸张的表情，眼角的泪痣宛然，顾盼生辉，"温文尔雅的白马王子林然同学竟然会开玩笑！说，你是不是冒名顶替的？"

说完，两个人已经笑成一团。

回到家，林然先去洗澡。

林景颜把买来的食物分门别类在冰箱里放好，又稍微收拾了一下房间，等林然出来她才进去洗。

浴室里还残留着热气和林然沐浴露的味道，林景颜在里面洗了很久才出来。

深吸一口气，她裹着浴巾推门进卧室，就看到坐在床上、正拿着一个小盒子在手里转着的林然，他的手指修长而且灵活，转动时有种优雅的迅捷，而床上其他位置则散落着好几个样子不同的盒子。

林景颜瞬间破功："这到底有什么好研究的啊？不都差不多吗……"

林然黑眸望来，回答她："直径、宽度、长度、摩擦时可能会造成的阻力和……"

第一次听说有人居然会研究这些。

林景颜打断他："有这个时间你不如研究一下……"

她爬上床，挪动膝盖和林然面对面，离得近了林景颜才发现他可能并不是真的多么想研究这东西，只是……和她一样，紧张而已。

但对于林然，与其说是紧张，不如说是到此刻他也仍然觉得不真实。

已经接吻过记不得多少次，却还是每次都一样会沉迷。

他觉得不真实，他需要什么能让他亢奋的大脑稳定下来，比如数字、数据、冷硬而理性的方程与公式……以让自己不会变成另一副模样。

另一副被感情冲昏了头脑，只剩下独占与欲望的自己。

只是……眼前的林景颜只裹了浴巾，栗色长鬈发披散在光裸的肩头，沿着肩膀到手臂的线条优美而流畅，白皙肌肤被蒸出淡淡的粉色，眼角的泪痣随着双眸眨动而轻轻颤动，身姿稍稍俯向他的时候沟壑分明，一举一动性感到令人窒息。

等反应过来的时候，林景颜已经被用力吻住了。

林然的唇灼热，她的舌根被吮吸到发麻，唇舌间都是他的气味，与此同时，林然的手已经很熟练地揽住林景颜的腰，将她顺势放倒，长发散乱地铺陈在身下。

被人压住的感觉并不是太好，身体被沉重而强势地覆盖，有种不容忽视的被侵入感，但因为是林然，所以能够接受。

吻开始变得缓慢缠绵起来。

许久，林景颜才听见林然的声音，很轻，却也很艰难地问她："这次……真的不拒绝吗？"低得像是一句耳语。

已经有些意识不清的林景颜点点头。

"你确定……不会后悔吗？"

林景颜张开双臂，搂住林然的脖子，轻笑一声："傻瓜。"

事到如今，还有什么可后悔的？

因为喜欢，所以想要在一起，所以想要拥抱你。

感情原本也就是这么简单的东西。

起初林景颜还担心林然不知道怎么操作，但事实证明他已经相当好地预习过了，更何况这世上还有种东西叫作——生理本能。

只是就算林然再小心温柔，第一次疼痛也是难免的，更何况欲望驱使之下，林然的自我掌控力也未必有他预料的那么好。

但是疼痛之外，又有另外一种感觉在心口升腾。

因为林然实在是太过温柔，温柔到即使在做这种事，即使在疼痛着，也依然会有强烈地被珍惜着被爱着的感觉。

林景颜眼角无意识地溢出一些泪液，下唇被咬得泛白。

林然停下，担心地看着她："……很疼？"

林景颜摇摇头，抱紧林然。

心口荒芜了太久才会明白，这种被人捧在手心里温柔以待的感觉，有多么温暖到令人承受不能。

天光大亮，暖融融的光线带着初夏特有的清爽明媚投射进房间里，驱散了所有的阴翳以及空气里若有似无的情欲气息。

林景颜累得够呛，半梦半醒间揉着自己的腰际，明明林然没做几次，林景颜就觉得自己的老腰仿佛要被折断了。

还是说要怪林然体力太好？

但她一个上班族职业女性要怎么跟一个每天都晨跑周末还打球的成年男性比体力？

倒是林然神清气爽抱着她腻在床上，察觉到林景颜醒来，他轻柔地问她："中午想吃什么？"

林景颜有气无力地吐字："困……"

林然毫无原则地说："那就继续睡。"

等她再度苏醒，林然还维持着早上的姿势抱着她，眼睛一眨不眨看着她，同时另一只手在轻柔地替她整理凌乱的头发。

"几点了？"

"下午四点半。"

林景颜按着额头呻吟："要死了……我们昨晚明明九点多就……"

林然完全没有怜惜时间的意思，继续问她："晚上想吃什么？"

"没什么胃口……"

"那我给你煮点儿粥。"

"皮蛋瘦肉粥。"

"好。"

林然煮的粥自然是美味无比，林景颜一点儿不剩地喝完后，他们又继续回到床上腻着。

林景颜用电脑浏览网页，林然就坐在她边上看书。

半个小时后，林景颜看累了想换成手机，刚把电脑合上放到一边，林然就转头吻了过来。

直到第二天早上，林然回学校上课，林景颜才再度爬下床。

工作以来，她觉得这简直是她过得最堕落的一个假期，并且深刻地意识到锻炼身体的重要性。

她开始认真思考起和林然一起晨跑这件事。

吃着林然临走前留下的早餐，林景颜伸了个懒腰，慵懒的阳光洒满全身，心底一片安然。

接受另一个人进入她的生活，或许比她想象中要轻松一些。

得知她想晨跑，林然倒是比她还积极，他每周只有两天早上才有课，剩下五天便清晨一早六七点钟开车过来陪她跑步。林景颜上班不打卡，一般九十点钟左右到公司就行，因而她一般都睡到接近九点才起床，为了晨跑也不得不提前一个小时起床。

哈欠连天地沿着小区操场慢跑，说好的每天跑四圈，跑着跑着就变成走两圈。

林然无奈："你这样锻炼不了身体的……"

林景颜心虚问："我现在反悔还来得及吗！？"

林然想了想，说："那这样好了，你少跑一圈，晚上我们就多做一次。"

能把她纯情的林然还回来吗？

李朝言想，林然最近太过反常。

作为他们班，不，他们院的学霸种子选手，林然除了周末偶尔外出，基本都是寝室、教室、食堂、实验室四点一线，泡在实验室里的时间长到已经有人开玩笑说：课余时间要找林然？他不是在实验室就是在去实验室的路上。

林然倒也并不生气，甚至解释说，除了去实验室别的他也不知道有什么好做的。

那时李朝言还觉得十分心虚，作为一个学霸行列中的学渣，林然泡在实验室的时候，他不是在打游戏就是在睡觉，要么就是拉上别的同学打球吃饭玩，实在惭愧。

但最近林然不只实验室不怎么去，就连课也能早退的便早退，经常一大早就消失，晚上他们睡觉的点才回来。

当然，他们教授宠林然宠得像亲生儿子，根本不怎么过问，可作为室友的李朝言实在觉得不对劲。

尤其根据他的观察，林然这段时间换衣服换得特别勤快，本来人帅是帅但看久了也不会觉得怎么样，最近却有种帅得让人无法直视的感觉，无论说话做事都笑得一脸温柔迷人，荷尔蒙不要钱地乱洒，走在路上简直是个移动的发光体，跟公孔雀发情期似的，就连他个纯爷们儿都偶尔会被林然笑得心里毛毛的。

林然本人倒是根本没去关注身边人的变化，他最近在意的只有怎么让林景颜每天好好晨跑而已。

林景颜根本没有每天早起跑 1600 米的毅力，而他……大概最缺的就是毅力了，于是每天乐此不疲地想尽各种办法哄林景颜起床好好晨跑，耐心得出奇，连林景颜都快败给他，无奈求饶："大爷，你高抬贵手放我一马好不好，我真的没力气了，跑不动了……我上班都快来不及了……"

林然看时间，用半诱哄的口气说："还有 200 米，跑完我背你回去好不好？"

"你背我？"

林然点头："抱也可以，你不介意的话……"

林景颜怀疑地看："你抱得动……"

林然笑了一下，下一刻手臂便穿过林景颜的膝弯，将她公主抱了起来。

林景颜低声惊呼，双手环上林然的脖子，过了一会儿，发现林然竟然真的抱得很稳："你……这样抱着我不觉得累吗？"

"还好。"他笑，"再胖一点儿应该也能抱得动。"

"那就好！我有点儿困……先睡一会儿。"头靠进林然的肩窝，林景颜倒头装死。

反正看不到脸，丢人也丢不到她身上。

对于林景颜这种无赖的行为，林然无奈了一会儿，但他总不能真的把林景颜丢到地上，只好快步向前走去，低头的瞬间看到林景颜闭着眸毫无防备的侧脸，正静谧地靠在他的怀里……林然必须要很努力，才能不让自己开心得太过明显，不然林景颜次次这样，晨跑计划估计得彻底泡汤。

"要不然……"

"……嗯？"

"你周末有时间的话，跟我去打球吧。"

"……什么球？篮球？你确定我的身高……"

他笑："不是，是网球……不然为什么我能这么轻松抱起你？"

网球场里。

有时候林景颜觉得林然的特长实在多得过分。

一身蓝色运动衫的林然单手持球给她示范，戴着白色护腕的手腕轻转，身体线条流畅地蓄力，在击打的瞬间爆发，球飞旋着在空中划过漂亮的弧度，急速而狠狠落向对面。

林景颜试了几次都有些不得要领，球差点儿没打过网。

林然站在她的身后，握着她的手，再次示范，声音在她耳边低低响起："降低重心，屈膝，利用转体而不是光靠手臂的力量……"手指在她的手臂上点了几下，"这里，这里，还有这里……最好动作能连贯起来……"

这毕竟比跑步有趣多了，林景颜练了两个多小时，在对战的时候勉强能击打回去林然一两个球。

"嘿！林然，别光陪美女啊，跟我也来一局。"来人显然是熟人，很热络地跟林然招呼。

正好林景颜也累了，立刻甩开球拍到边上休息。

林然点点头，开打。

这时候林景颜才知道，刚才林然陪她打的时候根本就是在慢悠悠地送球，两个技术都不错的男人在球场上你来我往，球速快到眼睛都快跟不上，扣杀时气场简直强到像要杀人。负责记分的小哥不停地擦着汗，嘴里喊着：0:15，0:30，15:30……赛点……

一局终了，作为围观者的林景颜都出了一身汗。

7:5。

最后还是林然赢了，对方一脸不甘心地说："我这次是看你难得带女人来，怕你输了没面子，下次我一定会赢回来的。"

林然好脾气地笑："好的，多谢了。"

球场边，林景颜给林然递了瓶矿泉水，忍不住问："你到底什么时候学来这么多技能的？"

林然接过，仰头喝了一口，身上的运动衫因为刚才的剧烈运动而微微汗湿，一滴汗顺着喉结滚动滑落下来，有种性感与清爽结合的味道，看得林景颜心不由得动了动，很想对他做点儿什么……

"也没有很多，都是小时候吧。"林然毫无所觉地放下矿泉水，想了想，"周末母亲总喜欢送我去学……"

林然的母亲？

林景颜突然一怔，事实上这个人在林然的家中亦很少被提及。

"后来我才知道，她只是不想我待在家……"

林然笑了笑："我对她的记忆也已经很模糊了，所以也没有什么很深厚的感情，当初接受……"

家庭问题始终是横亘在他们之间的问题。

"算了，你小时候没学过什么吗？我记得你高中的时候好像很喜欢画画？"

林然本意是想换个话题，但不料林景颜的神色却更加黯然起来。

"学过……也都忘了。"林景颜看了看自己的双手，有些怅然，"我都不记得多少年没摸过画笔了，不过现在也根本没时间。"

"也是，毕竟你有个那样的父亲。"

林景颜转头惊讶地看他："你知道……我父亲？"

林然弯眸笑："你的事情，我知道的可能比你想象的还多。"

"对了，我一直想问……你到底为什么会……喜欢我？还是从……"林景颜有些不能理解，按照林然的描述，从他们还在冷战的时候，林然就已经喜欢她了。

"……一定要说吗？"林然难得有些窘迫。

林景颜学着当初林然的样子，飞快地在他脸颊上亲了一口，语气轻快："说吧，我想知道。"

林然叹了口气，毫无原则地妥协："好吧。那实在……说来话长。"

幼年时，来拜访的客人几乎都会忍不住逗弄林然，然后问些听起来就毫无意义的话，比如说：

"你更喜欢爸爸还是更喜欢妈妈啊？"

才不过几岁的林然已经能习以为常般用礼貌又乖巧的声音笑着回答："我都喜欢，爸爸妈妈对我都很好。"

实际上，一年到头，他和他们相处的时间屈指可数。

就连那些少得可怜的相处记忆还是伴随着争执、吵闹和摔东西，结局无一例外以母亲拖着行李出走为结束，父亲不会去追，因为她总会回来。

母亲回来时，家里的气氛会好上几天，然后，再一次循环往复。

直到某一次，她再也没回来过。

当然，心情好的时候，她也会买礼物给他，然后微笑着花一个下午的时间把他打扮得漂漂亮亮的，亲手替他穿上白色小礼服戴上领结，赞叹说："我家然然真是太好看了，像小王子一样呢。"再然后替他拍许许多多的照片，又一张张把它们放进相册。

她会说："要成为王子，得学很多东西哦。"然后抱着一大摞宣传册坐到林然身边，笑着对他说，"来，然然，我们看看要学什么好呢？妈妈比较喜欢钢琴，但是小提琴和网球也不错，要不然我们都学了吧？妈妈这就帮你报名去。"每个周末都替他报了满满的课外班，学那些和课业毫无关系却非常适合展示才艺的课程。

你没法讨厌这样一个漂亮又爱笑的女人，尽管她有着各种各样糟糕又令人难以忍受的缺点。

然而，过了很久之后林然才渐渐领悟到，她看着他的眼神并不是一个母亲疼惜自己亲生子女的眼神，那只是……看着一样精致漂亮能拿得出手的炫耀品的眼神。

她并不在乎林然喜不喜欢，好在林然也并不在意学的什么。

课外班里有小孩子刚考过钢琴七级，父母已经欢呼雀跃，商量着晚上带他去哪里庆祝，周末再出去玩。

林然考过钢琴十级的时候，母亲刚走父亲忙工作，只有管家对他说了句："少爷好厉害。"林然微笑着感谢，随手便把证书丢进了抽屉里。

年年考第一，父母却年年家长会都不来。

久了，也就习惯了，他衣食无忧，生活富足，父母对他已经够好了。

那时候，管家总用叹息又心疼的眼神看着他："这么小的孩子，造孽啊……少爷你不用总是这样，不开心的话，干脆说出来……"

林然笑得温柔："怎么会？我觉得我过得很好，没有哪里不开心。"

伪装乖巧懂事优秀温柔，似乎已经成为本能。

几年后，父亲续娶，没有问过他，当然林然也没有什么意见。

直到——

"别笑了，我一点儿也不想见到你，你最好跟我保持距离，不论是在家还是在学校。"女孩子直截了当地对他说，大概也没有打算掩饰，"这是我第一次，也是最后一次警告你……别再跟我说话了！"

林然觉得匪夷所思，他完全不能理解她的生存方式，她为什么发火发得这么自然……这里不是他家吗？她就不怕……得罪他？

林然很生气，生平第一次，他不想再去讨好某个人。

但生活在一个屋檐下，抬头不见低头见，你很难忽略一个人，尤其她本身就是个鲜活生动的发光体。

"妈……我不想穿这件衣服啊，好难看的……"

"啊啊……我快迟到了！妈你怎么不早点儿叫我！来不及了，早饭我不吃了……"

"了不起吧！那是当然，我可是您亲女儿。"

只要父亲不在，她在她母亲面前就是这样一副模样，没有规矩，不懂礼貌，大大咧咧却又眉飞色舞，撒娇还是耍赖都自然而然，任何一件芝麻大小无趣的事情，都能被她描述得妙趣横生。

早上碰得巧，他还能透过覆盖着一层透明黑膜的车窗看见她骑在自行车上飞驰的身影，矫健张扬，长发飘扬，无所顾忌。

渐渐地，他的心态从找碴般的羡慕嫉妒开始朝着另一个方向发展。

她参加了高中部学生会的宣传部，宣传栏里的手绘画大多是出自她的手笔，签名的林景颜三个字龙飞凤舞帅气异常，林然偶尔偷瞄她的房间，能看到林景颜房间里的塑料黑板上贴满了各种各样的画，每一张色彩都美到炫目。

她还当过校园卡拉 OK 比赛的主持人，站在台上和男搭档妙语连珠，毫不怯场，笑容无比有感染力。

她的身边永远都不缺人陪，不论嬉笑怒骂都喜形于色，那是一种真实的世界，和他这样即使笑容再温柔也进不到心底的世界不一样。

开始留意一个人，会注意到所有的点点滴滴。

不知不觉间，林然蓦然发现，如果他心里有本林景颜观察日记的话，那么本子恐怕早就已经记了厚厚的一摞。

有时候走神间，他会恍惚想起林景颜的笑颜。

她笑起来真的很好看，只是从不对他笑而已。

回到家里，他们依然是招呼也不会打一个的陌路人。

某天，林然出门买东西，无意间看到林景颜和一个和她长得有几分相似似乎是她亲生父亲的男人走在一起。三十来岁的男人穿着洗得发旧的 T 恤和牛仔裤，帅气不减，从头到尾手舞足蹈地比画着什么，肢体语言和面部神情一样丰富，林景颜一开始还佯作生气，随后没多久就也哈哈大笑起来。

他原本以为她和他一样，现在看来也不尽然。

林然身不由己地跟了上去，看着林景颜亲生父亲带她逛了街，又买了新衣服，一路上两个人都像是活宝般夸张逗趣，最后不得不分开，他们抱了一下才依依不舍告别。

望着林景颜上车的背影，林然还在发怔，那个男人却突然朝他走来。

林然下意识想跑，却被对方促狭的笑脸定住："小伙子哪里跑？说吧……跟了我们一路到底是为什么？"

他有些慌张。

"来让我猜猜，你是不是喜欢我女儿？"

林然想辩解，他当然可以找到理由，担心自己的姐姐被坏人拐走，理由充分……但说不出口，他并不想告诉林景颜的父亲，自己是他妻子再婚对象的儿子。

男人已经拽着他随便找了家店坐进去，身体舒展地靠向椅背，抽出一根烟，点上，吐烟圈的动作落拓而性感："说实话，大叔也不会怪你的嘛，都这个年纪过来的，情窦初开我也懂的，想当年大叔早恋的时候……"他似乎想起什么，笑了起来，和林景颜如出一辙富有感染力的笑容，"再说，你要真想追我女儿，还不得先讨好我？"

林然语塞了一会儿，所幸他伪装的功力还在，礼貌地笑笑说："叔叔好。"

谁料，男人竟然直接伸手拽了下林然的脸，说："你这笑得也太假了，不高兴直说我又不会揍你。"

林然的笑容敛了敛，把对方的手扯下来。

男人哈哈大笑："这表情我喜欢！哎、哎，你先别生气……好吧，我直说好了……其实吧，我是个不怎么负责任的爹……"

林然的眼神告诉他自己早就看出来了。

男人摸了摸鼻梁，继续说："景颜妈妈再婚了，孩子判给她，我总在外面跑，也不好总是去学校看她，所以……小伙子，你能不能告诉我景颜她在学校里怎么样？过得开不开心？老师好不好讲话？同学有没有欺负她？"

这种问法让林然觉得有些惊讶，一般家长不都是会问孩子成绩好不好，最近有没有好好听话……

但他犹豫了一下，还是说："她过得很好。"

"真没骗我？"

林然无奈："我为什么要骗你。"

"也是哦，那就好，那……"男人好奇地问，"你是怎么看上我女儿的？"

林然："……"

"哎哟，小伙子你害羞了？别害羞嘛！快跟我说说，我警告你光看上脸可是不行的啊，我女儿好歹是艺术家的女儿，也是很有内涵的，从小被我熏陶的艺术气质，你……"

"……都喜欢。"声音低得很难听清。

"什么？"

"全部都喜欢。"林然重复了一遍，心口突然一片澄明，他咬着牙说了下去，"不管是内在还是外在，我都喜欢，而且只喜欢她……"感觉脸都在烧。

"气场还不够啊。"

"啊？"

男人又抽了口烟，拍了拍他的肩："女孩子还是喜欢强势点儿的，把她逼到墙角，再强势一吻，大部分问题都能解决了……对了，小伙子你叫什么，学生证来给我看下。"

看完，男人一愣："你……才这么点儿大吗？好吧……要强势霸道是有点儿为难你了……不过女大三抱金砖嘛，也不是没有可能，年轻人有勇气是好事……"

林然突然觉得这个人真是格外不靠谱。

他沉吟了一会儿，问："如果在这里的不是我，你也会这么鼓励他吗……"

根本是在坑女儿啊……

男人咳嗽了一声，说："干吗？我是个很开明的父亲，小伙子我只是看你不错才想鼓励你，大叔看人是很准的！不过我得声明……你追她可以，但搞大肚子绝对不行！作为一个男人，要懂得对女人负起责任懂不懂，有些事情大叔可以先教教你……"

十五岁的林然："……"

不过，他忽然明白，为什么她那么排斥他和他父亲。

比起他和他父亲，他们之间的关系，才更像是家人，百无禁忌，即便有错也并不曾互相怪罪，依然会担心着、关心着彼此。

而他母亲走了这么多年，从未有一次，回来看过他。

之后，没过多久，林然找了个借口让司机先回去，自己独自一人等在校门口，制造一场迟来已久的相遇。

林景颜默默听林然说完，忽然握紧了他的手。

"这么多年，我竟然都没察觉……"声音里有微妙的歉疚。

林然笑笑："你一直当我是弟弟嘛。"

如鲠在喉的刺，被他用这么轻描淡写的口吻说出来，像是将陈年的伤疤清晰地展示给她看，林景颜只觉得心口五味杂陈，既甜蜜又愧疚。

"不用觉得愧疚。"林然反握住她的手，笑意里的温柔一直渗透到心底，"会这么轻松说出来，是因为我已经不在意了……现在这样，就很好。"

虽然没到天天来的地步，但只要是周末，林然都会留宿在林景颜家。

大部分时间还是彼此该做什么做什么，林景颜工作，林然看书或者摆弄电脑，不过只要一有间隙，林然就会顺势和林景颜交换一个亲吻，吻的时间有长有短，后续发展基本由等会儿有没有必须要做的事情来决定。

尤其是随着夏天到了，天气炎热，空调房间里只穿着睡裙难免有点儿冷，林景颜总喜欢靠到林然怀里，感受着林然身上的热气，而林然的激情期也同样会来得比之前更快，细碎的吻顺着颈脖一路向下……林然督促下的晨跑多少还是有点儿效果的，至少林景颜体力不济中途害得林然去冲凉水澡的次数有所减少。

　　换作一个月之前，林景颜绝对无法想象自己会这么习惯另一个人的体温和气息，但现在她甚至开始有些依赖起来，虽然有时候她也会有短暂的"对自己的弟弟下手，我简直禽兽不如啊"这样的念头，不过很快就被丢到一边……

　　恒瑞那个项目算是拿下来了，不过那个宣传筹备期本来就很长，他们的前期准备又足够充分，现下就稍微闲了点儿。而 Miracle 的合作案林景颜就当放弃了，就算季铭能不在意让她中标，她也不想再总跟他抬头不见低头见。

　　钱是赚不完的，还是人开心最重要。

　　为了庆贺，林景颜特地去买了瓶红酒，路过男装区时，原本目不斜视地路过，此刻却忍不住多望了两眼，一件暗红色修身的复古衬衫出现在视野里，领口和衣角有些铅灰色的设计与花纹，休闲中透出优雅和贵气，版型很正。极其挑人的颜色，但林景颜几乎能想象出林然穿着它的样子会有多好看，鬼使神差地便买了回来。

　　红酒晚餐，林景颜吃得心满意足，趁着酒意把衬衫塞给了林然。

　　林然接过打开，也略有些意外，他上一份礼物还是球鞋……

　　林景颜忙解释："也就是回来路上看到觉得很适合你，就……"

　　林然笑："我很喜欢。要我试给你看吗？"

　　林景颜巴不得："好啊！"

　　林然抬起双眸，又对她笑了笑，说："……帮我换好不好？"明明只是简单一句话，却偏偏透出诱惑的味道。

　　事实证明，买给恋人的衣服，果然只是为了亲手脱下来……

　　当然，之后林景颜经常会收到林然送来的各种款式的衣服裙子，并且亲手帮她换那就是后话了。

　　签好购房合同，看着账上的钱被划掉一大笔，林景颜不由得叹了口气。

　　本来觉得自己这些年赚得也不算少，如今只是付了个住房首付，就显得捉襟见肘了……不过，大概是国人与生俱来的习性，一个只属于自己的房子，即便并不大，也让人觉得仿佛有了归所。

　　入手的这套房子是前任房主生二胎觉得空间实在不够，所以转手卖出的，住了其实没多久，看起来还和新房一样。不过既然打算长住，林景颜还是希望能有个更符合自己口味的空间，找了个做室内设计的朋友帮她重新规划风格，但家具市场还是要她自己跑的。

林然得知，主动说要陪她一起去。

林景颜本来只打算看到哪儿是哪儿，谁知道林然提前做了功课，来时手里带了大量的资料和数据分析，从材料到结构、占地面积、使用空间等等。林景颜看着一组组数据只觉得头晕，她对林然这种过分严谨的数字控爱好也有些无奈。

林然愣了愣："这样不是更一目了然？"

林景颜："……"那种复杂的数据，只有你才会觉得一目了然吧……

不知是有意无意，林然穿了那件她送的暗红色衬衫。

他的衬衫颜色一向趋于单调，比如白色、黑色、灰色，至多是浅蓝色，很少穿这么扎眼的颜色，原本清润的气质也被涤荡得透出一丝诱惑，偏偏他的纽扣又很保守地一直扣到最上面，让人忍不住想去解开它——林景颜确信这并不是情人眼里出西施的结果，导购小姐在看林然的时候至少脸红了三次。

嗯，林景颜自己倒是很淡定，当你亲手把一件衣服从一个人的身上穿脱了 N 次，就不会去纠结他到底是穿着好看还是脱了好看。

挑家具的时候到底还是出现了分歧，林景颜的眼睛总是往那些设计得非常有艺术感的家具上瞄，林然却不由自主地开始跟她分析那些家具的受力结构有多么不合理。

林景颜："可它们好看。"

林然目光微凝，完全不能理解这种奇葩的结构到底好看在哪里。

林景颜亲了林然一口，问他："你觉得好看吗？"

林然立刻抛弃自己的立场，温柔微笑："好看。"

林景颜搂着林然，笑得像朵花似的。不知不觉在林然身上撒娇撒得越来越自然，心理年龄也仿佛减上了几岁。

唯一达成共识的就是在挑选床的时候，林景颜挑选了最大最软的那张，还反复确认了质量。

她房间里原本的床虽然也是双人床，但真的躺两个成年人在上面滚总让人觉得床板随时会断，看着几乎能占卧室大半个空间的床，林景颜有些犹豫地问："我是不是买得太大了点儿？"

林然弯着眼睛笑得纯良无害："我觉得正好。"

林景颜突然脸有些红。

以前林然说什么她都没感觉，但最近她却无论听见林然说什么都能想歪……真是太可耻了。

好心情却很快告罄。

"景颜。"

随着这声低沉的声音，有人拦在了林景颜面前，还是一样英俊的脸，双眸下有些憔悴，当然他的神情和口气依然是倨傲的。

真是冤家路窄。

林景颜想绕开，手臂却一下被抓住："你把我的所有联系方式都拖了黑名单……这样对待客户，妥当吗？"

"放手！"她想甩开，但季铭的手钳制得更紧。

下一刻，季铭的手却被狠狠甩开。

林然把林景颜拉到身后，目光冰冷地看着季铭。

"你的恋姐情结还没好吗？"季铭讥诮地看着林然，淡淡道，"我跟你姐说话，你闪开。"

林然的目光冷得像能结冰，吐字冰寒："滚。"

季铭笑了："我知道你不喜欢我，是我对不起你姐，你要是真觉得不爽，就打我好了，我绝对不会还手。"

"我没兴趣。"林然冷冷道，"别再来缠着她了。"

季铭说得毫无诚意："抱歉，我恐怕做不到。我有公事要跟你姐谈，你能让开吗？"

"不能。"

气氛剑拔弩张，几乎一触即发。

林景颜头疼无比，她已经察觉到林然的怒气值在飙升，说着不感兴趣要是真给他机会揍季铭一顿他绝对不会手软，只是万一真动手那恐怕也就麻烦了，以季铭的性格肯定会借此缠得更厉害。

她拍了拍林然，轻声说："要不你先到那边等一会儿，我跟他说清楚，就过去找你。"实际上，她分明已经说得足够清楚，不过是季铭不肯放弃罢了。

林然转头看她，眼神让她忽然觉得很难过。

"不好。"他说，"我不会离开的，也不会让你跟他单独相处的。"

倔强，并完全不想妥协。

季铭冷笑："你就喜欢缠着你姐吗？你能缠她一辈子吗？她迟早要结婚嫁人的……"

林然看了季铭一眼，六月天里，那一眼却如万里冰封的雪霜，寒意直透心底。

"为什么不行？"

低垂头，林然吻住林景颜。

曾经的岁月里，他多少次想这么做，却又不得不忍耐，而如今，他已经不用再忍耐，而能将愿望变成现实。

时空仿佛倒错。

当年季铭嬉闹着在林然面前亲吻林景颜，假装歉疚实则一脸得意，他的心被绞成一寸寸，还要淡然地说没关系。

现在，他用力吻住林景颜，忍耐与压抑变作更加热切而不知餍足的吻。

季铭震惊了足足有三分钟，才在眼前两人热吻结束后，断断续续地说："你们……林景颜，你知道你在做什么吗？"

林景颜也同样一时未回神。

林然转头，回答："我们没有血缘关系。"

"可她是你姐姐……"

"我从来没拿她当过姐姐。"他抓着林景颜的手，扬起嘴角，启唇，"现在我们是恋人。"

"这简直太荒谬了。"季铭倒退了一步，脸上的惊愕仍未消去，他一直觉得林景颜身边那个助理的威胁更大，从没把林然当作过竞争对手，也没觉得他可能有威胁性，为什么……

"不对，你是想用这种办法让我死心。"

反应过来，季铭突然冷静下来，林然可能只是为了让他放弃而假装正和林景颜在一起，结合林景颜吃惊的表现，这个猜测显然更加可信："我凭什么相信你们在交往？不过是接个吻罢了。"他看向林景颜，目光堪称锐利，"林景颜，你真的做得出来吗？和小自己三岁从小一起长大的弟弟在一起？你觉得……你们真的能结婚一直在一起吗？林家也不是什么小门小户，儿子娶了同住在一个屋檐下的姐姐……就算你们说没有血缘关系，其他人能接受吗？撒这种谎有意义吗？"

"其他人都无所谓。"林然冷冷道，"只要我们相爱就行。"

然而，林景颜沉默了。

季铭的话正好切中要害。

未来？他们可能有未来吗？林家的族人众多又传统得要命，即便是续娶她妈，也还是合了生辰八字又查了祖上几代，才最终通过。林然是长孙，负担着传宗接代光宗耀祖的责任，林深理想的媳妇肯定是个门当户对知书达理又年纪比林然小易生育的富家小姐，最重要的是她看得出来，林深一点儿也不喜欢她。

其实她完全可以不理会林深，可是到时候她母亲的日子只怕不会好过……

林景颜的沉默让林然的心一分分冷了下来。

他对林景颜表白加剖白心迹多次，可林景颜虽然和他在一起了，但从来也没有说过……类似于喜欢他爱他之类的话，更像是因为肉体亲密的关系与他的逼迫顺水推舟着答应。

看起来甜蜜美好的生活，实际上就像纸糊的一样，一捅就破。

不过，林然在心头苦笑……也的确是纸糊的。

那一纸的合同，一年为期。

再怎么说服自己忽视，一年后一定能让林景颜改变心意，也还是……像悬在头上的达摩克利斯之剑，随时会将他粉身碎骨。

林景颜终于开了口："这和你没有关系。"

季铭笑了："怎么会没有关系？林景颜，我爱你，这世上不会有人比我更爱你。"

林然就这么看着。

林景颜忽然笑了笑，搂住林然的手臂："你不明白吗季铭？我们是来看家具的，我们就快同居了，你爱不爱我我一点儿也不在乎。至于你担心的事情，其实我从住进林家开始，就被当成林家的媳妇养着……当然起初我并不愿意，甚至还和你谈了一场恋爱，不过现在我想通了，嫁给林然也没什么不好的。除了年纪比你轻，我不知道他还有什么地方不如你……而且，季铭我知道你这几年很拼，每天只睡三四个小时就去工作，但还是要注意身体，防止肾亏，你的脸色实在很难看。"

不去看季铭脸上的表情，林景颜拽着林然大摇大摆地走了。

走出季铭的视野，林景颜才松开林然，抚着胸口说："幸好我反应够快！"

林然："……"

"……你生气了？"

"没有。"

林景颜戳戳林然，语气讨好："别生气了嘛，我现在真是对季铭一点儿意思都没有了，是他老缠着我……我也觉得现在就很好，很幸福了。"

林然低头看她，说："你真的愿意嫁给我？"

林景颜："唔……"

"那我们现在去办结婚证吧。"

林然语气轻松得仿佛这只是吃饭喝水一样简单的事情："之前因为别的事情问父亲借来了户口本，正好还没来得及还，我记得你的户口也已经迁出来了吧。"

林景颜彻底愣住了，半晌才动唇，声音有一丝慌张："不，这也太……"

何止是太快，她根本完全没有思考过要和林然结婚的事情。

之所以被季铭戳中软肋也是因为……从未设想过未来。

"林然……"她深吸一口气，平静地道，"我们说好一年为期的。"

"我知道。"林然的声音沉下来，双眸垂下，有些暗淡，"我们可以一年后再……"

"那又有什么意义？为了结婚而结婚？"

林景颜转身，他们在的地方恰好是卖家装饰品的位置，她垂头继续去看那些充满居家气息的小东西，以此来掩饰稍微有些慌乱的神情。

"但你答应过他的求婚。"

"那不一样……"

"有什么不一样？"

林景颜回头看他："我们非要为了这种事情吵架吗？"

林然静静看着她，好一会儿，他才扬起嘴角，笑了笑说："抱歉，是我无理取闹了。"双眸被遮掩在额发间，看不清神情，"所以你刚才也只是为了骗他……说说而已？"

林景颜装作没听见。

一天的好心情算是彻底被毁了。

晚上回去后，林然除了沉默寡言一些，并没有什么特别不同。

只有抱着她的时候，林景颜才能察觉到林然情绪上的异样，以往林然总是极尽缠绵，考虑她的感受更多过自己。这一次，他固执地吻在她颈侧的唇粗暴近乎啮咬，隔着薄薄的皮肤，血管也像是要被刺破，脸上所有的表情都会被清晰捕捉。

林然仿佛在用最激烈的方式，宣告着自己的存在。

腰肢被弯折，林景颜高高扬起脖子，呼吸急促，但已经彼此熟悉的身体却依然受用。林然的手指穿过她泥沼般铺陈着的发，激得她头皮一阵发麻，痉挛般地绷紧了身体。

也许人性里原本就有兽性。

夜黑得更加浓稠。

一夜过去之后，天色微明。

林景颜发现林然还在紧紧抱着她，四肢纠缠，彼此的身体温度交融，亲密无间。抬起头，看见林然柔软的黑发覆盖在额头上，她稍一挣动，那双紧闭的眸子就颤抖着睁开，仍带着清晨特有的迷离和蒙眬，手臂在下一刻将她圈紧，胸膛紧贴着她的背脊，灼热的呼吸在耳畔熨烫着。

他什么也没说，林景颜什么都明白。

如果他们的感情足够坚定，根本无所谓结不结婚，只可惜他们始终无法像一对正常情侣那样……所以林然才会一直缺乏安全感，需要什么去证明感情。

然而，这却是就连林景颜都在挣扎的事情，因而更加无法给予承诺。

她看向窗外，外头是阴天，一抹不甚明晰的晨光攀爬过窗台，很快被涌来的风吹散，大片的云朵掩盖着天空，风雨欲来。

生活仍要继续。

唇膏广告的续集依然是交由林景颜负责，这次跟厂商磨合得要轻松许多，广告案只打回来修了两三次就被告知通过。拍摄时模特也换了人，由女艺人变成男艺人，或许是前一作的成功，这次预算很充足，请了个当红的偶像男明星。

拍摄前，她们公司就有好几个年轻女员工羡慕期待地看着林景颜，想让她去要签名。

可惜，拍摄前一天，一切都准备妥当，才被对方经纪人告知男明星拍戏受伤要修养两个月。厂商原本就是打算乘胜追击，两个月显然是等不了，只得临时换人。可一时又找不到合适的顶替对象，连续找了几个二三线男艺人，都觉得气质不对被否定，林景颜作为策划也急得头疼。

这次的主打产品是几款清爽型的润唇膏，广告要求是干净、清澈、温润，厂商强调为了吸引女性消费者，找来的男艺人颜值一定要高。

恰好林然打电话过来，林景颜灵机一动，叫林然直接赶过来，问导演行不行。

广告导演原本听了林景颜的话也没上心，抱着死马当活马医的心态见了林然，结果在见到他面的瞬间便拍板定案。

林然还丈二和尚摸不着头脑，林景颜跟他简单解释了状况，双手合十拜托："救急救急，帮我拍点儿东西，照着导演说的做，很简单的。"

"拍……"他眉头微微皱了一下，"广告？"

林景颜点头："很短的，全程加起来大概就不到二十秒……你就当做个兼职吧，要是实在做不来……我再想办法吧……"

林然沉吟几秒，在林景颜迫切的注视下，笑："好吧，我试试。"

当然，那时他们都没料到这个小小的意外会导致怎样的改变。

为了避免之前的状况，这次的广告案里要求艺人表演的部分更少，只需要远景切近景，艺人拿着产品摆拍再做几个动作，声音和特效都可以后期再加。

林景颜原本以为林然毫无经验，再磨合至少要折腾一小时，都提前跟导演打过招呼说他是个纯粹的门外汉，不过是被抓来的壮丁，谁料林然的镜头感出乎意料的好，在镜头下丝毫不怯场僵硬，仍旧泰然自若，不管正面侧面都上相得不行，拍摄时间完全在预期中。

拍摄结束，广告导演意犹未尽地看着屏幕里的画面，问林景颜："你这个朋友是做什么的？有没有兴趣进演艺圈？我认识个刚跳槽自己做的经纪人……"

林景颜还没回答，林然先出声说："谢谢您的赏识。不过，抱歉，我对进入娱乐圈并不感兴趣。"

见此，导演也不好再勉强，只得颇为遗憾道："如果这真的是你第一次拍，我必须说你的镜头感实在好到令我惊讶。"

林然笑笑："我小时候拍过一些企业宣传片，并不是第一次在镜头下。"

回去的路上，林景颜翻着手机里方才拍摄时偷拍的几张林然，笑得停不下来。

林然转头看她，无奈："有这么好笑吗？"

林景颜指着手机屏幕里的人："快看！这个男人多帅啊！"

不得不说包装实在是个很奇妙的东西，现实生活里林然大概只会是让人忍不住多看两眼的帅哥，但在化妆、服饰、打光板等等的包装下，林然惊艳得简直令人心脏狂跳，颜值噌噌往上涨了何止一个等级。尤其广告拍摄特别强调了唇部曲线和莹润感。林景颜敢发誓，广告播出之后，想把嘴唇贴上屏幕的妹子绝对不止一个两个。

林然轻笑，拉过林景颜吻了一下："本人就在你边上，用不着看照片。"

林景颜被林然这个毫不谦虚的说法逗笑，笑了一会儿，她想起件事："过两天广告拍摄的合同应该会送过来，你的酬劳可能比原定的男明星要低不少，不过也算是意外之财了。"

她知道林然不在乎，但还是想要说清楚。

果然，林然只是点了点头，说："那我们可以好好出去吃一顿了。"没有一分多余的反应。

夏日炎炎。

临近暑假，林然的课业更闲，林景颜新房装修得也差不多了，只剩下布置。

她选的浅色墙纸，又买了颜料，和林然两个人贴了一中午墙纸，下午便坐在脚手架上往墙上绘制。

她早就打算以后自己房子的墙壁由自己来画，摸到画笔的那一刻，她觉得自己的手在轻轻发抖，并不是因为太久没摸画笔生疏，而仅仅是因为无法克制激动的心情。

受父亲的影响，她从小就喜欢画画，每周去上绘画课永远是她最期待的事情，平时在家也是一写完作业就迫不及待地去摸画笔。

素描也好，水彩也好，只要是画她都喜欢。

她也确实有天赋，各种绘画奖拿到手软，可惜自从许如琪嫁给林深之后，她就知道……自己不能再任性下去。

学画是一条漫长的路，它需要时间精力和……金钱，即便如此也有可能一生得不到回报。

但她需要尽快自立，这并不是一条适合的路。

她画，林然就坐在下面看。

画了一会儿，林景颜有点儿不好意思："要是觉得无趣，你先回去吧……"

房子没装修好，四壁徒然，只有几件简单摆放的家具。

林然笑得温和："不会，看你画我很开心。"

很快林景颜便沉浸进去，忘了时间，待回过神时，暮色已降临。

林景颜自墙边退开，双手抱臂，看着自己这一下午的忙碌成果："好看吗？"

她照着天空之城的场景画的，铅笔打底再用颜料上色，如今总算已具雏形。

林然从背后缓缓抱住她，手臂圈住她的腰，唇在她后背露出的肌肤上轻轻吻了一下，说："好看。"压低的嗓音像是在诱惑。

她转过头去，林然轻轻微笑。

好像不论什么时候都是这样，只要她想起来回头去看，林然就在不远的地方微笑着看她。

有人说过，陪伴是最长情的告白。

那时她只觉得是句心灵鸡汤，但此刻，却突然觉得这真是一句浪漫到极致的话。

爱的激情保质期往往很短，大脑内让人持续亢奋的化学物质也不过只有一年半到三年的时间，所有激烈的爱恨终究会归于平静，然而绵长不绝的感情却可以持续一生。

在两人的忙碌下，原本空旷的房间开始一点点变样，从只有木地板和墙纸，到一点点填补上家具，装上窗帘床帘，铺上地毯，摆上桌布盆栽……客厅和厨房中间安了木制吧台，林景颜还特地配了咖啡机，旋转着的水晶吊灯打开后发出暧昧的橘色光晕，阳台上是一架吊着可以摇晃的藤椅，懒人沙发随意摆放在地毯上……房间变得越来越温馨，也越来越适合居住。

有时林然来的时候也会随手带一些装饰品。

明明是一个人的房子，却越来越像新婚夫妻布置新房。

厂商的动作很快，林景颜正式搬家前没几天恰好是林然那则唇膏广告的播放时间。

林景颜拖着林然早早守在电视前，林然倒还有些不太想看。

因为省了艺人的费用，厂商把资金都投入在了宣传上，黄金时段的广告，从林然出现的那一刻，林景颜就挪不开眼。

海岸边，男人穿着白色质地轻软的衬衫长裤赤足走在木质甲板上，发丝亦柔软地轻轻飘扬，随性自然。

海浪一波一波，阳光清爽又明亮。

镜头窥视般一点点接近，侧颜的轮廓被清晰勾勒，从鼻尖到嘴角的弧度仿佛在闪闪发光，他合上了眸，漆黑浓密的睫毛覆盖下来，镜头下移到唇瓣，他笑了一下，嘴角便扬起，像是勾住了人的心魂，打光恰到好处在唇上一闪而过。

紧接着，仿佛偷窥被发现，他猛然转过脸来，眸光若一泓秋水。

画面骤然失色。

那一眼实在太过惊艳，林景颜连后面的广告内容都没留意到，直到已经在播别的节目，她才回过神来，抱住身边的林然用力亲了一口。

林然默默扭开了脸。

林景颜大笑："哈哈哈不要害羞嘛！夜里好像还有重播，我们等会儿再看一遍。"

林然："……还是算了吧。"

林景颜："不是挺好看的，有什么不好意思的，你……唔……"

林然已经当机立断堵住了林景颜的嘴，边吻边直身将她压倒在柔软的沙发上，另一只手摸到遥控器果断按下关机。

荧幕上一向美女易得，帅哥难求，广告播出之后的反响远超林景颜的想象，不止唇膏销量上升，广告播出时间出现收视峰值，网络上也有网友开始询问这个唇膏帅哥是谁。

本来只是小范围的讨论还构不成什么威胁，但最糟糕的是，不知是谁认出了林然。

——这不是我们A大的校草吗？

很快，林然的姓名专业个人资料都被扒了出来，甚至包括交过的女朋友，毕竟校园里认得林然的不在少数。

单纯是帅哥也许还没那么引人瞩目，加上学霸这个设定就实在令人遐思，就连微博营销账号也拿来大做文章，配上几张图，轻松转发过万。

风口浪尖，林然回学校一趟，差点儿被当成珍稀动物围观。

林景颜接到林然电话，他气喘吁吁，显然刚脱身："我刚退了学校寝室。"

"嗯？"

"能搬到你那儿去吗？"

　　林然搬家搬得雷厉风行，行李也简单得很，电脑、书、衣服就是全部，洗漱用具还是林景颜陪他去超市重新买的。要是在林景颜的旧居两个人住可能还小了点儿，换了房子就正正好，她还特地选了加长的书桌，方便两个人同时忙碌，当然，利用率最高的还是那张大床。

　　有时候就算什么也不做，在床上和林然腻着，林景颜也会心满意足得不可思议。

　　光是接吻就能亲上一两个小时，简直像是被什么冲昏了头脑。

　　林景颜不知道这算不算是热恋期，但这确实是她和林然过得最快乐的一段时光。

　　与此同时，那则广告带来的影响迟迟没有消下去。

　　当一个人从小到如今履历都堪称完美时，很难不让人生出憧憬。有人放出了校庆晚会时林然钢琴表演的手机录的视频，视频摇晃画质模糊，但屏幕正中穿着白色燕尾服的林然却仍美好得闪闪发光。之后，更有人贴出了林然的奖学金公示记录，证件照居然也很帅。还有人人肉扒出了林然的微博账号，寥寥十几条微博，几乎都是转发学术方面的，唯一一条原创微博是今年清明的时候，一片隐约点缀着星光的夜空。

　　微博上，转发里有花痴有惊叹也有质疑，但更多的还是混战着给林然制造人气。

　　提到林然之前交往过的女朋友，有人愕然发现这则广告的前作，就是林然的前女友拍摄的，这下子混战就更多元化了。那些看不惯自己女朋友花痴林然的男人纷纷表示想让人家娶你先看看你有没有人家前女友漂亮。

　　林然没出面，倒是丁嫣然在微博上发了一条有关林然的长微博，先是申明他们已经分手，再是怀念和林然的相识相恋，最后说林然是个很低调的人，呼吁大家不要去打扰他……林景颜只看了一眼就知道这老练而娴熟的炒作文笔，肯定是找人代笔的。

　　再一稍稍追查，林然为何曝光得这么快的原因也就呼之欲出。

　　无非是看林然的广告反响比她大，就借机炒作自己。

　　林景颜把这件事跟林然说了。

　　林然对此倒并不是特别生气，抱住林景颜说："反正我也没什么实际损失，别去管她了。"不如说他反而得利了。

林景颜乜斜了他一眼："这么大度？"

林然看着林景颜，愣了一会儿，突然肩膀抖动，低笑："你……不会在吃醋吧？"

林景颜："……"

她确实有那么点儿不爽，原本那件事之后她就不喜欢丁嫣然，这次之后，更是怎么看她都不顺眼。

尤其那条长微博，怀念林然那部分半真半假煽情过度，很明显在营造一种旧情难忘的感觉，底下还真有不少人在求复合，看得林景颜瞬间也很想找水军对刷过去，不过幸好最后她还是冷静了下来。

林然在她脸颊边亲了一口，笑意在唇边温柔地漾开："更在乎我一点儿，好不好？"

不要推开我，不要拒绝我。

不要分开。

林景颜看着林然，片刻，扑哧一声笑出来："我还不够在乎你吗？"

林然笑了笑，没说话。

"对了，厂商让我来问……他们有意请你代言那款唇膏，不知道你有没有兴趣？"林景颜回抱住林然，"不过，这可能会比拍广告麻烦一点儿，当然，酬劳也……"

林然抿了抿唇，这次却没有那么干脆地拒绝。

几天前。

"有些事我想找你谈谈。季铭。"

短信箱里突然冒出这么一条信息，简短又嚣张的口吻，一看便知是谁，但林然还是去了。

咖啡厅里。

季铭慢条斯理地搅拌着咖啡，态度依然倨傲，看见林然进来，他抬了抬下巴，说："坐，要喝什么，我请客。"

林然冷淡道："不用了，你要说什么，说完我就走了。"

季铭笑，眼底有一层淡淡的青黛色："我去调查过了，林家根本没有所谓的童养媳，不过……你们现在的确在一起。你父亲应当不知道这件事吧？"

有些事并不是这么好瞒的，季铭如此执着，调查到也并不奇怪。

"那又如何，我迟早会告诉他的。"

"你父亲会答应吗？"季铭扬起嘴角，戏谑道，"据我所知，他并不是很喜欢自己这个继女，更加不会让这样一个身份的人成为自己的儿媳妇。"

林然定定看着他，眸中没有一丝迷惘："我父亲是我父亲，他并不能左右我的想法。"

"小孩子都这么想。"

"我……"

季铭打断林然："看看你身上这套衣服吧，还记得它们一共值多少吗？你一整个学年的奖学金也未必买得起吧？读研……听说你还要读博，这至少需要三四年，这三四年的时间你还是要靠你父亲的资金供给，迄今为止你自己赚过一分钱吗？那现在你有什么资格说你父亲不能左右你的想法？"

不等林然开口，他又继续说了下去："当然你可以说等你毕业工作了就可以赚钱了，但你觉得林景颜等得起三四年吗？她跟你在一起根本是浪费时间。"

"博士我可以不读，提前工作。"

季铭嗤笑："你父亲让你读博不过是觉得一个高学历的继承人会对企业更有力，你真要为了违背他的意愿去找那些从头做起的工作，凭你父亲的人脉可以轻松让人辞退你，逼得你不得不向他低头。"

林然笑了，比季铭还嘲上三分："即便如此又如何？就算身无分文我也不会放弃景颜的，因为——她同样不会因为这个放弃我。"

季铭的脸瞬间煞白，这是他最懊恼不过的一件事。

旋即，季铭笑："那被景颜养着也没关系吗？"

"赚钱的方法有很多种，并不只有那些，而且……"林然低声笑，"我不像某些人一样抓着无聊的自尊心不放，我并不害怕低头，我只害怕失去她。"

季铭看了他很长一段时间，才说："你不怕，也没资格让景颜陪你一起吃苦，你们在一起只会给她带来负担……"

"不，你错了。"

林然凝视着季铭的眸子道："真正在一起的两个人，并不是以为对方好为由而罔顾对方的意愿擅自做决定，即便是苦难，或许比起安全地被丢在对岸，她也更希望陪你一起挺过去。

"你错过一次，我不会再错过了。"

更何况，已得到又怎么舍得放手，那无异将一个刚刚尝到甘泉的旅者重新又丢回荒芜的沙漠。

就算不顾一切，他也不会松开紧紧攥着的手。

季铭第一次认真抬起头打量林然，他记忆里林然只是个总跟在林景颜身后，好看却沉默寡言的花瓶弟弟，林然一直很疏离客气以至于他根本无法亲近。

季铭如此傲慢，自然不会特别在意这个小自己三岁的小舅子。

可直到这一刻，他才真正觉得，这个男人已经成长成可以和他竞争的对手。

林然比他更温柔、坚定、年轻……最重要的是，林然不曾做错过。

"她……"季铭有些疲倦地揉了一下眉心，"她和你在一起，开心吗？"

"开心，我们很少吵架。"

"也是……"季铭扬起嘴角，"你脾气可比我好多了，就算想吵架她也找不到机会吧。"

林然冷冷道："说完了吗？我可以走了吗？"

季铭笑笑："广告拍得很不错，不过……娱乐圈水很深，我劝你最好还是别蹚得太深。"

林然已走出了咖啡厅。

季铭独自品尝着没有加任何糖和奶的黑咖啡，剧烈地咳嗽了几声。

林然过得并不奢侈，自然也攒钱和理财，甚至还有少量的股票，但很少投入精力，而且……这些毕竟还是他父亲的钱。

他在季铭面前表现得底气十足，实际上他当然很清楚林景颜在他身边没有安全感这件事，不然也不会有一年之期，也不会一提到结婚林景颜就百般推脱……

他对娱乐圈毫无兴趣，但也知道这是个能快速赚取金钱的行业，这段时间他空置的微博私信箱里早已爆满，还有人通过各种手段给他打电话，问他有没有兴趣接其他的广告，给杂志拍平面照等等。

过去他可以干脆地拒绝，现在却在犹豫。

快到林景颜生日了，他想给她买件礼物——用自己赚的钱。

看出林然的犹豫，林景颜笑："你可以慢慢思考，过几天再答复我也可以，不用想太多，不管是同意还是拒绝随你自己的心愿就好。"

在那之前，林然先收到了林深的电话，林深知道他已经放假了，让他回去过暑假，林然以实习为由拒绝回去。两人在电话里僵持不下，最后各退一步，林然先回去，待几天再回来实习，正好林景颜也想回去看看许如琪，周末两人便一起上了飞机。

一下飞机林然就觉得不对，因为载着他们的车并不是开往林宅的方向，司机说是林深订了晚餐直接接他们过去吃。林景颜还在想要不要先回去，她对他们的家族聚餐实在毫无兴趣，林然就攥住了她的手。

金碧辉煌的酒店，进了包间，里面除了林深许如琪，还有另外一对夫妻，以及一个看起来比林然小一点儿的女孩子。

"过来坐。"林深扫了林然一眼，视线直接略过林景颜，"犬子林然，和他姐姐，这三位是……"

女孩子羞涩地看着林然，林然脸上温和的笑容已挂不住。

果不其然，门当户对的人家。

大抵林深也看到了那则广告和炒作的消息，所以终于开始决定插手他的终身大事，丁嫣然那样的女人他根本不会看在眼里。

良好的修养让林然没夺门而出，他偷瞄了一眼林景颜，林景颜率先坐下，冲他扬了扬嘴角，表示并不在意。

席间，对方一直在问林然的情况，似乎颇为满意，不冷不淡的一顿饭吃完，林深对林然说："你去送送陈小姐，我们还有事情聊。"

林然："我要送景……姐姐回去。"

林深淡淡道："她都这么大个人了，用不着你送。"

林然笑容敛去，眉头皱起，气氛蓦然尴尬。

林景颜起身，笑笑说："我比你们都大，是不用送了。我有点儿累，先回去了。"她拿起提包，抿了抿唇，"林然，你去送陈小姐吧。"

天气闷热，林景颜散着步到江边吹了一会儿风，又在商场里逛了逛，想买点儿什么，最终却什么也没买，径直打车回林宅。

她到时，意外地发现灯亮着，推门进去就看见坐在玄关的林然。

"这么快就回来了？"她有些惊讶。

林然反问："送一个人回家能要多长时间？"

林景颜点点头，又忽然笑起来："我还以为那个陈小姐会多缠你一会儿呢。"

"她确实邀请我去她家坐坐，不过我拒绝了。"林然抓住林景颜的手腕，轻声说，"我跟她说清楚了，我已经有在交往的恋人，和她没有可能，也请她暂时保密，她答应了。"

明明早已熟悉了林然手心的温度，但站在随时会有人来的林宅玄关，林景颜还是会觉得紧张。

她从林然手中挣脱，感慨："陈小姐真是个好姑娘。"

林然的眸凝视着她，眼神分明告诉她，他在等的不是这样一个回答。

他始终不想她为难，却又无法忍耐，权衡半晌还是开口："不能说吗？"

林景颜缓缓摇头。

"……但我可能还会被介绍和其他的女孩子相亲。"

林景颜沉默了一会儿，说："我知道。"

"你不在乎吗？"

"我相信你。"

如果林景颜的眸子不是始终在躲闪，林然可能会感动于她说的话，可这世上真的有不在乎自己的恋人和陌生异性相亲的吗？除非是……原本就不在乎。

即使亲眼见到，她也冷静若此，甚至主动让他送其他女孩子回家。

当年季铭有桃花找上门来，林景颜大笑搂着季铭的肩膀说："私人物品，请勿触摸。"

林然甚至还陪林景颜去堵过季铭的门，因为季铭背着她去跟狐朋狗友鬼混，她以为他红杏出墙，实际上季铭只是喝多了醉倒在酒吧，嘴里还念叨着她的名字……她听见后瞬间松了一口气，笑着让他先回去，自己留下照顾季铭……

"但我不想，不想一直这样下去……"林然有些艰难地说，"如果你害怕面对，那么你可以先回去，我多留几天跟我爸你妈说，发生什么你都不用……"

　　"不行！"林景颜打断他，断然道，"你答应过我的，这件事不能告诉他们。"

　　"但是……"

　　他很了解他父亲，既然开始做了决定，就不会放弃。

　　陈小姐之后可能还会有什么李小姐、王小姐……结果要么是顺从他的意愿，和他选定的这些人中之一定亲结婚，要么就是……给他足够的理由，让他放弃这个念头。

　　他们的关系，林然可以毫不避讳地说出口，可是林景颜……

　　"……就这么一直下去吗？"

　　林景颜强笑："我们现在不是很好吗？为什么你一定要用这么激烈的方式去证明它？"

　　她也知道，自己的话听起来像个不负责任的渣女，可她的担忧确实要比林然更多一些……说到底，林景颜还没有足够的勇气去面对。

　　再如何情深意长，他们在一起才不过两三个月。

　　林然眸中有几分阴霾，他看着她，苦笑："那景颜……你爱我吗？"

　　终究还是问出了口，即便他们已经上了不知道多少次床，但他还是不能确信，爱，并不是做出来的。

　　林景颜现在对他，究竟抱着何种感情呢？

　　林景颜笑笑："你这不是废话吗？如果不喜欢你，我怎么会……"

　　"比当年你爱季铭，更爱我吗？"

　　林景颜顿了顿："为什么要扯他？我早就已经对他没感情了……"

　　"可你毕竟爱过他。"

　　她强调："那都是过去！"

　　他盯着她，再一次问："那你现在爱我吗？"

　　是爱吗？

　　一瞬间，她也觉得迷惘。

　　过去的十年间，她很确信，自己对林然只有姐姐对弟弟的亲情，她关心他，操心他，希望他能过得更好，仅此而已……而现在，他们的关系偏离轨道发展，不知不觉都已经到了同居的地步，她和他在一起确实很开心，很幸福，几乎没有多少不和谐的地方，她说晚上想吃火锅，林然就会提前买好火锅材料；她说想看电影，林然会定好电影票；她说不想出门，林然就会陪她一起宅……

可这就是爱吗？

她也会脸红心跳，会紧张雀跃，只是再也没有那种心脏抽疼只要在一起就可以不顾一切的感觉。

沉默了太久，林然眸光越发深沉，轻易把她逼到墙角，低头吻住她。

下一刻，林景颜便猛地将林然推开："你疯了？在这种地方？他们随时可能会回来！"

"我知道。"林然踉跄着站稳，淡淡道。

他根本就是希望他们能看到。

林然的态度让林景颜也有些火起："林然，你想让合约提前终止吗？"

合约。

林然像被什么刺了一下，瞳孔骤然收缩，片刻，抿唇不言。

门突然被打开了。

许如琪推开门，看着僵持在玄关的两人，愣了愣："你们怎么了？"

林景颜调整情绪，努力挤出笑容："没什么，就是恰巧碰上，聊了两句。没什么事，我先回房间了。"

夜里，许如琪到林景颜房间来。

"你是不是和林然吵架了？"许如琪有些担忧地问。

"没有的事。"林景颜笑，"林然脾气这么好，我怎么会和他吵架呢？就是晚上的事情他有点儿不开心，我开导了他两句。"

许如琪这才仿佛松了口气，转而又说："晚上是事出突然了点儿，不过也是……担心林然不愿意去，他和那个叫丁嫣然的小姑娘是真的有点儿什么吗？"

"这我就不清楚了，也许吧……"她含糊回答。

"嗯，那你多劝劝他，他父亲也不是真的要他一定选哪个小姐，只是希望他能尽快处理好自己的终身大事，现在的女孩子不能光看外表，他也不小了……"说到这儿，许如琪又忧心地望向林景颜，"你最近也还是没有……"

她母亲总是这样，担心过多，也操心过多。

　　年轻的时候，许如琪总是担心父亲的生计，操持整个家，嫁给林深之后，她则开始更多地担心她，担心林深，也担心林然……致使林景颜放下和林然冷战态度的原因之一也是因为许如琪并不希望她和林然交恶，她希望他们能像一对亲姐弟一样相处，最终林景颜还是不忍心让母亲失望。

　　"不用担心我了……"林景颜随口胡扯，"我身边不是没有对象，只是没有特别合适的而已。"

　　许如琪笑了笑："我真希望你今年过年的时候能再多带个人回来。"

　　"我也希望。"

　　但林景颜知道，自己注定要让许如琪失望了。

　　第二天，林深打发林然去陪那位陈小姐逛街。

　　林景颜在房间里加了一天的班，网络那边的唐若言叫苦不迭，抱怨自己新交了女朋友都没时间约会了。

　　林景颜嗤笑说："你最好加班得没有一点儿多余时间，省得再去祸害人家小姑娘。"

　　唐若言不赞同："男欢女爱，你情我愿，有什么好说祸害的？"转而又说，"颜姐，你最近火气很大，是不是和林先生又感情不顺利了？让我猜猜看……无非就是他想公布恋情，你却不肯。"

　　被一猜即中，林景颜脸上也有点儿挂不住："你先管好你自己吧。"

　　唐若言笑："这也是意料之中，你的顾虑比他更多，而他对你的感情也远在你对他之上。"

　　真是一针见血的恋爱达人。

　　林景颜也开始病急乱投医："那你说，该怎么办？"

　　"这得你自己衡量了。"唐若言发了个耸肩的表情，"你觉得值不值得呢？值得，就大胆点儿。不值得，就尽早放手，拖着也没好处……更何况，都快三个月了，恋爱的保质期也该过去了。"

　　林景颜对着电脑发呆许久。

　　她一向不是拖泥带水的人，唯独这件事，始终难以决断。

　　晚上十点多钟，林景颜下楼倒水喝，才看到林然从外面回来，正在玄关换鞋子。

"逛完街了？"

"嗯。"林然点了点头。

"早点儿休息。"

"好，你也是。"

他从林景颜身边走过，身上清淡的薄荷味里混杂了一点儿陌生的香水味，而后回了自己的房间。

直到林景颜回去，两个人都没再多说一句话。

她待到礼拜天就回去了，林然多住了两天，回去的时间恰好和林景颜错开，等她下班回家，林然已经沉沉睡去，次日一早，林然又在她醒之前出门。

林景颜这才后知后觉反应过来，他们似乎……在冷战。

冷战无声地持续了十数天。

林然还是会替她做早餐，还是会睡觉时抱住她，只是不再甜言蜜语，也不再整日和她腻着。林景颜问他，他只说刚开始实习这段时间比较忙，语气温和如故，对话很难再继续下去。

而且，林然答应了那个广告代言，拍宣传照和活动的时间必不可少，单独相处的时间越发少。

原本她是可以陪他参加这些的，但糟糕的是她最近也在忙，恒瑞商场三十周年的庆典如火如荼地展开，他们在加班加点投放广告宣传的同时，也在记录着广告的反馈情况进行策略调整……难得抽出一个周末，却被林然告知可能没时间，林景颜便干脆约了温蝶去逛街。

温蝶小心翼翼问她和林然相处得如何，林景颜只笑笑说还不错含糊着应对过去。

逛到最后，温蝶仍是有些欲言又止。

她藏不住话，特别是对林景颜。

没过两天，林景颜就接到了别的同学的电话，说季铭住院了，问她真的不去看看吗？

Miracle 的项目被汪雁拿下，林景颜还在奇怪为什么没再在公司频繁见到季铭，原来是病了……电话那头的人也开始做说客："说真的，季铭对你真的是一片真心，上次在学校那个安排你不知道他花了多少时间组织和准备，拜托校领导就不说了，里头好些同学原本和季铭有过节，都是他一个个低头恳求过来的，你寝室的陈设也是他亲手布置的……"

"我知道了。"林景颜平淡地回答。

她这么说，对方也不好强迫。

医院。

林景颜进去的时候，季铭正躺在病床上吊水，脸色惨淡，嘴唇干裂。

"我还以为你至少要到我的葬礼才肯主动来看我。"季铭撇撇嘴说。

林景颜把适合看病人的康乃馨放下，说："你得的是绝症吗？"

"有人这么跟你说？"

"没有，我就是问问。"

季铭看着她道："如果我说是呢？"空气凝滞了几秒。

"那我只能替你节哀了。"

季铭突然止不住笑起来，笑得太过激烈，以至于他的脸色变得更加难看。

林景颜拍了拍他的背，说："镇静点儿。"见季铭好些，又道，"我问过医生了，胃出血，诱因是积劳成疾，你事业现在已经算很成功了，用不着这么拼。"

因为放下了，所以能很坦然地来探望季铭，不会再担心自己有什么过激的情绪。

"可时间不会等人，你也不会等我。"季铭有些轻嘲地说，"如果不用其他人两倍三倍的时间精力去拼，我根本没法拥有现在的一切。胃出血算什么，更严重的我还不是……算了，说这些也没意思。"他顿了顿，用说笑话般的口气道，"前两天我碰到林然了，他一个人，浑身散发着'谁来爱我一下'的气息，你们分手了？"

"没有！"林景颜下意识回答。

季铭咳嗽了几下，说："那就好。"意有所指地看着她，"不然，我一定会乘虚而入的，绝对。"

走出门外，林景颜又去江边吹了吹风，掏出电话打给林然。

季铭只说了一句，她却几乎能想象出林然那时候的模样，一定落寞又孤寂。

电话很快接通，林然的声音带着点儿鼻音。

林景颜皱眉："你感冒了？"

"没有。"林然否认，又补充，"我没事。"

"你什么时候有时间？"

那边停顿了一会儿，林景颜直接又说："你在哪儿？我去找你，不会占用太长时间。"

"……我一会儿就回去了。"

林然没有食言，林景颜回家后不到十分钟，他就推门回来，颊边有些不自然的红。

林景颜用手试了试林然额头温度，烫。

林景颜二话不说，把林然按倒坐下，拧了块湿毛巾敷在他的额头上，抽屉里的退烧药都已经过期，林景颜跟林然说了声正打算出去买，就被林然搂住。

他的声音闷闷的："不……生我的气吗？"

林景颜笑："本来也不全是你的问题，我……"

"抱歉，我还是做不到……"林然已经抱住她，身体热力惊人，"做不到不去理会你，我很难过。"

他在闹别扭，林景颜不肯承认她的感情，他很生气，但无可奈何。只好勉力让自己冷淡下来，试图使得林景颜重视起这件事，结果最受不了的，居然还是自己……因为她一点点的温柔，就忍不住丢盔卸甲。

早就知道从一开始感情就并不对等，但还是忍不住想要渴求更多……

是他太贪心了吗？

"这样一直下去也没关系，不跟父母说也没关系……不爱我，也没关系。"他说得很艰难，"留在我身边就好。"

底线一退再退。

林景颜叹了口气："我正打算跟你说这件事。"

林然抱着她的手紧了一下。

林景颜拍拍他，说："我承认，之前是我太自私了一点儿，只顾及到自己的感受。但是我并不是对你没有感情，这点我确信。给我一点儿时间，我会和父母坦白的，到时候不论发生什么，我跟你一起承担。"终于还是做了这样的决定，不知道结果是好是坏，但至少这一刻，她是如释重负的。

林然抱得更紧，看得出来，他想吻她，但是担心把感冒传染给她。

林景颜笑笑，主动吻了一下他："在家等我，我去买退烧药回来。"

林然用完全不真实的眼神看着她，半晌，才恍惚回神对她说："我是这个世界上最幸福的人吗？"

林景颜被看得一阵心软，微笑着攥住他的手："傻瓜，我才是。"

有时候林景颜自己也在庆幸，她和林然是如此的契合与合拍。

除了那一点儿的矛盾，他们很少有争执，比起热恋中，更像是已经相濡以沫多年。

时间也如水般流逝，炎炎夏日渐渐被凉爽秋风取代。

恒瑞的三十周年庆也进入尾声。

林然拍摄的那一系列宣传照已经上线，林景颜特地去商场把那个品牌上面印着林然头像的润唇膏全部买下了放在家里，倒是林然每每看到耳郭都会有些泛红，实在让林景颜乐不可支。公司里也开始有人拜托她帮忙带林然的签名照，林然那张脸多少算有了点儿知名度。

她的新房也越发显得温馨。

要说最波折的事情，大概也就是……

"景颜——"

在商场里，林景颜诧异回头，不远处穿着简单的中年男人微笑着看着她。

"父亲……"

林亦桑看起来并没有苍老多少，不如说比起几年前她见他还要更精神一些。

"我刚从法国回来。"林亦桑笑眯眯地说，"我去了你大学找你，不过被告知你早就已经毕业了。"

"那是肯定，我都快三十了。"林景颜的语气里不无埋怨。

聊了聊才知道，林亦桑这些年一边周游各国，一边开始做起了古玩生意，用他的话来说就是将流落他国的我国文物再回收回来——实在是非常适合他的工作，他在巴黎有间联络用的办公室，不过主要的负责人是他现在的女朋友。

而聊到林景颜的时候，林亦桑却大为惊讶。

"你现在在上班？朝九晚五那种？"

林景颜点头，补充："不止，如果加班的话，晚上可能还要到深夜。"

"我以为你会去做个画家。"

林景颜一愣。

林亦桑确定道："你跟我说过的。"

她的确说过这样的话，在还年少不懂事的年纪，摸着一支画笔就以为得到了全世界，豪气满满地对父亲说我将来长大了要做个画家。林亦桑还特别支持她，抱起她说好呀好呀，那以后爸爸就给你当经纪人，然后拉着她去买了一堆的画具。

许如琪就在一边笑看着他们，那时他们家还美满幸福着。

而后来……这个梦想就变成一个遥不可及的幻梦。

"我早就已经忘了。"林景颜笑笑。

梦想对于她来说，果然还是太过奢侈了。

"为什么？"林亦桑还是有些不甘心，"我记得你真的很喜欢画画，为什么没有坚持下去呢？"

无法启齿。

她需要生活，她需要自力，当然要先以赚钱为主。

但林亦桑看着她的表情已渐渐明白，他从口袋里拿出一张银行卡放到林景颜的面前，笑了笑："本来也是准备给你的成年礼物，密码是你的生日，应该够你用一阵子，如果现在的工作做得不开心，就去做你想做的事情吧。这也算是……父亲迟来的鼓励了。"

走时，林景颜拿着银行卡心情复杂，林亦桑又留了张名片还说如果她有兴趣，还可以介绍一个投资人给她。

她父亲总是这么理想化，自由到让人羡慕。

把银行卡收进抽屉里，林景颜继续工作。

她的生日也快到了，她自己尚记不清楚，林然就先说要帮她过。

生日当天，她特地请了一天假，但怎么也没料到，林然会带她去游乐场。

林景颜小时候也不是没去过，但这么一大把年纪去，实在有点儿尴尬。林然穿着牛仔裤和 T 恤反倒是泰然自若得很，他的气质一向介于男人和男孩儿之间，乍然看见也分辨不出年纪。

工作日，游乐场的人并不是很多，他们就一个项目一个项目地玩过去，一旦玩起来了，林景颜也很快忘了自己的年纪，不管是海盗船还是过山车都兴致勃勃，林然就好脾气地陪着她，他们甚至还买了两根棉花糖拿在手里，看起来又蠢又甜。

最后一站是摩天轮。

林景颜也有些累了，坐在缓慢爬升的车厢里看着城市夜景，绚烂无比，几束烟火在空中炸开。

林然捂住了她的眼睛，说："生日快乐。"

等睁开眸时，颈脖上便多了一串冰冷的白金项链，银色清冷的底身，花与水滴的镂空造型，线条流畅而优雅，中间镶嵌着一颗颗碎钻，仿佛是露珠一般。

"我的礼物？好漂亮……谢谢。"林景颜到底是个女人，摸着在夜色下闪闪亮亮的项链，有些爱不释手。

林然笑："你喜欢就好，这是……用我自己的钱买的。"

橱柜里的白金项链，林然从第一眼看到就觉得无比适合她。

她大概不知道他看了多久，换作之前，他可以毫无顾忌地刷卡买下。

但如果是由自己赚取，这笔钱就显得那么遥远。

代言费、平面模特费，加上帮教授做项目以及奖学金的收入，才勉勉强强够。

摩天轮上升，他轻轻吻住了她，像吻住一片鹅毛那样小心。

世界仿佛静止。

传说，在摩天轮最高处接吻，就可以得到永远的幸福。

只是，摩天轮一旦到达最高点就会旋转着落下。

就像大概达到幸福的最高点，也会急转而下。

临近年关，气温骤降，凛冽的风刮在面颊上，刺刀一般寒冷。

林然和林景颜回家过新年，原本吃过晚饭就各自回房休息，快到十二点的时候，林然带了几支可以手持的安全烟花悄悄摸进林景颜房间，拉着她下楼。

新年的夜空被烟花与鞭炮点燃，有着与时间不符的热闹。

林然手里的烟花飞溅出明亮的火花，他头上戴着白色的毛线帽子，脖子上围着同款的围巾——林景颜买的，只露出一张清俊的脸，被火光映得分外清晰。林景颜拿着手机，边拍边笑，手冷不丁被林然握住带进他的口袋里，寒冬腊月里温暖得像是春天。

"新年快乐。"林景颜笑着说。

林然应声："新年快乐，明年我们还一起过，好不好？"

"好啊。"林景颜毫不犹豫地回答。

记不得是谁先主动，唇齿气息纠缠到一起，忘乎所以。

直到楼上传出一声短促的惊呼，他们才乍然分开。

林景颜惊愕地抬头看窗口，脸色一瞬间变得煞白。

她看见了许如琪。

一脚轻一脚重浑浑噩噩上了楼，她在大脑里快速构思了十几种借口去解释这件事，或者干脆希望许如琪并没有看清，但回想起那声尖叫，这种妄想很快便被打消，恐怕她得做好最坏的打算。

"如果你没做好准备，我可以解释……"

在被发现的那一刻，林然就紧紧攥住了她的手。

现在，林然握着她的手稍稍松开些许。

林景颜大脑有些蒙，但还是缓慢摇头："越解释越说不清，不如坦白……不用担心我。"心还是跳得很快，连带着手也在轻轻发抖，"反正也是迟早……"

她只是没想到会来得这么猝不及防。

推开屋门，玄关里灯光大亮，壁炉温暖地烘烤着，林景颜却出了一身冷汗。

许如琪披着外套站在那里，紧咬着唇，脸色铁青，一旁是同样没睡的林深，他的眸光暗沉，温文儒雅的气质都被不寒而栗的冷漠感取代。

"刚才……"她已经可以听见她母亲声音里的颤抖，"是我看错了吗？"

林然想开口被林景颜扼住，她低声说："没有……你没有看错。"

"可他是你弟弟，你怎么能……"许如琪的声音几乎是有些哀求的，"你们只是在开玩笑？"

"……我们并没有血缘关系。"

"就算没有血缘关系，你们也是一起长大的姐弟，你觉得其他人会怎么看？"

"其他人和我们没关……"

林景颜的话没说完，伴随着一声脆响，她的脸侧了过去，颊边火辣辣地疼了起来。

好一会儿，她才反应过来，她被许如琪打了，从小到大没动过她一根手指的母亲为了这件事打了她。

许如琪缓缓看着自己抬起的手，也似乎有些不可置信。

林然已经拦在了两人中间，他低眉顺眼，沉声说："是我强迫她的，不是她的错，希望您不要怪罪她……"

"不是。"林景颜缓缓开口，"我是自愿的，我们……"

脸颊依然疼痛，但更多的是羞耻以及难堪，但她还想要坚持下去。

"这太荒唐了，你……"

林然朝许如琪深深鞠了一躬，打断了她的话。

他攥紧了林景颜的手，温和却坚定地道："抱歉，决定坦白也并不是为了征求你们的同意，即便你们都反对，我们也还是会在一起。"

许如琪的脸色极度难看，林景颜深吸一口气，有些于心不忍。

说完，林然便拉着林景颜朝外面走去。

"林然。"

一直没说话的林深突然开口，沉稳的声音如千金之鼎重重压下，隐约透着一丝嘲讽："任何人的任性都是要付出代价的，你付得起吗？"

林宅地处偏远，外面又是冰天雪地，走了没多远便觉得寒冷。

林然把帽子围巾脱下来给林景颜戴上，握着她的手哈了一口热气："我打电话叫朋友来接我们，你稍微忍耐一会儿。其他行李我明天会找人来帮忙拿。"

林景颜把帽子摘下来，摇摇头表示不冷。

林然的手忽然轻轻碰了一下她的脸颊："还疼吗？"

林景颜摇头："我妈舍不得下重手。"

他看着她的眼睛里有愧疚和心疼，林景颜笑笑："别难过，既然答应过你，就是我心甘情愿做的决定。我妈她……很疼我，想不开也只是一时半刻，也许过会儿就好了。"

"嗯。"林然点点头，冲她微笑。

但他们还是想得太简单了。

买回程机票的时候，他们就发现林然所有的信用卡和银行卡都被停掉了。

而等林景颜回到公司时没多久，就被告知她被安排调职，手头的工作会直接转给别人，新部门是出了名的贬职发配部门，领着低微的工资，没有项目没有提成，清闲又无用。

林景颜去问人事，对方亦是一脸为难，拐弯抹角地问她是不是得罪了什么人。

她奋斗了几年的事业，一朝成空。

工资扣除房贷的部分，再除去日常衣食住行已所剩无几，她原本也算小有积蓄，只是买房掏空了大半，剩下虽然暂时够用，但坐吃山空也并不是林景颜的个性。

她没把这件事告诉林然，告诉他也于事无补，不过是徒增他的压力和烦恼。

她调职，唐若言暂时先接手她的工作，估计不久后也会被调往别的部门。

临别前，林景颜和手下的美术指导、文案几个人吃了顿散伙饭，知道林景颜的调职蹊跷，几个人都闭口不提，只说些开心的事情，一个个举杯敬林景颜，其中一个新人小姑娘眼眶都有些红……天下无不散的筵席，林景颜自己反而看得很淡，笑得比其他人都更开心。

结束时，唐若言送林景颜回家，他倒不避讳，直截了当问："你这次得罪的是？"

林景颜笑笑说："林然他爸。"

"打算坚持吗？"

"不然呢？"

"我还以为你是那种事业型呢，没想到……"唐若言停顿了一下，问，"值得吗？"

林景颜摇摇头说："没有值不值得，只有愿不愿意。"

坦白之前，她总是担心太多，但真走到这一步反而轻松很多，反正再糟糕也不过如此了。

林深托人给她带了话，只要她答应远离林然，不只能调回原部门，她还能直接升职到和王媛琦平起平坐的位置，此外他还会帮她还清房贷顺便再给她一笔钱。

他果然非常不喜欢她，就连交流沟通也懒得做。

她母亲倒是给她打了不少电话，起初是劝，一遍遍对她分析她和林然有多么不合适，会遇到多少的问题，后来在林景颜的坚决态度下有些妥协，但自始至终都并不赞同，在电话这头她可以听到自己母亲的抽噎声，自己却还是不肯松口，如此不孝。

听完林景颜的话，唐若言从口袋里拿了封信给她，笑："如果想跳槽，可以考虑看看这里。"

那是另一座城市的公司，营业范围也不尽相同，唐若言的推荐信写得简洁明了，落款看得林景颜微微一惊，她一直知道唐若言家境不错，没想到也是个含着金汤勺出生的大少爷。

"……原来你是来体验生活的？"

唐若言伸出一根手指摇了摇，笑意狡黠："不，是游戏人生。以后有什么感情问题仍然欢迎来找我咨询。"

第九章

她实在无法想象一个男人
可以卑鄙无耻成这样。

　　林景颜有了更多的空闲时间，林然反而忙了起来。

　　林深断了他所有的资金供给，他必须得自己赚钱，他没跟林景颜说过，不过她应当也知道情形不容乐观。被季铭预言过的最糟糕的状态，出现了。

　　研究生本身只有很少的补贴，奖学金也只是勉强抵扣学费。

　　跟着导师做项目倒是能有收入，但一则并不够高，二则他也不想靠这方面赚钱。

　　权衡良久，林然去提交了硕博连读转成硕士的申请书，导师无比惋惜，迟迟不肯批复："你要是家庭条件有困难，学费生活费我可以先帮你垫付，等你毕业了再还给我。"

　　一般硕博连读转硕士都是成绩差跟不上或者其他原因被淘汰的，从没见过哪个院里成绩数一数二的人会放弃。

　　林然非常感激，但还是坚持，到最后导师只能重重叹着气帮他签名。

　　林然去找了份专业对口的工作，技术工，待遇不错，但转正需要等他硕士毕业，而实习期的工资只有转正的一半。工资再往上涨，就只能等资历一年年熬上去。

　　这并不足以支撑他养活林景颜，林然开始在工作以外的时间找兼职。

　　他尝试了许多种，最适合的大概是在五星级酒店的大堂弹钢琴或者做钢琴老师，前者明显要轻松许多，他只需要闭着眼睛弹，没有多少人在意他弹的是什么——起初林然以为是这样，但很快他发现一些客人会坐过来听，会对着他拍照，还有人专门为他赶过来，大堂经理笑得嘴巴都合不拢，他的薪资也一路上涨，最后甚至有媒体来曝光。

原本他已经推辞了很多广告和平面的拍摄，但这之后那些邀约便纷至沓来，价格也越开越高。

他越来越忙，甚至无暇顾及林景颜。

不用加班，林景颜每天回来都很早，林然反而很迟。

等她回过神时，发现林然已经越来越少再缠着她，晚上也只是深夜回来抱着她睡，第二天一早便出门，简直像是在冷战时期，房间里总是空空荡荡。

她当然知道林然是为什么在忙，他的眼皮下总是青的，她有心想让林然少忙些，但想起自己当初还不是每天加班到很晚，就觉得自己实在没这个必要，林然能等，她为什么不行？

晚上，她开始频繁地约朋友出来吃饭喝酒，次数多到温蝶都觉得不对劲："景颜你最近怎么了？"

"没什么，就是……嗯，不知道做什么好。"微醺，林景颜眯着眼睛对她说。

"你家林然呢？"

"忙吧大概……"

林景颜把事情一五一十告诉了温蝶，温蝶沉吟许久，斟酌说："景颜，你这样不行，去找林然谈谈，要么再换份工作吧？"

跳槽也并不容易，她签署的就职合同规定自主离职后三年内不得从事相关职业，而去做别的行业又难免得白手起家，她的专业选择面也相对狭窄。

她想起了唐若言给她的那封推荐信。

她和林然之间的关系也很尴尬，如果真有一天结婚的话，难保不会被人诟病，去别的城市未尝不是一件好事，如今这样上班对她来说也是一种折磨。

林然听完她的决定后，态度却并不如以往，他沉默了好一会儿说："我现在一时可能走不开……"

林景颜也知道他硕士还没毕业，但自己实在等不下去，就试探着说："要不然……我先过去，等你毕业了，再……"

"要分开吗？"

两地间隔就算是坐飞机也有两三个小时的路程，并不是能轻松往返的距离。

林景颜有些迟疑。

林然小声问："一定要去别的城市吗？"

林景颜狠狠心点头。

林然合了一下眸，抱住她，没有说话。

跟那边的人事谈过，定好面试时间，买好机票，林景颜就准备前往。

林然原本没说送她，第二天一早还是开车等在楼下，车行一路都是静默。林景颜试图让气氛轻松起来，但收效甚微。下了车，还没进航站楼，林景颜就察觉自己还有东西落在车上，忙转身回去看见林然的车还没开走，她松了口气。

走近车子刚想开门，她就发现林然趴在方向盘上睡着了。

疲倦、沉默、忍耐，拼尽全力去证明自己，林然大概也并不比她轻松多少，她一走了之，那么抗争要在一起又有什么意义？

林景颜坐在车外，放弃了这趟航班。

林深只是举手之劳，却能叫他们心力交瘁。

冬日最冷的时候，鹅毛大雪一重重飘落。

林景颜从酒店门口路过，透过明亮洁净的玻璃，看见穿着白色礼服的青年正坐在当中弹钢琴。空调将室温调节成合适的温度，他闭着眼睛，十指在琴键上跃动，神情平静到像是没有情绪，流泻出的琴曲欢快中透着一丝压抑。

窗外还有好些小姑娘拿着单反偷拍，预览镜里的林然足以拿出来贴在任何一个商场的专柜上。

她驻足，心里却隐隐难过。

知道林景颜没走，林然也没有显得多么开心。

她选择留下，仅仅是因为对林然的感情，而并非问题已解决。

寄到家里的杂志样刊也越来越多，里面的林然显得越来越冷漠，一开始她还会翻着里面的模特照同他打趣，后来他连陪她翻开看的时间都没有。

他做了二十多年象牙塔里的王子，原本可以一直这样下去，却因为她而不得不面对生存的艰辛，不得不去做那些他也许并不感兴趣的事。

她还记得她在实验室里看到的林然，专注而认真，不染尘俗，那里才更像是他的归宿。

夜色渐深，林景颜裹紧了风衣和围巾。

下了班的林然穿着便服从员工出口出来，看见林景颜微微一愣。

林景颜冲他眨了下眼："出来散步顺便等你下班。"

"不用等我，外面这么冷。"林然有些心疼地握住她冰凉的手。

林景颜莞尔一笑，挽住林然的胳膊："那就走吧。"

因为少了大量的应酬，林景颜索性不再开车，节省开支，林然亦是。

最后一班地铁，几乎已经没有什么人，空旷的车厢里，林景颜靠着林然，四周寂静得让她能听见他的心跳声，她缓缓闭上了眼睛，暂得片刻安定。

一站一站向前。

林然突然开口："有经纪公司的人说要签约我。"

林景颜滞了一下，用轻快的口气说："签了的话，你是不是就算可以正式出道了？"

"应该算是……"林然点头。

"嗯。"林景颜应声。

"我跟他们谈了一下工作时间和内容，虽然忙起来可能会很忙，但是大部分时间还是我自己的，我可以辞掉现在的工作和兼职，剩下的时间来陪你……"

林景颜默默看了一会儿对面的座椅，问："那你自己喜欢吗？"

"还算喜欢吧。起初有些排斥，真做起来觉得也没有那么困难，只是拍照、按照要求做些动作和表演。"林然笑笑，"当然也可能因为我一直是在兼职，所以才不觉得辛苦。真的签约的话可能不单做这么多，他们有问我有往什么方向发展的想法，唱歌还是演戏。"

她无法判断出林然的真心，但还是努力让自己看起来开心。

"噗……你选了哪个？"

"唱歌吧……"

"你还会唱歌吗？我怎么都不记得？"KTV里她总是抢麦的那个，而林然则总是在人群里安静坐着的。

"我会的，嗯，不过很少唱。"

"来清唱一嗓子？"

林然笑得有些无奈，但还是沉吟了一会儿，低声唱了首英文的情歌，他的声音本就温柔，低声唱来更有种娓娓道来的舒缓感，像冬日里的一杯热咖啡，醇厚温润，暖入心肺。

意外的好听，也是……会弹钢琴的人乐感都不会太差。

沉浸在林然的声音里，林景颜默默告诉自己，会好起来的，她的放弃是值得的。

柳暗花明又一村。

几天后，林景颜无意间翻到了父亲给她的那张银行卡，想起了林亦桑的那番话，一时兴起便跑去买了全套崭新的画具，在房间里画了起来。

有过之前画墙的经验，这次不再那么生涩，只是用铅笔在纸上沙沙涂抹，灵感便层出不穷地迸发。

头一回，她没有再觉得在家等林然是件难熬的事情。

放下画笔刚伸了一个懒腰，林然就已经推门进来，甚至到了后来，她还没有画完林然就回来了。

那时候，林然还有精力的话就会安静地坐在她边上，看她画直到睡着，或者靠过来从身后抱着她缓慢吻她的颈侧。

她不再觉得寂寞，往往一画就能画上一整个晚上，丝毫不觉时间流逝。

有时候画得入迷，林景颜也会很抱歉。

林然倒是不太在意，反而说："其实我当年就很喜欢你画画的样子。"

"嗯？真的？"林景颜怀疑。

林然轻笑："只是你自己不知道而已。"

她沉迷于喜欢的事物时，神采飞扬而专注的侧颜好看到足以抚平他所有的疲惫。

签约之后，林然辞去了朝九晚五的实习和弹钢琴的兼职，除了每周少量的课，剩下的时间一部分去应付那些工作，另一部分则是陪林景颜。

令人惊讶的是，林然签约的公司还真的有替他出专辑的打算，并且表示只要林然不是完全五音不全，就能让调音师把他修得宛若天籁，反正现在小女生也并不关心唱得好不好，只要脸好看就行。

　　林景颜虽然之前跟经纪人公司打过交道，但听完后也忍不住唏嘘。

　　林然倒是很认真地买了几本有关歌唱的书研究起来，晚上还在家试着练习发声，逗得林景颜都快静不下心画画。

　　有了负责的经纪人之后，接到的工作报酬和职业规划也和之前不可同日而语，虽然被公司抽取了比例不低的费用，但到手的仍比一般的上班族高出不少。

　　拿到收入后，林然请林景颜去了家昂贵的餐厅吃饭。

　　明明之前林然也并不少在这儿吃，但这还是林深断了他经济来源后，两个人第一次来这里。

　　红酒，烛光，晚餐，恰到好处的情调。

　　林然在饭后很认真地从怀里取出了一个小盒子。

　　林景颜对这种盒子并不陌生，大概几个月之前，季铭还曾经拿到她面前过。

　　林然有些紧张地打开它。

　　那枚戒指比季铭的那枚要朴素许多，刻着她名字的银圈，正中镶嵌着一枚钻石，散发着细小却璀璨的光。

　　"我们去领结婚证，好不好？"他说。

　　上一次他问出这样的话的时候，林景颜没有一丝准备，只觉得荒谬。

　　这一次，她从盒子里取下那枚小小的戒指，套在自己的无名指上，不知是否丈量过，恰恰好卡进指根，在那里结成一个漂亮的圈。

　　林然又把一张卡放在林景颜面前。

　　"虽然我现在赚得还不多，不过今后我会继续努力的……"

　　她记得，这张是林然的工资卡，密码他也从没瞒过她。

　　"我会让你幸福的。"他垂下眸，仿佛要掩饰自己的羞赧，但又忍不住抬起头，想要看她的反应。

　　林景颜摩挲着手指上的戒指，笑了笑，说："好呀。"

　　林然："……就算拒绝我也……等等，你、你说什么？"

　　林景颜看着林然语无伦次的模样，微笑着又重复了一遍："我说，好呀。林然，我们结婚吧。"

　　林然大概没想到林景颜会答应得这么干脆，听完林景颜的回答直接愣掉了。

之后他说的话完全不符合一个逻辑严谨的理科学霸的设定，语序紊乱到林景颜都不忍听的地步。

不过她还是微笑着听完了林然那些乱七八糟的誓言，然后像两个刚谈恋爱的小学生一样，手牵着手晃回了家。

他们领了证，之后便是婚纱、结婚照、婚礼……

一件件任务接踵而来。

林景颜工作多年，送出去的婚礼红包数不胜数，也想过在结婚的时候大办一场狠狠收回来，可真到这时候，她觉得都不重要了，真要大办，她恐怕还要一个个去解释，更重要的是，当一个人真的觉得幸福的时候，究竟有几个人送来祝福，其实一点儿也不重要。

和林然一起拟定婚礼的名单只花了一个下午，最终决定办一场不超过二十个人的小型婚礼。

至于婚纱，林景颜干脆打算自己设计，她之前毕竟在广告行业做了那么多年，人脉还是有的，找个设计师和打板师也并不困难。

与此同时还有另一件让林景颜啼笑皆非的事情。

林亦桑在即将出国前得知林景颜重新捡起了画笔，异常开心，硬找林景颜要了几幅画，随后告知林景颜有投资人对她的画很感兴趣，希望能见她一面。

林景颜虽然对林亦桑的话持疑，但还是去了。

谁料一见面竟然还是个熟人。

商周无奈地笑笑，伸手表示："林小姐，我可以保证这确实是个巧合，我是真的在不知情的情况下觉得你的画很不错。不过这已经是第三次与你偶遇了，算不算是上天的安排呢？"

林景颜回握手，干脆地回应："我想应该并不是……我要结婚了。"

商周惊讶了一瞬，随即恢复正常："恭喜，那位先生的行动力还真是令我惊叹。"

林景颜想了想，回答："不……真要算时间的话，我想……他应该算是个重度拖延症患者。"

约定好了去看酒店的时间，林景颜翻了翻手机通讯录，看到了许如琪。

大概是放弃了，许如琪已经好一段时间没打电话过来了，不过之前许如琪的态度明显有所松懈，她再做做工作的话，她母亲未必不能接受这件事。

那么和林然结婚的事情到底要不要告诉她……她毕竟是自己的母亲。

犹豫间，林景颜试探着打电话过去。

电话隔了好一会儿才接通，是个陌生女人，声音礼貌。

"您是许如琪女士的女儿？她刚出去了，我是值班护士……嗯，这里是医院……"

林景颜坐飞机匆匆赶回去，转车去医院时路上还堵了好一阵子，心急如焚。

她冲进病房时，许如琪躺在床上，木然地望着天花板，手臂上还吊着液，憔悴不堪，容貌神情仿佛一夜间苍老了十多岁。

林景颜快步走到床前，抓住她另一只手："到底怎么回事？你为什么会……"

许如琪好一会儿才回过神来，缓缓移开视线："我只是有些失眠，所以不小心安眠药吃多了……"

"那也不至于到要洗胃的程度！"

"……"

林景颜一贯比许如琪强势，也只有那一次……被许如琪教训过。

深吸一口气，林景颜突然问："是因为我的事情吗？"

"不是。"许如琪蓦然否认，随即辩解说，"你别想太多，我不是因为……"

"那是因为什么？"

任她怎么问，许如琪都不肯开口，只说是失眠。

因为吃多了安眠药昏迷被送进医院，又检查出心脏有问题，却不肯跟她这个亲生女儿联系，除了还在怪罪她，还有什么可能？

林景颜咬紧牙："我和林然在一起，就这么让您不能接受吗？"

脸早就已经不痛了，但那份羞耻感依然还在，来源于被亲生母亲打脸的羞耻感。

许如琪不言。

"……我们到底是伤天还是害理了？为什么我们就不能……"

"好了，你别说了。"许如琪哑着声音说。

空气里一片窒息的寂静，消毒水的味道四处弥漫。

"我管不了你……你出去，让我安静一会儿。"

"我不跟你说清楚，我怎么可能出去？"林景颜弯腰，蹲在许如琪的床边，声音里偏激的情绪难以抑制，"我是您唯一的女儿，亲妈如果真的为了我的事情闹到要去自杀，我怎么可能还……"

"不是！"许如琪咳嗽了一声，"都说了不是，你怎么就不能听我的话？我不需要你看，也不需要你照顾，你回去吧。"

实际上许如琪还真的没有骗她。

林景颜无可奈何找了私家侦探才知道究竟是怎么一回事。

林深打算和许如琪离婚。

这桩婚姻并不如外表看起来那般美满，在林然和林景颜那桩事情闹出来之后，许如琪和林深的关系更加如履薄冰。许如琪入院前，林深已经好一段时间没回林宅了，空寂的林宅里只有许如琪一个人。她被送医院的那个早上如果不是发现得早，可能真的会一睡不起。

看到调查结果的那刻，林景颜真真切切体会到了一种名为心塞的感觉。

她虽然不喜欢林深，但一直认为林深是喜欢她母亲的，不然以他的金钱地位他完全可以找到一个更加年轻漂亮的来续弦，而不是她妈这种二婚还带着拖油瓶的女人。

因而她一直努力忍耐，不想让自己和林家父子产生矛盾以波及她母亲。

现在这一切都被推翻。

她去找了林深。

林深不在林宅，找到他的方式只有公司，林景颜没有预约也无法见到林深，便干脆等在他集团大厦的楼下。

等了不知多久，她终于看见林深出来，还带着一个女人，那女人和她母亲长得有几分相似，不过比她母亲看起来要年轻一些也要漂亮一些，她微笑着和林深一同坐进车里，绝尘而去。

林景颜如遭雷劈。

林深看着那个女人的眼神很温柔，简直像是……林然看着她的眼神，令她毛骨悚然。

打车追去，林景颜看着他们在餐厅就坐，共进晚餐，模样亲密。

她终究无法再坐下去，径直走到林深面前，敲着他面前的桌子说："林先生，你可以解释一下现在的场面吗？"他和她母亲可还没有真的离婚，法律上他们仍是夫妻。

林深斯文地放下餐刀，淡淡扫了她一眼："你想让我叫保安吗？"

此时，坐在对面的女人也开了口，有几许娇嗔几许嘲讽："这是你这几年欠的风流债吗？可够年轻的。"

林深笑笑："怎么可能？"

那女人也笑："你这种人什么样的事情做不出来？算了……"

她提起包站起来，撩了撩耳畔的柔顺长发，细声说："还是让你们好好处理事情吧，我先回去了。"

林深看着林景颜的眼神明显越发不善。

林景颜却已经顾不上生气，她冷冷地看着他，等那个女人一走便开口道："你打算和我母亲离婚……是因为我和林然的事情？我真是太小看你的无耻了。你毁了我的工作我的事业我可以不计较，毕竟我在反抗你，这是我罪有应得，但我母亲是无辜的，她之前也并不知道我和林然的事情，她也并不支持我们……你不能这么对待她，你知不知道她现在还在医院，而你却……"

"你也太高看自己了。"林深淡淡打断林景颜，看了她一眼。

和林然相似的眸子，却具有林然绝对不可能拥有的强大气势，让她几乎无意识地产生一种无地自容的感觉。

"我没有在迁怒你母亲，只是我不想跟她过下去而已。"

林景颜气极反笑："那你想跟谁过下去？刚才那个女人？"

林深说："你知道她是谁吗？"

"我怎么可能知道？我也不关心你……"

"她是林然的亲生母亲。"

林景颜瞬间愣住。

林然的母亲？

她依稀记得自己听林然提起过，那是个漂亮又爱笑的女人，从骨子里散发出不靠谱的气息……在某一次争执后，提起行李箱就抛夫弃子离乡远去，再也没有回来过。

而现在，她回来了。

"所以你是打算……"

她回忆着刚才那个女人的一颦一笑，和记忆里的印象吻合起来。

只觉得荒谬无比。

生活比荒诞剧还要不可信。

林深终于正面回应了她："你不是适合做妻子在家相夫教子的女人，我做错过一次的选择不会再让我的儿子做错，他需要的也不是你这样的人。看看他因为你变成什么样子了吧，简直像个滑稽的小丑。至于你的母亲……我承认，你让我打消了和她和平分手的打算。"他笑了笑，"很快，她会变成你们新的负担。"

林景颜抬起手。

她实在无法想象一个男人可以卑鄙无耻成这样。

她一向粗枝大叶，但此刻忽然回忆起一些细节，从什么时候起，她母亲面对林深就不再是泰然自若的样子，而变得谨小慎微，她催促着她结婚，希望她能早日步入正轨到了病态的程度，撞见她和林然接吻的那一天，她的神经仿佛崩溃，整个人都陷入了一种歇斯底里……

她为什么早没有发现？

她早就应该把母亲接走……

林深的保镖抓住了林景颜的手。

她的手腕被抓得生疼，不得不挣扎着将它收回来。

"你们……这么多年的感情……你不能这么做……"

林深笑了笑，似乎在笑林景颜的天真。

"亲生女儿尚且可以做事不顾母亲的感受，我又为什么要顾及？"

心脏也像是被揪紧，疼痛顺着心脏蔓延开。

"这些，我……母亲都知不知道？"她颤着声问。

"我没有直接跟她说过，不过……她应该能猜到吧。"林深说，"她很聪明，如果真的在这个时候自杀死了，那么……"

啪！

林景颜以迅雷不及掩耳之速，猛地在林深的脸上狠狠抽了一耳光。

保镖及时按住林景颜，但那一巴掌还是迅速在林深的脸上成形。林深缓缓侧回头，笑："逞一时之快有什么用？你现在打在我脸上的伤，你以为会报应在谁身上？"

　　幽魂般，林景颜坐飞机又飞回了自己工作的城市，神志昏聩恍恍惚惚，差点儿上错飞机、在机场里迷路。

　　她磕磕绊绊回到自己的蜗居，恍若隔世。

　　明明几天前，她还在这里欢天喜地地准备着自己的婚礼。

　　婚纱店打电话告诉她，她定做的婚纱快到了，问她什么时候有时间去取。

　　酒店说时间已经确定好了没问题。

　　婚庆公司发来了完整的婚礼流程问她还有什么特殊要求。

　　短信箱里是林然的短信，他说他外景拍完，明天就可以回来陪她至少一个礼拜，可以一起继续筹备婚礼，他还发了一条语音，声音温柔得能滴出水来。

　　"……我刚才在街边看见一个背影很像你的人，跟她走了两条街才回过神来，万幸没被发现……景颜，我好想你。"

　　大红的喜帖整齐一沓摆放在茶几上，上面是林然的字迹，远远看去，鲜红似血。

　　林景颜将它们一股脑丢进垃圾桶里，冲进厕所吐了起来。

　　她本来也就没吃什么，吐出来的只有清水，胃酸在腹部翻江倒海地侵袭。

　　她觉得恶心，特别恶心。

　　爬起来给自己倒了杯水，艰难咽下，林景颜靠着墙壁慢慢滑坐，身心都是浓浓的无力感，像抓住救命稻草般点开手机翻来覆去地播放着林然的那条语音。

　　——景颜，我好想你。

　　——景颜，我好想你。

　　——景颜……

　　他的声音有些许疲惫，但依然是那么温柔。

　　手微微在发抖，连续数次都没能按中通话键，突然，她又突然意识到什么，猛地把手机摔了出去。

　　黑色手机在地上滚了几下，最终狠狠撞上墙面。

　　盯着手机呆愣了一会儿，林景颜抬手按住额头。

　　她要镇静。

　　她必须要镇静。

　　从地上起来，林景颜翻出行李箱，一样一样开始往里面填东西。

电脑、常用衣物和化妆品……很快箱子被填满，她拉上箱子拉链，重新捡起手机，给温蝶打了一个电话。

"景颜，什么事？"

"我……要离开一段时间。"

"哎？为什么？发生了什么？你……"

"没什么，就是跟你说一下。"

很快，林景颜挂断了电话，打给唐若言，让他帮忙递交辞呈。

唐若言还有些诧异："我听人事说你约了面试结果没去？我还以为你并不想跳槽。"

她又打了几通，最后只剩下林然。

按下通话，又挂断。

接通，挂断。

接通……

"喂……"

猝不及防听见林然的声音，林景颜猛地按掉电话。

没过一会儿，他就打了回来。

屏幕上闪烁着林然的名字，无比温润的两个字，此刻却在心脏里碾磨出了撕心裂肺的感觉。

两天前。

林景颜从齿缝里一个字一个字往外挤："……我向你道歉，你如果觉得不爽可以打回来，但是……求你，不要再继续伤害我妈了……"

"我不打女人。"林深示意保镖放开林景颜，"你的要求恕我不能满足。"

"你想要怎么样？"胳膊上的疼痛让她清醒了一些，"你愿意这么留下跟我说话，应当不只是为了羞辱我吧？"

"我以为我的期望，简单到不需要特地告诉你。"

再简单不过。

林深不希望她留在林然身边，那要求无非就是……离开林然。

她有千百种理由可以去驳斥他，问他自己为什么就不能匹配林然？问他凭什么操控林然的人生？凭什么去干涉别人的决定与生活？难道自己不幸福就也要别人跟他一起陪葬……

但她已经一个字都不想再跟林深多说，仅仅是站在这里和林深继续交流，就让她觉得反胃至极。

刚愎自用的人也根本不会去听取别人的意见。

看见她的表情，林深又笑了笑："没什么好可惜的，他是我的儿子……这件事之后，你真的可以毫无芥蒂地面对他？你们根本一点儿也不适合，从你住进来的时候我就知道，你太强势什么都喜欢占据主导，而他被保护得太好根本不明白自己有多天真愚蠢。

"据我所知，你喜欢的也从来不是他这个类型，为什么答应他你自己很清楚……你对他真的有那么深的感情吗？还是你那固执的本性在作祟？"

"不是这样！"

"是不是你自己心里很清楚。"林深的语速越来越快，"调职之后闲在家里，你有没有动摇过？准备坐飞机离开的时候，你是不是觉得解脱？"

很显然，他一直有在留意他们的事情，或者说，是在欣赏自己的成果。

林景颜靠着墙壁开始干呕。

恶心的感觉慢慢升腾起来，眼前的林深已经完全从她记忆里蜕变成一个恶魔。

因为最糟糕的是，真的有几秒钟，她无法否认林深的话。

这场感情来得太过突如其来，林景颜不得不承认，她是被林然的深情所打动，逐渐沉迷，但在林然捅破窗户纸之前，尽管他那么优秀，她也从未对他有过非分之想。和林然在一起之后，她被那些甜蜜与和谐麻痹了神经，以为这样下去就可以幸福，不，或许原本真的可以幸福，只要没遇上这重重的劫难……

几个月的感情到底能有多深厚，经得起一场一场的磨砺？

如果不是她和林然都是不肯轻易言弃的人，只怕早就已经缴械投降。

谁都不肯认输，不肯先放手，哪怕已经精疲力竭，也还要死死抓住，维持着幸福的表象，内里却已经千疮百孔。

林然累得睡倒在方向盘上，而她则无趣到到处找事情做。

诚然，她喜欢画画，但那又何尝不是因为，只有在绘画中，她才可以暂时遗忘所有的不愉快。

两个人各自忙碌着，只肯表现出好的一面，从不曾展现出自己疲惫无力的地方。

那一面，便像流血的伤口，永远腐坏着，不曾结痂，不曾愈合。

买好机票准备去面试的时候，她真的松了一口气，但不敢告诉林然，林然恐怕也知道，只是不肯说出口，维持着微妙的平衡，直到现在……

他们迫切地希望婚姻能改善这个局面，能给疲惫的人加上一把安心锁。

但这么做一切就真的会好起来吗？

她无法给出肯定的答复。

接通电话后，她沉默了一会儿，林然的声音断断续续从那边传来。

"景颜，我这边信号不太好……有什么事吗？"

"……我累了。"

突兀的三个字回响在听筒里，意味决绝。

一瞬沉默，林然笑了笑，像是没听懂她的话："那就好好睡一会儿吧，等我回……"

"我大概等不了你了。"林景颜浅浅吸了口气，把话说明白，"我是说，林然……我们分开吧。"

这次他没法继续装傻了。

"发生了什么事情？是……我父亲又来找你了吗？"

不愧是林深的儿子，和他父亲一样敏锐。

林景颜又有些犯恶心，她努力将之压制下去，最后说了声："再见。"

抽出 SIM 卡放在桌上，她抬手写了一串数字，拉着箱子，转身出门。

终于，轮到她做了一回逃兵。

和当年她所唾弃的季铭一样，做了相同的事情，她当然可以找借口说也是为了林然好，他并不是真的喜欢抛头露面，和林深和好他还可以继续做他的大少爷，去继续学业，做自己想做的事情，用不着这么辛苦，但事实上……她并不觉得自己是为林然好，她只是自私而已。

抗争的代价太过沉重，到了，她付不起的地步。

林然疯了一样赶回来时，房间里已空无一人。

她并没带走多少东西，却像从林然的心脏里整块挖走了什么，鲜血淋滴。

电话打不通，留言没人回。

手机突然响了，林然慌忙地接通。

"林先生您好，林小姐的电话我们打不通，所以只有打扰您了。请问你们定做的婚纱什么时候来取呢？"

他哑着嗓子回答："……麻烦告诉我一下地址，我会去取的。"

挂线，他终于看到了林景颜丢在桌子上的 SIM 卡，还有两份被撕毁的盖着红章的结婚证，也看到了那串数字。

捡起 SIM 卡，林然盯着那串数字看了一会儿，忽然明白那是什么。

并不是什么临别的留言暗码，而是……去年他们将合同存在银行保险柜的密码，钥匙在他手里，随时可以取出来。

一年为期，而今已至。

无他，唯别尔。

四年后。

画展。

林景颜也没想到会在这里再见到林然，上一次见到他还是在民政局离婚的时候。

几个月的感情，远远抵不上和季铭的三年多感情来得撕心裂肺，她原本以为自己会很快忘掉。

然而并非如此。

林然的面容，历久弥新，在记忆里清晰得挥毫毕现。

但现在，她看见这张和记忆里并无太大分别的脸，却不敢去认。

林景颜知道林然现在应该是什么样子。

她离开后，没过多久的时间，林然就停止了所有的演艺活动，回到了林家。这件事在当时还有不少的新闻媒体报道，除了林然本身的人气以外，他被深挖出来的身份也成了令粉丝津津乐道的事情，仅仅知道他是学霸，但是谁也没想到他还是个纯正的富二代。

退艺从商的经历被大肆渲染推测出了多个版本，最被当真的大概有两种：第一个是说林然进入演艺圈是为了历练顺便免费给他父亲的企业宣传，觉得经验累积得差不多就抽身退出；另一个则主要是粉丝想象的，林然从小怀抱着成为明星的梦想，得到机会毅然投身演艺圈，但遭到父母的反对，苦撑不下去之后，不得不黯然离开。

后者让粉丝痛惜不已，时至今日还有人会到他微博去鼓励他坚持梦想。

当然，其余出现更多的留言大约是"老公娶我""老公早上好""亲爱的早点儿休息，什么时候能公布我们的事情啊"……

林然进了林深的公司，并且干得还不错，在新闻上露面的机会也从娱乐版转到了财经版，目前来看大概会成为一个相当优秀的继承人。

有些事情，终究已经是渐行渐远。

商周先伸手："林先生好，能在这儿遇见也是缘分。我叫商周，这是我的名片。"

"商先生好，我也很荣幸。"林然的回话，谦恭有礼，没有多少情绪波动。

又聊了两句，林然把话题转到林景颜身上："什么时候回来的？"

"早上的飞机，刚回来。"

林景颜终于抬头，林然看起来比她想象中要冷静淡定很多，她以为他会生气，责怪她的离开，但结果并没有，他在这里与她相遇，就像遇到任何一个久别重逢的朋友。

这种态度让她既安心，又……难过。

但到底是平静下来，林景颜补充："这几年我一直在国外念书。"

"我知道。"

林然的眸子深黑，很快转开了这个话题。

从展馆出来，正好是下午三点，商周看了一下时间："你们久别重逢一定有话要说，不过我下午还有事，是我先送你回去，还是麻烦林……"

"我送她回去吧。"林然微笑，"你放心，我会完好无损地将她送回去的。"

她没告诉过商周她和林然，包括林深的事情，商周也没有过问。

这本来就是个人隐私，艺术家之中难以启齿的事情更是多了去，商周大约也早就见怪不怪。

咖啡馆里。

"你……过得怎么样？"

搅拌着咖啡杯里的咖啡，林景颜老实回答："还不错，你呢？"

"也还不错。"林然笑笑，林景颜已经无法从他的笑容中判断出他的情绪。

当初的决定，她至今也没有后悔，那样的境遇之下，她也没有更好的选择。

她答应林深主动离开林然，林深则放过他们。

林深愿意替她重新找一份待遇不低于之前的工作，不过被林景颜拒绝了，她只要求他善待许如琪……虽然最终他们还是离婚了，但那场冷冰冰的孤立变得温情许多，林深愿意替她演戏来哄哄她母亲，挽救许如琪有些濒临崩溃的情绪，离婚后他还给许如琪留了一套房子，以及足够衣食无忧的金钱。

至少现在看来，这个决定，似乎也是对的。

"那就好。"林然换了个话题，"刚才那幅画你喜欢吗？"

"哪幅？"

"《别离》，商先生说你看了很久。"

林景颜点点头："很震撼的一幅画，不过……你什么时候看起画展了？"

话出口她就觉得有些不妥，好在林然回答得很快。

"我们是赞助商之一，送了门票，就顺便来看看。"他笑，"不过我也没想到，你真的会去学画画。"

林景颜自己也没想到，笑了笑，也就说了句："世事无常，你不也是。曾经我还以为你会做一辈子学问呢。"

"学问又不能当饭吃。"

"嗯……是啊。"

话题有些伤感。

林然的笑容自始至终温和有礼，亲切却并不亲近，仿佛他们真的只是一对许久不见的姐弟而已，却忘记他们其实还是法律上的夫妻。

聊天中途，林景颜接到了许如琪的电话，很抱歉地跟林然说告辞，径直准备离开。

林然跟出去："去哪儿？我送你。"

"不用了。"

"我答应过商先生，别让我为难。"林然语气还是很温和，但偏偏让人不容置喙。

车停在了酒店停车场，林景颜下车，还没走进酒店大堂，就看见一个穿着花裙子的小女孩儿迈着小短腿蹦蹦跳跳地朝她跑过来："妈妈妈妈……"无比朝气蓬勃。

林景颜按着脑袋，开始觉得头疼。

许如琪跟在后面，担心地说："哎，慢点儿、慢点儿……"

话音未落，小女孩儿就一头栽进了林景颜的怀里，眼睛黑葡萄似的扑闪扑闪，软软的声音还带点儿奶声奶气："妈妈，我好想你啊……"

许如琪在后面补充："她知道你回国就非闹着去见你，我说你过两天肯定会回来，她也不答应，我只好带她过来……"

许如琪并没有留在本地，而是把林深留给她的房子卖了，在临城买了房子住。

林景颜无奈地把女儿抱起来，小女孩儿已经自动自发地在妈妈的怀里找了个舒服的位置趴着："妈妈妈妈，我跟你说！我都会自己穿衣服啦！"一脸期盼地看着林景颜求表扬。

林景颜："嗯……好厉害。"

"呃……"

林景颜忽然意识到还有个人在后面，她猛地回头，就见林然站在不远的地方，重逢以来第一次露出有些呆怔的表情。

不过也只是瞬息，他恢复冷静。

许如琪也看到了林然，她的反应更大些，退了一步，惊愕道："林……林然？"

林景颜轻描淡写地解释："路上碰到，聊了两句，他就顺便送我过来。"

林然点点头："许阿姨好。"

他的温文多少也让许如琪放下一些紧张，她是看着林然长大的，自然知道他是个怎么样的人。

趴在妈妈怀里的小女孩儿从林景颜的肩膀探出头来，好奇地瞅着林然："妈妈妈妈，这个好看的哥哥是谁啊……"

林景颜："……"这么随便就错开一个辈分……

林然冲着小女孩儿微笑起来："我叫林然，是你妈妈的……朋友。"语气温柔下来。

他的笑容对女性的杀伤力一向无视年龄层通杀，最近几年显然修炼得更加臻入化境。

小姑娘从妈妈怀里挣脱出来，小短腿扑腾着就噔噔跑到林然面前，张开双臂，脆声说："哥哥，抱抱！"

林然轻而易举地就抱起了她。

小女孩儿在林然怀里笑得像朵刚开的向日葵。

林景颜静静看着，目光有一丝复杂。

"好了，别一看到长得好看的哥哥姐姐，就缠着人家。"

林景颜伸手去接，小女孩儿有点儿不情愿地嘟起嘴："我哪有嘛……"但还是乖乖趴回了妈妈的怀里。

"她叫什么……今年多大？"林然松开手，问。

"小名叫安安。"其实一点儿也不安分，林景颜顿了顿，说，"两岁半。"

小女孩刚要反驳，就被林景颜偷偷攥住手，抑住声音。

"哦。"林然说。

林然没待多久就走了。

林景颜抱着林籽安回去，小女孩儿拽着她的衣袖问："妈妈为什么要说谎，安安明明已经三岁多了。"

她的眼睛里天真无邪，连疑惑也清楚分明。

林景颜摸了摸她的头说："如果不这么说的话，会发生很可怕的事情。"

"可怕的事情？什么可怕的事情？"

林景颜不得不违背良心，干起恐吓小孩子的事情："你会再也见不到妈妈了。"

小女孩儿立刻吓得抱紧她。

"所以……你以后如果再见到这个哥哥，他再问你年纪，你就故意跟他少说一岁。"

小女孩儿的关注点立刻偏到了其他地方："妈妈妈妈……那我还会再见到这个好看的哥哥吗？"

林景颜想起方才林然一瞬间僵硬再到平静的神情，轻轻摇头："……我也不知道。"

发现自己怀孕这件事，是离开那座城市的半个月后。

这大概真是上天开的一个玩笑，林景颜想，如果早一个月知道，可能结局就不是这样了。

摸着依然平坦如昔的肚子，她的感觉异常奇妙。

大抵是对未知生命的希冀。

这毕竟是，她和林然的孩子。

即使是这样的时候，一想到林然，她的心也还是会瞬间变得很温柔。

她不想把孩子打掉，但贸贸然地生出来同样也是不负责任。

内外交困之下，她接到了她母亲打来的电话，并无意间说漏了嘴。许如琪在电话那端沉默了很久，跟她说，如果她想生下来，自己可以照顾这个孩子。

那之后没多久，许如琪就和林深离婚搬过来照顾她。

也是在那时，得知她辞职离开后的商周辗转联系到她，表示如果她愿意，他可以帮她申请到国外去学美术，权当还她父亲的人情。

一年的准备，生下安安没多久后，她就出国去追求她儿时的理想。

当人生为你关掉一扇门，同时也会为你开一扇窗。

那时的林景颜就是这样的感觉。

她从未想过会有一天能真的放下一切，追求她想要的理想，过她想要的生活。

在国外林景颜的生活清贫而简单，除了上课下课，就是待在画室里画画，没有应酬，用不着殚精竭虑去思考企划案讨好迎合厂商，也用不着担心头疼的职场关系，她所要做的仅仅是学和画，宛若海绵一般拼命地汲取着她这些年落下了的知识与基础。

偶尔和同学出门也是看附近的画展，或者带着画板出去写生。

教授很欣赏她的好学，从最初的不闻不问，到后来几乎她每画出一幅完整的画，他都会提出自己的意见，并且会花时间和她认真讨论。

她简直是在享受这个过程。

中途，温蝶来看过她一次，了解到林景颜的生存状态，心疼得要命。

"赶快回来吧，我要是你，这样的日子我待一个月就受不了了。"

林景颜大笑："不用担心我，我觉得自己现在过得很好。子非鱼，心中有足乐者，也就不觉得无趣了。"事实上，这根本是她毕业以后过得最自在的一段时光。

上课期间她就在学校，假期就回去陪着安安和许如琪。

简单而充实，时间也像是一下子变得很快，感觉不到它在流逝，便转瞬而过。

一切都很美好，除了……她还是会想起林然。

很经常的，无意间的。

聚会时，有高高瘦瘦的男孩子垂头安静地弹钢琴，她会想起林然；去中国餐馆，吃到了很好吃的面条，她会想起林然；远远看见亚裔的男孩子跟林然相似的背影，她会想起林然；走路时经过网球场，她会想起林然……一通电话一走了之，却不知道被留下的林然到底是什么心情。

不太去想，也不太敢去想。

她关注了林然的微博，想起来就在搜索引擎上试着输入林然的名字。

和当年与季铭分手不一样，那时候她想起季铭的名字就是满满的撕心裂肺，明明也是一番痛彻心扉才决定离开，可想起林然，就只有安宁平和与怀念。

只是知道他在世界的某个角落生活着，就会觉得非常安心。

再见到林然已经是半个多月后在某场慈善晚宴上。

林景颜的一幅画被作为拍卖品寄售，她本人也受到了邀约，这自然是商周操作的结果，她也乐得配合。

从柜子里翻出许久不穿的礼服裙子，对着镜子试穿，曾经这条黑色的鱼尾裙她必须要配浓妆才显得合宜，现在穿却恰恰好，不用刻意，气质也会沉稳。

她到得有些迟，递完请柬进场后，一眼就看见站在中间的林然。

四年过去，他比之前还要显眼，人群中，一眼就能发现。

他换了一套西装，端着酒杯，随意地和人交谈，清俊干净的脸上挂着从容不迫的清浅笑容，时不时微微一笑，周围的人也会跟着会心一笑……林景颜记得林然一直不太喜欢应酬，大学时她拽他出去，他总是躲在角落里甚少交谈……但，倘若真的要做，他也能做得很好。

成长……

那个生活在象牙塔里的少年似乎正在一分一毫地从他身上退去痕迹。

林景颜找了个角落隐没行迹，好在林然似乎也并没有发现她。

她的画在中间，仅仅作为两个贵重商品之间的调剂过度，毕竟她也并不是成名已久的知名画家，影响力有限，画的起步价也有限。

画的名字叫作《向阳》，明媚鲜艳，阳光与盛开的花卉。

拍卖师简单介绍之后，就有人开始往上加价，画的价格在拍卖品中并不算高昂，还是有不少人愿意一试，只是往上加的价格都不算高，林景颜大概预测了一下最终可能的成交价格，就听见一个熟悉的声音响起。

他报出的价格，比她预计的足足高出三四倍。

宴会上寂静了一会儿。

有人又加额，这次他报出的价格直接高出十倍。

一锤定音。

绝对是高出商品价值本身不少的价格，拍卖师的嘴都笑得合不拢了。

林景颜坐在座位上，又一次觉得难过。

林然没有带女伴来，这四年来，也没有传过有女朋友或是未婚妻。

他从座席走出去办手续，背脊挺得笔直，嘴角稍稍扬起，却并不像在笑。

林景颜想要离开，刚走到门口，就碰到要走回座位的林然。

通道口，林然笑了笑，并不太意外："我……买了你的画，你多少给我签个名吧。"

林景颜动了动唇，道："那画上有我的印鉴。"

"但我还是更喜欢手写。"

林景颜："……有笔吗？"

用找工作人员借来的油性马克笔在画的背面龙飞凤舞签上自己的名字，林景颜抬头将画和笔递还给林然。

林然接过，低头看了一会儿，说了句："谢谢。"

比上一次显得还要疏远。

林景颜想问他为什么要花这样的高价买她的画，但这样的话注定不适合问出口。

林然将画收好，说："我送你回去吧。"

"不用了。"她婉拒。

林然不为所动，语气温和地摆出理由："这个时间这里不好叫车，你穿着礼服也不方便走，还是让我送你，而且我……也不可能眼睁睁看着你这么独自回去。"他站起来，"走吧。"

晚宴的会场确实有些远，从她住的地方打车过来就要一个小时左右。

林然走到车边，先从后备箱里拿了一个包裹好的东西塞给林景颜："这个送给你了。"

林景颜："我……"

他笑笑："只是个礼物而已，上车再拆吧。"

林然的车开得很快，也很稳。

车窗外的光一幕一幕从他毫无表情的侧脸闪过，像锋利雪亮的刀一片片削过。

林景颜起初以为是她的画，拆开一看才发现，正是之前他们在展览馆里看到的那幅《别离》，深色调辉映着夜色，看得人心口一片凄惶荒芜。

她将画放在腿上，说："这个太贵重了，我不能收。"

"不是原画，只是……高仿而已，不贵。"

林景颜还是拒绝。

林然嘴角的那一弯弧度让人觉得格外心疼。

车飞快行驶，路边就是江面，晚风习习，带着几许潮湿的味道。

"你知道……"林然开口，依然是温和的声音，"我现在想做什么吗？"

林景颜转头看他，不言。

林然视线直视前方，笑，平静叙述。

"我想把车开进江里。"

林景颜愣了愣。

林然的表情太过平静，平静到让人很难意识到他说的是句多么不得了的话。

江水平波无澜，倒映着泱泱夜色，死寂沉沉，就如同林然的眸子。

心脏在一瞬间被揪紧，无法呼吸，亦无法排解，她紧紧攥着那幅画，手指被画框勒得生疼，用尽全身力气平静微笑，说："林然，我记得你不会游泳。"

是的，他不会。

林然把车停了下来。

夜晚的路旁，冷清而安静。

谁也不知道他这四年是怎么过下来的。

　　所有的情绪都被藏得恰到好处，身边的人都说他成熟了，然而这样的成长却并非毫无代价。

　　四年前。
　　得知林景颜已离开，林然在房间里枯坐了近乎一整天，没有去追。
　　比起她决然离去，更让他无法释怀的是那种被林景颜放弃而升起的浓浓无力与挫败感。
　　让他甚至无力去追。
　　追回来了又能怎么样，就像前一次他让她放弃了去别的城市的想法，她选择留下了，然而一切并没有好转，反而让隔阂加剧。
　　他无法强大到让她安心，又或者他们的感情并没有他想象中那么深。
　　无论哪一种答案都让他沮丧至极。
　　他甚至想起了那个离他而去的亲生母亲。
　　当年他漠然看着他母亲离开，仿佛已经麻木了并不在乎，然而眼睁睁一次次看着母亲抛弃他和父亲远走，那样的不安感到底在心底深处埋下了种子。
　　迟早会被人放弃，他永远不是最重要的那个。
　　他颓唐了几日，理智渐渐回炉。
　　林景颜不会突然离开，这一切肯定与他父亲有关。
　　而林深直截了当就承认了。

　　林宅里。
　　"是我让她走的。"
　　林深安稳地坐在长沙发上，手里端着晶莹剔透的茶碗，声音淡淡："你母亲回来了，我打算和她母亲离婚，她怕你许阿姨受伤，作为交换她选择离开。"
　　"你怎么能……"他为自己父亲的厚颜无耻所震惊。
　　林深低头品了一口茶，笑道："说到底还是你无法留住她，扪心自问，你看起来像有男人担当的样子吗？光靠拍那些可笑的东西，就以为自己能负担起一个家了？就算我什么都不做，她也迟早会离开你的。"
　　林然冷冷吐字："就像……母亲离开你那样？"

"你说什么？"林深挑眉。

"我说难怪母亲会离开你，刚愎自用，冷漠无情，自私自利……就算她回来，也迟早会再次离开你。"

大概林然这一生的刻薄都在此刻用光。

"……你凭什么操控我的命运？就因为我是你儿子？那你放心好了，没有人会给你养老送终！"

他摔门离开。

不肯承认，但偏偏被林深说中。

浑浑噩噩的时光，他拼命努力，想要证明自己并非没有能力给人安全感，拍照、录唱片、参加活动……用工作来麻痹神经，甚至专门挑选一些吃力不讨好的工作，填补多余的空闲时间。

回到空荡荡的家里，林然却发现，自己连个目标都找不到。

他很忙也很辛苦，过去坚持下来唯一的动力，只是能在回家的时候，看到林景颜的容颜。

如今连这个愿望也无法达成，都不知道自己到底在忙碌些什么。

就连他的经纪人都说，林然你这样不行，超负荷工作状态太勉强了，好好休息两天再来吧。

然后没过多久，他接到了通知，这间房即将被转售，他需要搬出去。

收到消息的时候，林然正在发高烧，雪上加霜，晕沉到连温度计的刻度都看不清。

如果不是正巧接到李朝言打来跟他说毕业时间安排的电话，察觉到不对给他带了退烧药，他可能会在房间里一直烧下去。

在林景颜病的时候他可以把她照顾得无微不至，却在自己病的时候，连包退烧药也懒得买。

毕业证拿得仓促，毕业旅行没有参加，据说他的导师一提到他，就开始唉声叹气。

然而，也许是触底反弹，林然反而没有再那么消沉，慢慢振作起来。

在那一年的最后一天，他接到了管家打来的电话，林深住院了。

他到底还是去看了他。

之后，林然付了高额的违约金，回头去接手了林深的工作，一天比一天更沉稳，一天比一天更冷静。

四年时光，一晃而过。

他不再是过去的林然，林景颜也不再是过去的林景颜。

错过的，终究弥补不回来。

"是的，我不会。"

林然笑，车窗外的风一缕一缕吹动他的额发，却无法真的吹散那些挥之不去的念头，他解开安全带，按住林景颜的手，缓慢地俯过身。

掌心温热，手指一根又一根地覆盖上去。

林然过去就很喜欢分别时在车上吻她，那些吻冗长温柔又甜蜜，以至于时隔这么久，林景颜身体的记忆还能清晰回想起那时的幸福感。

甜美到让她神经被麻痹。

"……不抵抗吗？"

林然的唇翕动，吐字，温柔又平和。

林景颜才猝然反应过来，林然已经近到了不合适的距离，荷尔蒙的气息四散，无孔不入地提醒着她，他们的身体配合曾有多默契。

"林然，你……"

她想推开林然，林然却已经先一步撤身。

"你放心，我不会真的把车开进江里。"林然笑了笑，"比起你的一走了之，已经不会有更糟糕的事情，四年我都过下来了，现在又算得了什么。"

一句话将林景颜拉回了现实。

当初说好要坚持，她却一走了之放弃了。

明明已经坚持了这么久，转眼一切成空。

林然真的不怪她吗？

那就像横在两人之间的沟壑。

她一瞬僵硬。

林然重新发动车子的引擎："我会把你平安送回去的。"

车一如既往开得平稳。

他取出手机丢给林景颜："留个联系方式。"

不等林景颜开口，林然又补充："就算不是爱人，也至少是亲人，能帮忙的地方，我绝不推辞。"顿了顿，他又说，"我给许阿姨也留过联系方式，不过她一次也没有联系过我，我现在……能做比以前更多的事情，用不着跟我客气。"

她母亲开不了口，她又何尝能开得了口。

林景颜把手机递还给林然："我刚回国，新手机还没来得及办。"

这当然是谎话。

林然毫不意外地接口："那这部手机你就拿着，手机号也是新的，我没有用过。"

"不用了，我可以自己……"

"你可以不用它，留着，或者丢掉都是你的选择。"林然温声道，"那上面存有我的手机号。"

的确是成长了，声音还是过去的那个林然，温柔得仿佛淙淙的溪水，可偏偏温柔里透着一股不容拒绝的强势。

把选择的权利丢给她，然而选项却只能由他来出。

如果是过去的林然，她拒绝，他大概也就不再勉强下去。

比较起来，她反而因为这四年过得太安逸，性子温存下来。

下车前。

林然说："下次再出门的话，换条裙子吧。"

林景颜愣了愣："怎么了？不好看？"

他摇了摇头，说："裙子很漂亮，但并不适合你。"

纯黑的鱼尾裙显得神秘而高冷，搭配上同色系的饰品，艺术家气息浓郁，却少有生活气息，商周特地让她往这方面靠拢，晚宴上她说的话还不超过十句。

林景颜笑笑，没有回应他。

路灯昏暗。

她提起裙摆快速下车，高跟鞋响声清脆，像十二点钟响匆忙离开的灰姑娘。

"景……林景颜……"

"嗯？还有什么事？"

她回头，林然坐在车里看着她，窗外落下昏黄的光，只能看见他牵起的嘴角，双眸则沉在一片黑暗中分辨不清。

"……没什么。"他说。

林景颜逐渐消失在他的视线里，只留下副座上那幅孤零零的《别离》。

他握住了利剑，却再也无力拥抱爱的人。

　　林籽安也到了上幼儿园的年纪，林景颜跟许如琪商量之后，还是决定让她来林景颜所在的城市念幼儿园，师资教学资源是一个原因，另一个原因是她也确实需要好好和女儿相处。

　　小女孩儿虽然对外婆有些依依不舍，但还是坚定地握住了妈妈的手。

　　"我还是想陪着妈妈，外婆对不起啦……"

　　对此，许如琪不禁又笑又叹。

　　临走前一晚，许如琪特地做了一顿丰盛的晚餐，诱惑着对林籽安说："外婆走了之后，就没这么好吃的菜了。你妈妈的厨艺可一直不怎么样的……"

　　林籽安倒真的思考了一会儿，才鼓起包子脸决然道："妈妈做得再难吃我也不会说出来的！"

　　林景颜在一边汗颜："妈，其实在国外三年，我的厨艺还是有进步的，不至于这么惨烈……"

　　许如琪抿嘴笑："那就拭目以待了。"转头对林籽安，"安安，回头吃得不好，记得来找外婆，外婆随时烧给你吃。"

　　林景颜忍不住也笑了起来。

　　笑着笑着莫名想起很多年前，有个人的厨艺好到令她赞不绝口，明明是个看起来十指不沾阳春水的大少爷，却比她母亲还要精通厨艺。

　　在国外时，她也学着他做过一些简单的家常菜，然而无论她怎么努力也做不出他做菜的味道。

她清晰地记得那滋味。

尽管分别前，他其实已经很少下厨了。

洗完碗，林景颜先把安安照顾上床睡觉。

刚带上门，她就看见许如琪站在客厅等她。

"怎么了，妈？"

许如琪的眸光有些歉疚："有些事，我一直想跟你聊一聊。"

二楼阳台的风微凉，空气里飘着浅淡的花香。

"妈，你说吧。"

"对不起，妈妈现在才跟你说……当年的事情我一直很歉疚。现在想想无论如何当时我的态度都十分欠妥当……"

"原来是这个。"林景颜笑得很轻松，"都多久以前的事情了，还有什么好在意的？"

许如琪有些欲言又止："我是想说……你如果真的还放不下他……就去跟他和好吧……林然是个好孩子，当年我脑子一直没转过来，现在……"

林景颜滞了一下。

"谢谢了妈，不过……"她趴在阳台栏杆上，双眸放空地看向远处，"我亏欠他四年，已经不是一句简单的和好吧就可以解决的事情，更何况……他那边还有林深。"

听见林深这个名字，许如琪的脸色瞬间变得不太好，她终究没有继续劝说下去。

给林籽安办好入学手续，林景颜的生活也算安顿下来。

有时候林景颜都庆幸自己生的是个女儿，贴心又好带。林籽安虽然性格活泼，但听话懂事，乖巧起来和她父亲一样，沉稳而让人放心，交代她的事情从来不会忘记也不会做错。

她原本以为生活就会这么继续下去。

直到一个多月后的一天，她在校门口看到了林然。

那天她原本要见几个来研讨的画家，就跟幼儿园的老师打电话说可能要晚一点儿再来接孩子，没想到飞机延误，对方反而要迟到，她匆匆赶到校门，就看到了坐在车里的林然。

车停在路边，窗户半开，林然戴了顶鸭舌帽，看不清神情。

起初林景颜以为自己看错了，但林然的模样即便过去多久她还是能清晰地记得。

冷静下来，她猜想林然可能只是路过，或是有别的事情，而并未联系到自己身上。

林景颜准备等一会儿再进去接林籽安，没想到林籽安却自己先跑了出来。

她这才愕然发现自己可能错了。

因为不想被林然发现，林景颜站得稍远，林籽安没能看见她，反而一眼看见了林然的车。

她张望了一下，便一路小跑着到了林然的车边，熟门熟路地拉开了副驾驶座的门，上了车。

车绝尘而去。

林景颜愣怔了好一会儿，才打车追过去。

车停在了一家商场外面，工作日的下午五点多，并不是很多人，林然牵着林籽安的手，朝着商场里走。

看样子这并不是第一次。

林景颜一方面为自己女儿的防范意识担心，一方面又有些心情复杂。

她远远跟过去，发现两个人坐电梯到了负一层，这里有个不小的儿童游乐场。林然买了门票，林籽安就脱了鞋子欢脱地冲进去玩了起来。

林然笑笑，也跟进去陪着林籽安。

帮她推秋千，陪她丢皮球，看她跳蹦蹦床、堆积木……他一直显得耐心而温柔。

大概半个多小时后，林籽安也玩累了。

林籽安穿上鞋子出来，林然又带着她去边上的甜品店，点了一份芒果西米露，边看着她吃两个人边聊着。

距离太远，她听不清他们在说什么，但她知道林籽安一定很高兴，两条小腿一直在底下晃啊晃，眼睛晶晶亮亮，嘴角的笑意藏都藏不住。

吃完，他们又逛了逛玩具店，林然替林籽安买了一个大白的玩偶。

六点多，他开车将林籽安又送回了幼儿园。

　　林景颜忽然想起，大约半个月前某天晚上她也是有事很迟才来接林籽安，林籽安抱了一个玩具赛车笑眯眯地等着她，并不像是已经等了很久，她说礼物是老师送的，林景颜也就没在意，现在想来或许并不是那样。

　　她打车跟到幼儿园门口，林然刚要和林籽安分别。

　　夕阳余晖斜斜射在地平面，将一大一小两个身影拉得很长，林然低头摸了摸林籽安的头，正打算上车离开，林景颜深吸一口气，快步走上前，按住林然的车门。

　　林然抬起头，正撞上林景颜的视线。

　　目光对视的瞬间，林景颜一时忘了应该要说什么。

　　倒是林籽安先拽了拽林景颜的衣角，担心而小声地说："妈妈……不要生气……"

　　林景颜的神情软下来，抓住林籽安的小手说："我没有生气……"

　　她弯下腰，问："告诉妈妈，上次你带回来的玩具也是……他给你买的吗？"

　　林籽安没说话，不过心虚的神情已经完全出卖了她。

　　林然下车，温和的声音响起："她答应过我不告诉你的，你不要怪她。"

　　林景颜站在中间，揉了揉额头，觉得自己反而像是在做恶人。

　　"这里不是说话的地方。"林然提议，"没事的话，一起去吃个饭吧。"

　　"不用……"

　　林然低叹了一口气，说："关于安安，我也有事想问问你。"

　　等林景颜回过神来，已经和林然一起坐在了餐厅里。

　　她沉默不语，林然沉稳安然，唯独林籽安显得兴致很高，但她似乎又怕惹林景颜生气，不敢表现得太过明显，只好一个人默默地亢奋，坐在座位上扭来扭去，摆在桌子上面的餐巾纸被她拿在手心里翻来覆去地玩。

　　林然拿着菜单，问林籽安："想吃什么？"

　　林籽安刚想说话，又有些心虚地看向林景颜。

　　林景颜努力对她笑笑："没事，想吃你就点吧。"

　　林籽安得到特许，揉着肚子点了好几道，第一她确实饿了，第二她妈妈做的菜确实不好吃，偏偏林景颜不甘心顿顿叫外卖或者下馆子，总想着挽救一下自己的厨艺，锲而不舍地实践，连带着林籽安也得跟着遭殃，她妈妈可是做番茄炒蛋能做成番茄蛋糊然后再加工成番茄鸡蛋汤的人。

想到这里，本着分享的念头，林籽安问林然："哥哥你在家也吃你妈妈做的菜吗？"

林然愣了愣，摇头："我妈不会做菜。"

林景颜随口接了句："哥哥自己做的菜很好吃。"

"真的吗！哥哥好厉害！"

林然笑笑，说："不过我已经很久没下厨了。"

"为什么呀？"

林然仍旧是笑："一个人在家，觉得做了也没意思。"

林籽安一脸遗憾地看着他，突然眼神一亮，说："那要不……"她瞄了一眼林景颜，没把话继续说下去。

林景颜看一眼就猜出自己女儿想说什么，如果她不在场，林籽安搞不好就直接邀请林然来她们家做菜了。

不过他们到底是……什么时候熟悉的？

明明她带着林然见林籽安的时候那才是第一次见面。

不过很快她就知道了答案。

最初那次见面后，林籽安又见过林然，时间不长，林然给她留了张名片。

半个多月前，林景颜说要晚点儿来接她，林籽安百无聊赖地等着，翻小背包的时候翻到那张名片，她本来只是想打过去找林然聊聊天，没想到林然居然跑来了，还又带她玩又给她买礼物。

听完，林景颜还是觉得有些不安，转头对林籽安说："下次你再跟什么人单独见面，一定不许瞒着妈妈，知不知道？虽然哥哥不是坏人，但说不定就有什么坏人把你拐走了……"

"可是哥哥认识妈妈，而且哥哥人特别特别好……"

"那也不行。"

三岁多的小孩子还不太具备分辨好坏人的能力。

是林然她当然不担心，而且他有可能已经知道……但是如果孩子这么轻易就被家长以外的人带走，风险未免太过可怕。

林然的声音平静地打断她："你不用担心，那所幼儿园门口会有人监视着，不会有拐带小孩子的情况。”

"那你……"

"我认识幼儿园里的人，从安安入学第一天起，就打过招呼。"

林景颜愣了一会儿，菜上来，这个话题到底没有继续下去。

吃完，林然开车送林景颜回去，一路他都没有提到想问她的那件事。

到了家门口，林然径直把车开进了车库。林景颜自然不打算邀请他进去坐坐，刚想下车，林然拽住了她的手臂，在她耳边轻声说："你先把安安送回去，我在下面等你。"

林景颜的心沉了沉，把安安送回家并且哄睡了，她关门下楼。

林然依然坐在车里，林景颜坐进副座问："你想问的是什么？"

"你应该知道我想问的是什么？"

她知道，明知骗不下去，却仍想继续装傻。

得来不易的平静生活并不想再起波澜，但有些事，确实无法否定。

林景颜深吸一口气，说："安安她……她真的对我和母亲都很重要。我知道你父亲和你的族人都希望你能有个儿子继承家业，安安是个女孩子，不会造成威胁。她是我怀的，也是我生的，我会养大并照顾好她，不会给你带来什么负担，如果林这个姓氏给你带来什么困扰，我可以让她跟我母亲姓。"

林然没有说话。

林景颜顿了一下，继续说："都四年过去了，我已经放下了，现在的我和我的家人都过得很好，也不想再发生什么意外状况……"出口的话越发艰难，"我知道这话可能有点儿伤人，不过我由衷希望你能忘记过去，开始新生活。你是个很好很好的人，值得一份更好更简单的感情。"

越是想要说好，就越是口笨嘴拙，怎么说都感觉干巴巴的，套话一般。

但无论如何意思是表达到了。

她同样很心疼林然。

——比起你的一走了之，已经不会有更糟糕的事情，四年我都过下来了，现在又算得了什么？

然而裂缝已铸成，勉强填补，结局只能是如同过去——把彼此都折磨到心力交瘁。

现在想来，她当初也不够成熟，除了一走了之，她明明可以用更温和的方式和林然一点点疏远分开。

林然深深的看着她，毫不犹豫地按住她的肩膀，一个垂头，唇便紧紧吻住。

阔别四年的吻，浓郁得令人喘不过气。

"景颜、景颜……"

温蝶连连叫了好几声，林景颜才回过神来。

"抱歉。"她微笑，"刚才发了会儿呆。"

这个年纪再坐在一起喝茶，心态也不自觉地变了。

这几年温蝶也变了很多，下垂的直长发被剪成了清爽干练的短发，身上迷蒙而柔弱的气质被自信与沉稳取代，但看起来依然漂亮，只是比起从前更多了一份知性成熟的韵味。

她现在在一家新闻传媒集团做高管，收入颇丰，暂时单身。

"上次的采访稿已经写好了，我回头让编辑再发给你，看看还有什么要改的地方。"

"好的。"林景颜露出个大大的笑脸。

"这次回来就不走了？"

"应该是吧，毕竟我也想陪在安安身边。"

温蝶也笑起来："你不在的时候，每次见她都问我'干妈，妈妈什么候才能回来啊'，问得我都恨不得把你赶紧从国外抓回来。"

提到林籽安，林景颜的表情又柔软了一些。

又闲聊了几句，温蝶突然说："说起来，上次招商峰会我看到季铭，我都快认不出他了。"

季铭，真是个遥远的名字。

再听见这个名字，她已经毫无波澜："他现在还好吗？"

"我没怎么跟他聊，不过应该还行吧，反正肯定不缺钱。"

"哈哈……"

其实后来林景颜见过季铭。

大概是知道她和林然分手并且离开，他去找过她。

现在想起来，大概只剩下好笑。

那时候她刚怀孕两三个月，妊娠反应厉害，季铭又一直挡在她面前不让她走路，她心浮气躁扶着墙就干呕起来。

季铭呆滞地站在那里，说："我就这么让你恶心吗？"

林景颜摆摆手，直截了当说："我不是恶心你，我是怀孕了。"

季铭呆站在那儿，明知故问："……谁的？"

缓了口气，林景颜扶着墙，没好气："肯定不是你的。"

季铭一脸信息量巨大我要接受一下的表情离开了。

大概一个礼拜后，季铭又出现了，一本正经地告诉林景颜他并不介意，等林景颜把孩子生出来，他会当成自己亲生孩子一样照顾的。

以季铭的大男子主义，接受这种事情大概也做了不少心理准备。

林景颜很感动，不过还是拒绝了他。

"为什么？"季铭完全不能理解林景颜的拒绝。

林景颜无奈微笑："因为我从头到尾就没打算答应你。"

"你这样会很辛苦的，让我照顾你有什么不好？"

"我知道很辛苦。"

她都知道。

"不过既然做了这个决定，结果我会自己承担下去，不需要任何人来帮我承担。"她摸了摸自己的肚子，说，"我一个人，就够了。"

"我还看到了林然。"

"啊……"林景颜愣了一下，笑，"他也变化很大，不过总体来说是成熟了。"

"你见过他了？"温蝶突然问。

林景颜点点头，心跳却漏了一拍。

温蝶搅拌了一下木瓜奶茶，说："不愧是进过演艺圈的人，盯着他那张脸我愣没看出年龄来。"

"噗……"

她刚笑出声，就被温蝶打断，出口的话堪称直白："你要有什么想法和决定我都无条件支持你，不过现在的林然恐怕已经没有当年那么好糊弄了。"

何止是不好糊弄。

林景颜默默想。

思绪不由自主地又想起了几天前的那个晚上。

林然的吻仿佛点燃了汽油罐，理智的烟花爆炸，所有的一切都乱了套，他们太熟悉彼此的亲吻和身体，狭小的空间里只需要一个彻底的吻，就能让欲望燃烧起来。

那些早已被遗忘的欢愉在身体里再度复苏。

林然一只手固定住她的肩膀，另一只手握住了她的腰肢，弹钢琴的修长手指隔着单薄的衣物在腰线轻抚，引得她不由自主地战栗起来。

身体上的契合，完全超越了意志脆弱的防线。

他靠在她耳边，用温柔低沉又沙哑的声音诱哄。

过电般的酥麻感觉，顺着大脑一直炸向身体四肢百骸。

本来就是最先被对方荷尔蒙所吸引的关系，在宛若恶魔低语的音调之下，无法抵抗地败下阵来直至丢盔卸甲也就没那么难以理解。

林景颜的后脑紧紧贴着座椅，被缓缓放下，林然一直持续地吻着她。

他很清楚怎么能让她沉迷其中。

吻下移到锁骨。

外面突然响起了汽车开动的声音，有车停进来了。

声响让她艰难地拉回了一点儿神志，她握住他的手，压低了被欲望熏染沙哑的声线："别……在这儿。"

林然停顿住，抑着欲望替她重新拉好衣服，调整座椅。

"好……我们回家。"沙哑的声音比林景颜好不到哪里去。

十几分钟后，林然在一栋陌生的公寓楼下停下车，林景颜隐约有些奇怪，林然就算不住在林宅，买房子也不至于会在这里……

然而她没有太多时间思考。

因为几乎是一进门，没等到卧室里，两个人就纠缠到了一起。

没有开灯，四周黑暗。

长久没人住的房间里弥漫着清冷的气息，但这并没有影响到他们身体的火热。

林景颜被林然压在墙上吻，打理利落的长发凌乱披散，如同越发散乱的呼吸声。

外套被随意地丢在地上，衬衫被扯得乱七八糟，最顶上的那颗扣子甚至崩落在地，伴随着激烈而热切的吻，欲望的味道甜美到令人神志昏聩，其他的感官统统被剥离。

不需要任何的理智。

彼此就是最强的催情剂。

周围只剩下一声比一声更沉重的喘息声，黑暗里分外清晰。

空气里荷尔蒙的气味已经浓郁到无法承受。

视野所见全部摇晃起来……

一整夜的时间。

从玄关到客厅到卧室再到浴室，在这个陌生又熟悉的房子里，抵死缠绵。

深色窗帘密不透风地拉紧，只余下一条透光的缝隙，清晨光线熹微，薄薄一层在旋转的尘埃中慢慢落下。

惦记着要赶回去，没睡多久林景颜就挣扎着清醒。

入眼的一切都很熟悉，昨晚太黑她根本没有留意，今早才愕然发现这个小公寓里所有的摆设都和记忆里她曾经贷款买的小公寓一模一样……只是她后来为了筹措留学资金，在离开后没多久就把房子连着贷款一起变现了……

但这分明不是在一座城市……林然恐怕是把所有的东西都搬过来，然后复制了一个房间，甚至连那些她信手的涂鸦都没有放过。

她叹了口气，转过脸，正对上林然的睡颜。

那是对她来说更熟悉的存在。

他的侧脸陷入在柔软的白色枕头里，碎发凌乱地披散，气质清俊的五官呈现放松状态，嘴角有一点儿伤口——她咬的，鼻梁的位置恰巧能被阳光照到，像打了一层的高光，无比地诱人犯罪。

凝视了约莫几分钟，林景颜想起昨晚，她的手指下意识地在黑暗中摸索着他的五官，每一分每一毫，用手指去勾勒线条，想要确定那并非梦境。

梦境太美，足使人沉迷。

但终究是要醒。

她动了动身体，发现自己的腰还在林然双臂的束缚下，花了一点儿时间将林然的手轻轻挪开，林景颜掀被下床。

被窝里的温暖和室温形成鲜明对比，在沾地的瞬间，腿软得几乎站立不稳，扶着墙，林景颜打开衣柜，不出意料那里还有自己留下没有带走的衣物，挑了两件内衣穿上，又重新套回了自己的外套。

临出门前，林然还在睡。

她翻出纸笔想给林然写个留言，但终究觉得没有必要，又放了回去。

看着房间里熟睡的林然，客厅里那些她一笔一画勾勒出的墙面，曾经一起在空荡荡的房间里装修时的记忆都纷至沓来，他们在那间房子里欢笑过、拥抱过、接吻过，分享过同一盒冰激凌，追过同一部电视剧……恍惚的错觉让她很想也像当年的林然一样给他做份早餐，但所有一切都失去了立场。

她在心里叹息，轻轻关上门离开，却并没有留意那双睁开的眼睛。

幸亏她回来时林籽安还没有起床，林景颜冲了个澡又换了身衣服，假装什么都没发生过，叫醒女儿去上幼儿园，等回来才好好补个觉。

再醒过来的时候，这一夜发生的所有事情都变得更加遥远而不真实。

她甚至怀疑那可能只是她做的一个梦，抑或是幻觉。

毕竟在这之前，她和林然的关系还是客套与疏离的，突飞猛进到说是冲动都不足以掩饰的关系……实在是尴尬。

"你啊你，其实我现在都没搞明白你们当年为什么……"温蝶叹了口气。

林景颜没有告诉她有关于林深和自己母亲的事情，她所知道的也就是自己的不告而别。

"不过说句实话，我要是林然也难免会有怨恨，为了你好好的书不念，进什么娱乐圈，到头来你却……"温蝶站在林景颜的立场上，有些担心，"要是你们旧情复燃，他会不会心有不平……当然，我知道林然脾气好……但怎么说，人都是会变的……"

不如说，这也是林景颜担心的问题之一。

就像她无法原谅季铭，林然也未必真的心无芥蒂。

裂缝一旦形成，填补起来就没那么容易了。

晚上回去，林景颜在房间里构思新画，突然听到陌生的电话铃声响起，她翻找了好一会儿，才发现是林然给她的那个她一拿回来就收起来的手机响了。

她明明记得自己已经关机了，为什么还会……

电话铃声持续地响，林景颜犹豫了一会儿，接通。

"明天有时间吗？"林然的声音。

"……有什么事吗？"

"我想见你，可以吗？"

温和的声音掺杂了几分诱惑的味道。

她几乎脱口就要答应，但理智终究还是占了上风："林然，我们这样藕断丝连，是在玩火自焚。"

林然笑了笑，笑声透过听筒传来，有种别样的味道："那我情愿被烧死，更何况……"他压低声音，声线就像在林景颜的耳边低低回响，"你也很想要我。"

那个当初被她亲一口就脸红到不行的小男生现在也可以脸不红心不跳地说这种话。

脑海里猛然跳出一些孟浪的画面。

他说的是事实，他们身体本来就无比契合，就算最初有过生涩，也在情浓时被一点点磨合熨帖，更何况，和爱的人厮磨在一起，原本在心理上，就会有着无与伦比的满足感。

是的，她爱林然。

所以才对他的吻无法抵抗，所以才任由自己冲动地错下去，意乱情迷。

有人说爱情原本就是一种疾病，会使陷入其中的人，失去理智，被冲昏头脑，丧失最基本的判断能力，做一些在别人看来不可理喻的蠢事。

如今她深以为然。

因为她明知现在最应该做的是和林然划清界限，告诉他他们最好不要再联系了，但她说不出口，听见林然的声音她甚至有些舍不得挂电话。

她可以洒脱地一个人过，但前提是……林然不要一次次再出现在她的生活里。

"……明晚十点，我在你家楼下车库等你。"他说，不疾不徐地叙述，"来不来是你的事，等不等是我的事。"

十点，安安早已睡了。

挂断电话，林景颜发现自己甚至连个商量的人都没有。

这种事，不可能对任何人说，只能她一个人考虑。

她无意识地在画板上涂抹，等回过神来，发现画纸上赫然是一簇簇盛开怒放的深红色蔷薇，明艳夺目，几乎要灼伤眼球。

第二天晚上十点整。

林景颜坐电梯到负二层。

刚一出电梯，林然就牵起她的手，拉她上车。

林景颜原本还有些紧张，但不知为何在林然拉住她手的瞬间反而安下心，如果不是……这双手拉着她去什么地方也是心甘情愿的吧。

他俯身过去，手指灵活地帮她系好安全带，撤回身的瞬间在她的唇上轻吻了一下。

真是主导地位都被林然占尽了。

想了想，林景颜顺手捞过林然的脖子，又吻了一下。

林然愣了愣，拔掉车钥匙，汹涌地回应过去，局面差点儿又不可收拾。

是梦也好，只要可以长眠不醒，那就大梦一场吧。

避开那些危险的话题，甚至不去给予定义，就可以假装自己这样毫无问题。

林然的怀抱，温暖缱绻。

清晨天快亮的时候她会离开，如同什么也没发生过。

知道自己在玩火自焚，但只要不是万劫不复，就想要去尝试冒险，反正……两个醉鬼只要有其中一个稍微清醒，一切就结束了。

然而这么想着的同时，却没想到打破它的是另一件事。

某天晚上，林景颜正在房间里画画，时间刚指向九点多，房门砰砰砰被敲响。

林景颜打开门，看见原本应该睡在房间里的林籽安揉着眼睛说："妈妈……安安不舒服。"

"怎么了？哪里不舒服？"

穿着小熊睡衣的女孩子伸出手臂，白嫩的小胳膊上长了点儿红色的斑点，不算多大概十来个，但在小孩子的皮肤上也吓人得很。

林景颜一摸林籽安的额头也有些发烫，简直吓得魂飞魄散，她小心握住女儿的胳膊问："疼吗？"

"不是很疼……就是有点儿痒，碰到会有一点儿疼。"

"安安乖,妈妈这就带你去医院。"

穿好衣服林景颜带着林籽安就打车去医院,坐在车上心急如焚,想打电话问下认识的医生朋友,却发现自己情急之下拿错了手机,这部手机里只有林然的电话。

林然毕竟是安安的父亲,而且……她也确实需要个人来分担这种焦虑感。

电话拨通,几秒钟不到就被接通了,林然听完她说的话,问她:"你去哪家医院?"

林景颜报了医院名。

"我马上到,你别急。"林然的声音依然平稳,"应该不是什么大问题。"

这个时候,林然无论什么时候都不紧不慢的声音就格外有安全感。

等她下了车,才发现林然已经站在医院门口,竟然来得比她还快。

林籽安下车看见林然也有点儿惊讶:"哥哥,你怎么来了?"

林然笑笑,摸了摸林籽安的头,说:"你妈妈不敢,我陪她带你来医院。"

林籽安有点儿紧张:"……我的胳膊很严重吗?"

林然笑得温柔:"不严重,你妈妈胆小而已。"

林景颜忍不住笑,之前担心的心情也轻松了一些。

林然跑前跑后替林籽安挂号,医生检查过之后说:"不用担心,这叫玫瑰糖疹,是种常见的皮肤病,我开两盒药膏涂一涂,一个月不到应该就可以消下去了。孩子还有点儿发烧,我再开点儿退烧药就好,以后多注意清洁卫生,一般不怎么会复发的。"

林景颜总算松了口气,拉着林籽安连声说谢谢。

"不过你们做家长的,对小孩子还是要多照顾一点儿,小孩子毕竟免疫力比较弱。"

"好。"林然应下,"以后会注意的。"

林籽安眨了眨眼睛,总觉得有什么地方不对,但看她妈妈也没有反对,于是乖巧地嗯了声。

等林然走远去拿药,林籽安才拉了拉林景颜的手,说:"妈妈妈妈……哥哥要搬来和我们一起住吗?"

没想到林籽安会这么问,林景颜愣了一下才缓缓摇头:"没有这回事。"

安安"哦"了一声,小孩子不会掩饰,失望之情都写在脸上。

林景颜坐在医院的长椅上,把女儿抱上膝盖,轻声问:"你……想叫哥哥过来和我们一起住吗？"

"唔……"安安低头玩手指，想了一会儿，才说，"家里总是好安静，我想要哥哥陪我玩，陪我看电视……"

她很乖，也很懂事。

就像她从来不问林景颜为什么别人都有爸爸她却没有。

林景颜在女儿的小脸蛋上亲了一口，只能哄她说："等周末妈妈带你出去玩好不好？"

"……好！"

林然拿完药回来的时候，还带了些夜宵，热腾腾的红豆奶茶和香芋派。

"谢谢。"林景颜刚说完，膝盖上的小女孩儿就扑腾着腿跑下去了。

林然单膝跪地，脸上的笑容如同春日里的阳光，明媚而和煦，徐徐沁入人心，别说是小孩子，只怕成年人也会沦陷进去。

他从袋子里拿出了退烧药，和不知从哪里接的白开水。

看见药，林籽安的嘴立刻扁了起来："可不可以不吃……"

林然笑笑，仿佛预料到一般，从风衣口袋里变魔术般拿出一支棒棒糖："吃完药这个就是你的。"

大概半个手掌大小的棒棒糖，一圈一圈有缤纷的颜色，林籽安的大眼睛立刻像星星一样闪亮，挣扎了一会儿，她捏着鼻子把放在林然手心里的药兑水吃下去。

林然摸了摸林籽安的头说："安安好厉害。"

这么一句明明是在哄孩子的话，由林然说出来，就显得十分情真意切。

林籽安果然很受用，骄傲地扬了扬小鼻子，接过棒棒糖就开心地摆弄起来。

迈开腿坐到林景颜身边，林然才把奶茶和派都递给林景颜。

奶茶香甜温热，派亦是松软可口。

她默默吃着，看林然在一边逗林籽安，拜外貌和脾气所赐，他从前小孩子缘就很好，尤其是小女孩儿，几乎都黏着他舍不得走，当年林景颜还为这事调笑过林然，说林然结婚以后一定是个好奶爸，林然听完笑笑，说她未免想得太远。

现在想来，她当初的预言并没有错。

　　不管林籽安问多么幼稚天真的问题，林然都会一本正经地回答，不敷衍不糊弄。

　　"哥哥哥哥，为什么天空是蓝色的呀？我问老师，老师都不肯跟我说。"

　　"嗯，要回答这个问题的话，我首先得告诉你，其实天空里不止一种颜色，赤、橙、黄、绿、青、蓝、紫，它们在天空里都存在，但是每一种颜色的光波都是不一样的……"

　　"光波是什么呀？"

　　"光波就是……"依旧是不疾不徐的声音。

　　她开始明白为什么林籽安会喜欢和林然待着。

　　一个小时前，她还在为林籽安的事情焦灼紧张。

　　而现在，她安静地坐在这里吃着夜宵，不由自主地用温柔的目光看着自己的女儿和女儿的父亲对话，内心一片宁静和安详。

　　医院里冷冰冰的气氛也像被什么融化了。

　　等林景颜吃完了，林然才站起身，说："我送你们回去吧。"

　　回家的路不短，后座上，林籽安歪倒在林景颜身上，很快就靠着妈妈的腿睡着了。

　　车里寂静，只剩下平缓的呼吸声。

　　"今晚实在是麻烦你了。"她轻声开口。

　　等了一会儿，才听到林然的回答："……如果你不说这句话，我可能会更高兴。"语气淡淡。

　　她是真的想表达感谢，但有些话说出口，却不由自主见外起来。

　　又过了一会儿，她又听到了林然的声音："不过你能记得叫我，我很高兴。"

　　林景颜笑笑，对话难以为继。

　　车到楼下，林景颜想把林籽安叫醒，却被林然阻止。

　　他伸出一根手指，在唇间比了一个嘘，随后上半身探进后车厢，轻轻松松把林籽安抄起来。林籽安咂吧了两下嘴，稍微调整一下睡姿，完全没有醒来的迹象。

　　都十一点多了，林景颜也不忍心真的吵醒女儿，就拿门卡领着林然一路上楼。

把林籽安小心地安置在她自己的床上，又给她盖好被子，林然才同林景颜一起退出去。

林然似乎这时才开始打量这间房子，布置有很重的文艺气息和林景颜的风格，却唯独没有男人的痕迹，进门换拖鞋的时候，也是拿了一双林景颜自己的。

林景颜有些尴尬，虽然是已经被戳破了的谎言，但还是……

林然收回视线，把装药的袋子递给林景颜："药膏每天给安安涂两次，不要忘了。"

"不会忘的。"

林景颜本心是想送客的，只是不知该怎么开口说。

林然踱了两步，忽然若无其事地开口："还有件事。"

"什么？"

"我觉得你家需要一个男主人。"

林景颜愣了一下："……什么意思？"

"只有单身女人和孩子住在这里很危险，而且你总需要人帮忙拎重物，做体力活，最重要的是……"他顿了顿，继续用平静建议的口气说，"安安也需要一个父亲。"

过于义正词严的口吻让林景颜不太敢确定林然的意思。

"你……"

"所以要不要考虑看看和我复合？"

"啊……"林景颜"啊"了一声，对上林然的目光。

沉静，深邃，而分辨不清其中的情绪。

林景颜的心却有一点儿往下沉。

无法否认，在听见林然建议的那一刻，她有动心。

随后，冷静下来，觉得林然根本是在异想天开，这并不是两个人的事情，说复合就复合……更何况，林然实在太过平静，平静到让她不确定，他想和她复合是因为爱她，还是因为看到安安觉得自己应该承担责任。

她打了一个呵欠，说："我有点儿困，想先休息了，这件事以后再说吧。"

林然回答："好，那我先告辞了，一星期，我等你的答复。"

等林然离开，林景颜才坐在椅子上发了一会儿呆。

回自己房间，她随手打开床头柜，最角落的地方摆放着一个小小的戒指盒，里面有一枚相当朴素的戒指，林然当年送给她的求婚戒指。

早该扔掉了，却终究舍不得，一直带在身边。

药膏的效果很明显，才过了几天林籽安皮肤上那呈蔓延趋势的红斑点就被遏制住了，林景颜也算放下了心，再继续用，消下去也只是时间问题。

林然一直没联系她，她才从报纸上看到林然出差的消息，为期一周的商业会议，林然西装领带在像素不高的照片里依然挺拔而显眼。

一周后，林然回来了。

还没到下午，就收到林然问她晚上有没有时间的短信。

晚上，林景颜下去时，林然正在车里看文件。

听见声音，他随手把文件放到一边，眼睛里有些风尘仆仆的疲倦，不过并不明显。

"安安的症状怎么样了？"

"好多了。"

"那就好。一周不见，你有想……"他顿了顿，改口，"你想好了吗，我的建议？"

"……我以为你是在开玩笑。"

他回答得很快："那现在你知道我不是在开玩笑了。"

林景颜滞了一下，道："还是算了，我们不是适合的对象。不过我会找个机会告诉安安你是她亲生父亲，什么时候你想来看她都可以，我想她应该会很高兴。"

"拒绝的理由呢？你要知道我们现在还是法律上的夫妻，你不会以为你单方面把结婚证撕毁了，我们就算离婚了吧？"

林景颜呆了一下，有些艰难地说："我知道，所以如果你有时间的话，我们可以去把离婚协议书签了。"

林然深深地看着林景颜，过了很久，说道："如果是因为过去的问题，你不用担心。"

林然从车前柜里取出了一份文件递给林景颜："你可以看看。"

那是一份合同。

条目详尽，林景颜粗略地翻了一翻，这是一份干脆利落的合同，除了搬到一起住，在安安面前做一对好父母，他们没有任何其他的义务，婚姻关系可以不对外公开，可以不办婚礼……简直和当年林景颜让林然签的那份合同有异曲同工之处。

合同的最后是一份声明书，林深签署的。

他表示此生不会再干涉林然的婚姻与恋爱问题，一切均由林然自己决定，他将不会提出任何异议。

林景颜又翻回去从头到尾认真地看了一遍，才知道这一次的林然是有备而来，和当年为了寻求安全感鲁莽地求婚不一样，这次是动真格的，他把所有的障碍和顾虑都排除，只留给她一个选择。

"这是……你什么时候准备的？"

"有一段时间了。"林然淡淡道，"就算上次没有去你家我也会提出这件事……安安毕竟是我的女儿。"

林然平静地说完，便揉着眉心等待着林景颜的回答。

就着车顶的灯光，林景颜仔仔细细地把合同又逐字逐句看了一遍，时间一分一秒过，车内安静得只能听见翻阅纸页的声音。

"你父亲……"

这个话题让对话冷场了几秒。

"我已经搬出来住了，你不会有机会见到他的。"一字一顿。

林景颜深吸了一口气："我现在没办法答复你。"

"你可以带回去慢慢看，我不急。"

林然忽然抱住林景颜，林景颜一惊，却发现对方只是合眸靠在她身上，耳畔是压低了的声音："让我抱一会儿。"

她含糊应了一声，周身萦绕着林然的气息，稍稍低下头就能看见他浓密的睫毛轻轻颤动，眼睑下因为睡眠不足而泛着淡淡青色。

林景颜将合同放到一边，静静坐着，只觉得时间仿佛也停滞。

就在这时，突然响起了手机铃声。

林然放开她，接通电话。

"嗯，什么事……好的，我知道了。"像是被猝然惊醒，他的声音恢复到往常一样的温和无波，又说了两句，他挂断电话，对林景颜说，"那我先回去了——等你的答复。"

温情也只是转瞬即逝。

"安安，妈妈问你点儿事。"

"妈妈什么事呀？"正在啃鸡腿的林籽安转过头，黑白分明的眸子纯真无邪地望着林景颜。

"你……喜欢那个林然哥哥吗？"

"喜欢呀！"回答脱口而出，几乎是毫不犹豫。

林景颜忍不住扬起嘴角，半晌才又开口："你上次问妈妈，哥哥是不是要搬过来，如果他……真的搬过来呢？"

林籽安一愣，手里的鸡腿都忘记啃了，呆呆地看着林景颜道："哥哥真的要住过来吗？真的吗？真的吗？"

"如果安安希望的话……"

"希望呀！希望呀！可是……"林籽安又有点儿犹豫，"妈妈会不会不开心……"

林景颜笑："我为什么会不开心？"

"妈妈好像不是很喜欢哥哥……"

这真是最大的一个误会。

如果她不喜欢林然，就根本不会有林籽安。

林景颜轻轻摇头："妈妈没有不喜欢哥哥，不过……如果真的要林然哥哥来的话，你以后就不能叫他哥哥了。"那辈分未免也太乱。

"那叫什么呀？"林籽安眨着眼睛问。

林景颜顿了顿，在思考要不要让林籽安先叫叔叔过渡一下……

"那……我可以叫他爸爸吗？"

"啊？"林景颜一震。

林籽安低头："不行吗？"

"不、不，当然不是。"林景颜努力摆脱自己的惊讶之情，几乎是心口剧烈跳动地问她，"你……为什么会想叫他爸爸呢？"

"我……我说实话妈妈你可不可以不生气吗？"

"我不会生气的。"

林籽安又偷偷瞄了林景颜，发现她真的没有不高兴，才犹豫又有些兴奋地说："班里的娜娜她们一直炫耀自己的爸爸有多好，我都不敢说话……要我有林然哥哥这样的爸爸，就可以跟她们一起说话了……"

林景颜摸了摸林籽安的头，心口却隐隐在疼。

她一直希望她能无忧无虑健康快乐的像个小公主一样长大。

尽管她愿意把一切美好的东西都给女儿，也确信自己有独立抚养她的能力，但单亲家庭某些方面到底还是会有缺失，她没有办法给她一个完整而和睦的家庭……

在成长的过程中，她会缺少那非常重要的一份父爱。

这是不公平的。

更何况，林然并不是不爱她。

"安安，你会有爸爸的。"她蹲下身，把女儿拥进怀里，"妈妈爱你。"

林籽安不明所以，但还是亲昵地在妈妈的怀里蹭了蹭，回道："妈妈，安安也爱你。"

给林然打去电话，好一会儿才接通，是个陌生的声音。

"您好，我是林总的助理，林总现在还在开会，不知道您……"

林景颜愣了一下，又有些失笑，对着话筒说："没关系，那我一会儿再打过来。"

那边的人却有些急："请问您有什么事情呢，我可以帮您转告林总……这是林总的私人电话，他嘱咐过我，如果这部电话响了，一定要告诉他。"

"嗯，那就麻烦等他开完会替我转告他，他给我的合同我还有些事情要确认。"

"好的，没问题。"助理先生似乎松了口气，"请问您怎么称呼？"

林景颜疑惑："来电显示上没有备注吗？我也姓林。"

"林小姐，抱歉，备注上并不是名字，所以我也并不清楚……"助理先生显得有些为难。

林景颜微笑："不方便说也没关系，我只是随便问问。"

晚饭后，林然给林景颜回了电话。

林景颜直截了当地说："我都确认过了，没有什么大问题，最重要的只有一点……你父亲是真的不管了吗？说句实话，即使有那份声明，我也并不相信他。"

林深实在当得上她见过的最无耻的人。

不过是一纸合约而已，他大可以装作自己不管，暗地里下绊子，就像他曾经做过的那样。

"我确定。"林然回答，"如果你实在不放心的话，我可以带你见他……"

林景颜一口回绝："不用了。"

林然笑了一声，说："这次他再做什么，我会十倍奉还回去的。"

笑着说的话，林景颜却感觉到了淡淡的寒意。

"那我没问题了。"

林然继续说："我把你隔壁的房子买下来了，过两天上班时间会有人来拆墙和装修，结束了我会搬过去。"

"好。"林景颜犹豫了一会儿，问他，"你晚上……要不要来看安安？我跟安安说了，她很高兴，一直嚷着要见你。"

林然沉吟片刻，说："我今晚还有工作，明晚吧。我会给她带礼物的。"提到安安，林然的语气也仿佛温柔了几分。

自重逢以来，她和林然之间那种客气疏离的氛围一直都在，甚至并没有因为身体的关系而变得亲密。

彼此都像是有所保留，而她无能为力。

第二天晚上，林然果然来了，还给林籽安带了一整箱的玩具。

林籽安本来就喜欢林然，看到玩具之后更是彻底投诚，拉着林然一个个研究玩具怎么玩，像在献宝一样，脸上的笑容一直就没断过。

最后，林然要走的时候，她才小心地问："哥哥……你要跟我们一起住吗？"

林然微笑："是的。"

"那……"她偷偷看林景颜，咽了口唾沫，才说，"我可以叫你爸爸吗？"

话音落下的瞬间，林景颜看见林然的眸子突然睁大，迅速弯下腰握住林籽安的小手，眼睛里的温柔如水一样漫溢出来："我很高兴听到你这么叫我。"声音在轻微地发战。

"爸爸。"

"嗯。"

"爸爸。"

"嗯。"

像两个傻瓜。

林景颜站在一边看着，眼眶慢慢有些泛红，她和林然的关系怎么样，其实一点儿也不重要。

工人的动作很快，没几天墙面就被凿出一扇门，对面是个已经装修得差不多的样板房，家具电器一应俱全，空间看起来比她这边还要大。

林籽安好奇地看着那扇门："以后林……爸爸就住在那边了吗？"

"是啊。"林景颜笑着说。

林籽安欢呼了一声，又问："妈妈妈妈，那安安到时候可以过去玩吗？"

"当然可以。"

小短腿在客厅里转来转去，激动得安分不下来。

林景颜看着林籽安，也仿佛多了几分期待。

"新作如何了？"商周的语气很轻快。

林景颜看着眼前画板上纷乱的颜色，轻叹了口气："不是很满意，可能要重新画。"下笔的时候在心里描摹出了大概，画出来时却总有种力不从心，大约是瓶颈，也与心情有关。

她画得最快的时候还是留学期间在画室的时候，心无旁骛，构思也好细节也好，能微妙地捕捉到灵感，不眠不休待在画室里一整天也不觉得疲倦，每天大脑内运转的除了结构就是色彩，偶尔外出也是去画展或是图书馆，因而出画的产量也很惊人。

教授的要求是每个月上交一次自己完成度最高的作品，比起其他人觉得时间太紧，林景颜愁的反而是交哪幅才好。

她以为这个状态回来也可以一直保持，可惜从再次和林然重逢起，心绪就已经被打乱了，无论她怎么补救，画作里都充斥着一股支离破碎感。

"别把自己逼得太紧。"商周笑了笑，"我不急，你也别急。对了，我知道月底有个晚宴，是开在温泉度假中心的，你要是有兴趣正好可以去放松一下。"

"妈妈……"

挂断电话，林景颜就看见林籽安探了个头进来。

"怎么了？"

"林……爸爸回来了，他带了很多草莓回来，我想问你吃不吃？"

看见林籽安嘴角沾着的红色汁液，林景颜微笑着问她："草莓好吃吗？"

"好吃，特别甜！"

说着林籽安把小手一伸，小小的掌心里捧着一颗又红又可爱的大草莓。

她走过去，就着林籽安的手把那颗草莓吃下去，酸甜可口，汁水丰润，迅速便在口腔里化开，滋润了喉腔。她眯起眼睛刚想说话，就看见林然站在林籽安的身后，淡淡地朝她望来。

"这里还有很多。"他说。

林籽安已经很习惯并很勤快地往林然那边跑，林景颜却反而很少去。

或许是因为家具和个人用品并不多，林然那边的房子洁净而冷清，和他们房子接通的部分是客厅，可以站在门口一眼尽收，大客厅，敞开式的厨房，餐桌，小阳台，还有个书房，楼下应该是卧室，不过林景颜并没有去过。

说来也许有些好笑，林然搬过来之前，他们时常欢爱到天明，林然搬过来之后，他们反而一次也没有亲热过，就好像真的只是为了孩子。

林然晚上有时候回来得早，有时候回来得迟。

早的时候林然便会陪着林籽安，一起玩玩具或者坐在沙发上给她讲故事，一直哄她到睡着。

林景颜去客厅倒水的时候，就靠在门边透过门缝能隐约听见林然的声音，清澈温柔一如既往，诉说着童话抑或是寓言故事，嗓音悦耳得令人沉醉。

林籽安坐在他身边，晃着两条小腿，眼睛一眨不眨，听得特别认真。

林然故事说完一段，会低头看林籽安的表情，唇畔尽是宠溺而娇惯的微笑，那是连大象都能溺死的温柔。

她记得那些温柔，过去他们在一起时，林然也会露出这样的表情，只是现在对着她，大多数时候，他都是淡定而冷静的。

说到底，如果不是安安，他们也根本不会复合。

也许现在，已经是两个陌路人。

这么一想，心底竟还隐隐有些高兴。

"如果觉得草莓好吃的话，那我下次再带点儿回来。"林然递给林景颜一张餐巾纸。

"谢谢。"她接过，擦了擦嘴角的红痕。

"用不着这么客气。"林然问林籽安，"还有什么想吃的吗？"

林籽安眨巴眨巴眼睛："什么都可以吗？"

林然微笑着点头。

林籽安噔噔噔噔跑去房间里拿了一个平板电脑出来，手指点点找到一个做菜的视频："我……我想吃这个，这个看起来好好吃啊。"说着，林籽安又咽了一下口水。

林景颜一看，发现那是个美食节目，不知道林籽安怎么翻到这个视频的，不过光看材料就觉得做起来很麻烦，虽然林然以前的确是做过菜，但他现在都已经四年没碰过厨具……更何况现在的林然也不是过去那个有大把闲时间的学生了。

"安安乖，要不然……"林景颜纠结了一下，"妈妈做给你吃怎么样？"

林籽安的头立刻迅速摇了起来。

林景颜："……"

林然轻笑一声："周末有时间就给你做。"

林景颜愣了一下，转头问："你……不是很久没下厨了？"

"嗯，不过安安想吃，我可以试试。"对女儿，他依然温柔得好似没有原则。

林景颜心里有些复杂，但还是笑着说："安安，你就这么放心他吗？

万一他做得不好吃呢？"

林籽安似乎根本没想过这个问题，低头思索了一会儿，小声说："反正，怎么都应该比妈妈做的好吃。"

林景颜大窘，林然在一边笑了起来。

周末，林然那个完全没有烟火气息的厨房里就放满了工具和食材。

林然刚准备动手，林籽安小跑过来递了个东西给林然："爸爸，给你！"

林然接过一看，是林景颜的小碎花围裙。

林景颜怕林然为难，想去拿回围裙，谁料林然倒是毫不在意地套上了脖子，转头对林籽安说："帮我把后面的带子系上吧。"

"好嘞！"两只小手举得高高的，替林然系好了围裙。

非常粉嫩的一条围裙，穿在林然身上给他身上纤尘不染的清冷气质无形中增添了几分居家的暖意。

林然一边看视频一边切菜，处理食材，如同当年在她那个蜗居的小房间里一样，每一个画面都在林景颜的记忆里清晰浮现出来。

四年的时间在他身上仿佛一瞬。

他低下头的侧脸还是弧度完美，要说区别大概只有五官更加深邃。

林籽安在一边好奇地看来看去，林然微笑着跟她解释自己在做哪个步骤。

"切菜吗？其实妈妈也会切菜的！妈妈就是……煮得不太好……"林籽安脑子转了转，跑过来拉过站在一边的林景颜，"妈妈妈妈，要不你也来帮爸爸一起做。"

林景颜一怔，推托道："你都这么不放心我了，就不怕我给你爸爸添乱？"

林籽安拍胸口说："这点我还是相信妈妈你能做好的。"

林景颜："……我能把这当成夸奖吗？"

"当然啦！"

她还想再推托，那边林然却已经把没切过的洋葱和圆白菜递给她，温声道："那就拜托你了。"

并排和林然站在流理台前，林景颜慢慢地切着洋葱。

林然在处理肉。

洋葱的味道实在呛人，她的眼眶很快开始有些红。

耳畔林然依然在耐心地给林籽安讲解流程。

一刀一刀，缓慢地，像是剁在心脏上，苦辣酸甜，五味杂陈。

"……妈妈你怎么啦？"

林景颜笑笑："洋葱的味道实在是太呛人了，切成这样就差不多了吧。妈妈想起还有点儿事，先回一下房间。"

林然做完，刚好到了饭点。

摆在桌上的菜和视频里几乎一模一样，色泽诱人，香味扑鼻，光是看就让人口舌生津，林然用刀在中间切了一下，香气再度四溢，勾芡过的汤汁散发着不可抵挡的醇厚滋味……

他在这方面真的是很有天赋。

林籽安迫不及待就用勺子舀了一点放进嘴里："呜呜呜呜好吃！爸爸你做菜太好吃了！"小女孩儿才吃了一口，就感动得热泪盈眶。

林然轻笑："喜欢就多吃点儿。"

破天荒地，林籽安整整吃了两碗饭，捂着小肚皮躺在沙发上，脸上洋溢着幸福的微笑，洗完澡，没一会儿就睡着了，睡觉的时候还在吧唧着嘴，嘟囔着好吃。

林景颜戳了戳女儿婴儿肥的小脸，也笑了起来。

她想回去帮林然一起收拾碗筷，却发现林然已经收拾完了，长身玉立站在桌边，正拿着毛巾慢条斯理地擦拭手指。

"今晚实在麻烦你了。"

林然转过头看她，眼神淡淡："安安也是我的女儿，没什么好麻烦的。"

"菜很好吃。"

林然笑："你又不是第一次吃？"

林景颜抿了抿唇："下次，我来刷碗收拾东西吧。"

"不用这么客气，你不是还帮我打了下手？"

"那点儿怎么能算……"

话音未落，林然突然走向她，擦拭干净的手握住了她的手。

她的手在轻颤。

他低头，视线从手慢慢移向脸，叹了口气说："和我生活在一起，令你觉得不习惯吗？"

"当然不是。"林景颜下意识反驳，但出口了又觉得自己这个回答实在不够诚实，转而道，"你才刚来，什么都需要时间适应，你……不用在意我，安安很喜欢你……这点就够了。"

林然的眼睛就对着她的眼睛，深沉而浓黑。

"你错了。"他说，"一对貌合神离的夫妻并不能带来一个美满的家庭。"

他执起她的手，在指尖轻吻了一下，说："今晚睡在我房间吧。"

酥麻的感觉自手指蔓延至心尖，像绽开了一朵花。

林景颜一惊，稍退了一步，说："好啊。"声音是刻意的平静。

等回到了自己的房间，她才意识到在刚刚那瞬间自己心跳得有多快。

即使是现在，林然身上那股矜贵的气息从未消退，他垂眸亲吻指尖的动作，能让任何一个女人觉得自己是被珍视着的公主。

深呼吸。

冷静下来。

洗完澡，林景颜在浴室把头发吹得半干，才穿着拖鞋抱着枕头被子下去。

楼梯声咯吱，下面是和楼上一样简约非常的装潢，灯光微明，林景颜又深吸一口气，驱散多余的紧张，让自己看起来自然一些，才迈步进去。

林然坐在床边的沙发上，膝盖摆着电脑，修长十指在键盘上敲击。

落地灯散发着幽幽的光，映亮他的侧脸。

他抬起眼看了看林景颜，随即又收回了视线，仿佛多一个人并没有什么区别。

这种态度让林景颜觉得轻松了一点儿，她把被子丢上床，重新铺好，床榻上另一床被子正方正地放在那里。

"你准备什么时候睡？"

空气里的声响停滞了一会儿，才听见林然低下来的声音："你先睡吧。"

"好。"林景颜应声点头，把扎起来的长发散开，躺了进去。

她不确定林然这时候是否还真的喜欢她。

她能感觉到林然的不甘心，和林然对林籽安的喜爱，却无法从他们之间冷淡的对白里窥探出林然的感情。

热恋的时候，他恨不得把自己炙热的感情挂在嘴边，视线胶在她身上，双眸里蓄满了温柔与缠绵，而现在，除了在床上，其他时候他总是克制而有礼的。

当然，这是她活该。

当年一走了之，重逢后又一次次欺骗他，甚至连女儿的事情也不愿意让他知道……关系变得这么冷淡也并不奇怪。

如果不是为了安安，林然恐怕也根本不会提出复合这个建议。

如今作茧自缚，也不知道是好是坏。

但总归已经走到了这一步。

林景颜闭上眼睛。

枕头边上还有淡淡属于林然的气息，清新的薄荷味，在鼻端萦绕，是能够令她安心下来的气息。

困意来袭，不知不觉，她便睡着了。

电脑屏幕上敲击的尽是凌乱的字句。

林然的视线过了很久，才缓缓移向床榻。

从她进来的那一刻起，他就一个字也看不进去。

站起身，活动着僵硬的手脚，林然走到床边，轻手轻脚替林景颜把凌乱的长发理好。

她已熟睡，丝毫察觉不到他的动作，轻柔而小心。

四年来所有的噩梦与美梦都如这般。

梦见，又清醒。

循环往复，空无一人的偌大房间里，也还是只有他一个人。

他到过林景颜的学校，漂洋过海，异国的城市，陌生的建筑。

林然循着地址沿路找过去，在教学楼下的林荫里，看到林景颜抱着书从台阶上一步步走下来，不施粉黛，看起来轻松自在。

于是，他对自己说，没有他，她分明活得更开心。

如果不是他缠着她步步紧逼，非要谈一场并不适合的恋爱，她会过得更好。

他默默转身离开，只当从未来过。

也从未见过她。

自欺欺人了这么久，最终仍旧是输给了自己的心。

有多想她，连自己都不知道。

天知道他有多感激林籽安的存在，能让林景颜答应一场在他看来宛若梦境的婚姻。

她或许只是为了给林籽安一个完整的家才这么做。

不过这并不重要。

林然在林景颜的额头上轻轻吻了一下，关上了灯。

从一个人睡到两个人一起睡并没有带来什么太大的改变，最大的不同或许是每天早上林景颜睡眼蒙胧地醒来，却发现桌上已经摆好了早饭。

她起得迟，林然则从不赖床。

叼着面包催促林籽安起床时，林景颜忽然想起当初林然为了督促她晨跑，每天早上起大早来找她，想尽一切办法逼她锻炼身体，而她则想尽一切办法偷懒耍赖，甚至不惜朝着林然撒娇……

"我出门了。"

"嗯，路上小心。"

客客气气的对白。

目送着林然离开，林景颜话到嘴边隐隐有几分怅然。

等把林籽安也送去幼儿园，林景颜刚想重新构思画的时候，却发现林然的手机落在了桌上，真是难得，林然也有丢三落四的时候。

"您好，请问您有预约吗？"

"呃……没有，我只是来给他送东西。"

"抱歉，没有预约我不能让你上去。"对方一脸公式的微笑，"林总现在正在忙。"

林景颜摆摆手，说："没关系，那我等他不忙的时候吧。"

她现在也没什么事，正好边等林然边想新画的构思。

"这个……我也不知道林总什么时候不忙，要不然您改日再来？"

对方逐客令的意思已经很明显。

换作过去的林景颜大概会毫不客气地争锋相对，不过有了安安之后她整个人的脾气都平和许多，看对方是真的不想让她见林然，她只好笑笑，说："好吧，我知道了。"

她转身刚想走，却突然听见一个声音。

"哎哎哎，你……是不是然……林总的姐姐？"

林景颜一愣，转头看到一个西装革履的小青年一脸惊喜地看着她。

"请问你是……"

"我叫李朝言，以前是然少的室友，姐姐我们见过啊，你不记得了？"

林景颜这才勉强从记忆里拽出一点儿模糊的影子。

"嗯……你好你好。"

"李经理，你说她是……抱歉抱歉，我这就去通知林总。"方才还客套疏离的前台立刻换了表情，还对林景颜解释，"林总的粉丝太多，总有小姑娘隔三岔五找借口想见林总，我以为……所以我才……"

"不用了不用了，我直接带她上去就好了。"

李朝言领着林景颜就上了电梯，同时嘴上也开始滔滔不绝。

电梯上个十几层楼的工夫，林景颜已经得知李朝言阴错阳差进了林然家的公司，发现顶头老板是自己大学室友时，震惊万分之后开始继续积极抱大腿的全过程……

这个样子倒是唤醒了林景颜的记忆，当年林然似乎真的有个特别八卦的室友，一脸认真地对她说林然单恋的事情，听得她当时一颗心扑通扑通地乱跳。

出了电梯，李朝言还一路给林景颜介绍每一层是什么部门什么部门，同时嘴上还不吃闲地跟迎面撞见的人打招呼。

"我是陪人来的，这是林总的姐姐……"

"啊啊，我知道我知道，下次一定啦……"

终于走到林然的办公室前。

李朝言先敲了敲门外一个人的桌子，说："张特助，林总在里面不？这位是林总的姐姐，来给他送东西的。"

"林总的姐姐？"那位张特助也是一愣，目光移向林景颜，"稍等，我这就去问一下。"

他接通内线电话，不到两分钟，林然穿着笔挺的西装推门而出。

"什么事？"

林景颜莫名有一丝紧张，她取出口袋里的手机说："你忘记带了。"

林然走到林景颜面前，低头看了一眼手机，接过它，说："谢谢，特地给我送……中午要不要一起吃个饭？"

那位张特助忍不住插嘴："可是林总，今天中午……"

"改个时间，移到晚上。"

"是。"

林景颜忙道："不用了，我马上就回去了。你忙你的，不用改时间。"

林然定定看了她一会儿，说："那也行，晚上再一起吃吧。安安昨晚说想吃排骨。"

林景颜的头立刻大起来："你别老惯着她，不吃蔬菜怎么行，排骨之类的肉还是少吃点儿。"

林然笑了笑，说："好。"

张特助和李朝言都用很奇特的表情听着两人的对话。

林景颜才发觉刚才的对白似乎过于亲昵，正准备解释，就听见林然率先开口，语调平静道："忘记说了，我有个女儿叫安安，这位是安安的母亲。"

李朝言吓得快连话都不会讲："林、林……林总夫人好。我……我刚才认错了，我还以为你是……"

这个称谓让林景颜也愣了一会儿。

她转头去看林然。

林然仍是一脸淡定，仿佛丝毫没察觉到刚才自己说的话有多劲爆，嘴角却不经意地挤出一抹苦笑。

林景颜或许会生气，他打着擦边球违背了约定。

下一刻，他却看见林景颜笑了起来，说："你没认错，不过我和林然并没有血缘关系，所以用不着震惊。"

大八卦，爆炸性的大八卦。

林总居然已婚，连孩子都有了，而且还是姐弟恋……作为仅有的两个知情人，李朝言和张特助都感觉到了无比巨大的压力与震惊。

尤其是李朝言，午休时，他就忍不住凑到张特助边上，旁敲侧击地问："话说你一天跟林总待这么多时间，平时就没有……感觉到什么吗？虽然之前你说林总没个交往对象这件事我怎么也不信……"

张特助摇头，半晌又顿了顿："不过前段时间我倒是接到过林总的一个私人电话，声音有点儿像……但号码的备注并不是妻子或老婆……"

"那备注的是什么啊？"

晚上，林然还是做了排骨，安安吃得一脸满足，林景颜顺势夹了一大筷子菜心放进林籽安的碗里。林籽安皱眉，水汪汪的大眼睛求助似的看向林然，林然笑着帮林籽安夹走一半菜心，林籽安立刻眉开眼笑。

小姑娘机灵得很，已经知道向谁撒娇才真的有用。

林景颜叹气，瞪林然。

林然笑："她不爱吃，是因为我做得不好吃，下次我把素菜再做得好吃一点儿。"

根本宠溺得毫无原则。

没想，林籽安立刻不服气地说："爸爸做得很好吃！只是安安不喜欢吃而已……爸爸别难过。"

林然笑得更温柔："谢谢安安，那安安下次想吃什么？"

"唔，安安什么都可以啊，妈妈上次说……"

父女俩唱双簧一样迅速地就把话题风向转了。

一时之间，林景颜都不知道该先怪谁。

照顾安安上床睡觉后，林然脸上幸福温柔的笑容慢慢退去。

"谢谢。"

"什么？"

林然解释："谢谢你来给我送手机。"

林景颜反应过来，失笑："这点儿小事有什么好特地说谢谢的。"

"白天……"

"嗯？"

她等待着林然的下文，他却迟迟没开口。

林景颜忆起白天，突然领悟："你的下属，他们知道……不会给你带来困扰吧？"

前台这么排斥来找林然的女人，想来也是不胜其扰。

"困扰？"

"万一传出去……"林然的私生活很难不遭到窥视，尤其是他们的关系，恐怕很难不被人非议，对林然只怕影响不好。

林然垂眸沉吟了一会儿，说："如果你介意的话，我会注意让他们不要乱说的。"

他的声音沉下来，和在安安面前时的轻快不同。

林景颜隐隐有些难过，却并不想表现出来，她把声音提高了一些，笑着说："你觉得没问题就好。我去洗个澡，准备睡觉。"

温热的水从后颈缓缓流淌下来，冲刷掉疲倦的同时，也能冲刷掉淡淡的烦恼。

她穿好睡衣从浴室出来时，已经把这件事忘到了脑后。

然而，刚一出来，林景颜就被人从背后抱住，她一僵，在感受到熟悉的气息后，身体放松下来，手覆盖住林然揽着她腰的手，转过身，唇自然而然地贴上两片同样温热柔软的唇瓣。

吻漫长而煽情，如同他们过去的每一个吻一样令人心悸。

她看见林然眼睫垂下时投落的浅浅阴影，欲望的喘息声像是挠在心尖的羽毛，撩动心弦。

成年人有生理需求再正常不过。

只是……身体的距离越是近，心的距离便越是遥远。

曾经亲昵的岁月，那个温柔腼腆的林然已经消失在记忆深处。

月末。

许如琪说想安安了，正巧放假，林景颜便把林籽安送去给外婆带两天。

安安不在，她和林然之间失去磨合的缓冲带，除了客气却也不知如何相处。

一天下来，连话都没能说上几句。

"晚上我是睡这儿还是回去睡？"她铺着床问，安安不在，他们也没必要再假装感情好。

"为什么？"他依然在工作，抬头片刻，说，"不用。我也一会儿就睡，不会打扰到你。"

她点头，对话戛然而止。

坐在床榻上，她望了望林然，想说点儿什么缓和气氛，但林然的眼睛一瞬不瞬停留在屏幕上，让她觉得此刻开口无非是打扰他工作，犹豫了一会儿，她只好说："安安是真的很喜欢你，这段时间你也辛苦了。"

"嗯……"林然的手停下了动作，说，"没什么好辛苦的，陪她做这些事我很开心。"

"当年我没料错，你真的是个好父亲。"

林然轻笑道："你在说什么呢？她是我的女儿，我做这些自然天经地义。"

是啊，天经地义。

林景颜把被子盖上。

他们原本就是为了安安复合的。

清醒意识到这件事，林景颜也就觉得没那么难受。

更何况时间总是过得很快，第二天晚上她还有商周说的晚宴要去赴约。

睡醒后，稍微吃了点儿东西，林景颜就出发。

温泉山庄依山而建，半座山庄都沉浸在缭绕的雾气中，庭院里风景如画，每间房里都还有配备的小温泉池。

林景颜泡在温泉里，蒸到大脑都有些发晕，才在客房里换了衣服出来。

一身抹胸式裙摆斜开的深蓝色晚礼服，外面搭了一件薄针织披肩，林景颜还化了点儿淡妆，不算出挑，但也不会出错。

出来的时候，商周已绅士地等在外面："有家画廊的老板对你的画感兴趣，晚上正好可以稍微跟他谈谈。"

那位画廊老板主业是个商人，画作收藏只是个人兴趣，出价干脆，为人也豪爽。

相谈甚欢，对方有些好奇地问："冒昧问一句，商先生和林小姐是夫妻关系吗？"

"您误会了。"林景颜忙解释，"实在要说，他应该算是我老板吧。"

对方抱歉地笑："啊，那还真是抱歉了，我只是看两位很有默契，站在一起也很登对，所以才擅自猜测。"

商周也跟着笑起来："我们倒还真是相亲认识的，只可惜景颜没有看上我。"说着，他还做了个夸张的遗憾动作，"我可是对景颜一见钟情呢。"

这话商周经常拿来做笑谈，不过谁也没有当真。

他和林亦桑是忘年交，自从知道林景颜的事情之后，就只把她当妹妹照顾。

"少喝点儿。"

宴会上提供的鸡尾酒实在品质上乘，林景颜不自觉就多喝了几口："没事，你是不知道我的酒量，我当年……"

"你也说是当年了，现在做妈的人也该稳重点儿。"商周随手摘掉林景颜手里的酒杯，"等会儿该见的人都见完，我就先送你回去吧。"

"麻烦你了。"

商周笑："我的佣金可不是白收的，你先在这儿等一会儿，我去打个招呼。"

林景颜从来也不是听劝的性格，鸡尾酒又混着喝了几杯，就已有了几分晕。

视野晃了晃，酒杯第二次被人夺走。

林景颜有些不满："商周，我又不开车，喝点儿酒真的没问题。"

回答她的是个温和里透着冷淡的声音："你已经喝多了。还有，我不是商周。"

这声音实在让林景颜觉得不妙，她一个激灵，清醒了："林然？你怎么在这儿？"

"我为什么不能在这儿？"

入眼果不其然是林然的脸，清俊雅致，表情却淡淡的。

林景颜看着林然，一时失语，心虚莫名。

商周也恰好回来，一脸不明地看着两人："景颜，这位是……"毕竟还是有辨识度的脸，"林先生好。"

林然转过视线，不咸不淡地看了他一眼："商先生，幸会。"

商周却从那一眼里读出了不少含义，他是个聪明人，从上次就知道林景颜和林然的感情匪浅，这种时候明哲保身最重要，但出于人道主义，他还是再问了一下林景颜："景颜，待会儿你是打算让我送你回去，还是林先生送你回去？"

林景颜毫不犹豫地道："你先去忙吧，不用管我了。"

商周嘴角浮出一抹笑意，露出个仿佛被抛弃的表情："好吧，那我先撤了。"

他好似都能听见身边林然咬牙像要将他碾碎的声音。

商周一离开，林然也紧跟着朝外走。

　　他什么也没说，林景颜却不由自主地跟了上去，两人一直走到门外，夜风吹得林景颜打了一个喷嚏，林然停下了脚步。

　　"你们关系很好？"

　　"……"理智告诉林景颜最好不要回答林然的问题。

　　林然转头看着林景颜，语气死水一样漠然："你现在名义上的丈夫是我。你可以不把这件事情公布出来，但……"

　　在发现他们到他走过来的这短短几分钟时间里，他快要被独占欲逼疯了。

　　林景颜愣了愣，小声问："你在……吃醋吗？"

　　林然："……"

　　林景颜有些不敢确信，刚想再问几句的时候，手腕被猛地攥住，林然的力气大得吓人，声音低了好几个调："你真的……没看出来，我快嫉妒得发疯了吗？"

第十三章

这一生，总有些人，
适合你用尽全部的生命，去爱。

　　早上的时候，林然就知道林景颜要出门。

　　她趿着拖鞋在二楼走进走出，他上二楼倒水的时候，正看见林景颜在镜子前试礼服，边上放着行李袋。

　　安安才离开的第二天，她就迫不及待想要离开。

　　水接完，下楼时，林然听见林景颜低声说："我晚上可能很迟才回来。"

　　"我知道了。"

　　事实上，这两天仅有的几句对话也是关于安安的。

　　林然并不想这样，他提议林景颜睡在他房间，说到底还是出于想要和林景颜待在一起的私心。

　　而现在，即使单独相处，也没有什么能说的内容。

　　曾经不是这样的。

　　不用刻意去找话题，也能漫无目的地聊起来，生活上的工作上的，网络上看到的笑话或者新闻，都能轻松地变成谈资……就算什么也不说，两个人坐在一起，重复着近似于"晚上吃什么"这类无聊的话题，也能相处得很甜蜜融洽。

　　林然无声叹息。

既然是穿礼服，那么至少是出席晚宴之类，打听到她去哪儿并拿到请柬并不难。

林然到的时候，林景颜还没进场，这是温泉山庄，她泡温泉晚到一会儿也并不稀奇。

然而，一错身的时间，他就看见商周带着林景颜正和人聊着什么。

已经知道商周和林景颜并不是情人关系，也还是觉得这一幕分外刺目。

深蓝礼服很漂亮，沿着腿下去的裙摆曲线像一朵自膝盖绽开的花，和上次黑色鱼尾裙是不一样的风格，她端着酒杯同商周聊天，神情比和他在一起时自然得多。

林然也端起杯酒默默喝着，满杯皆酸。

多亏了这几年的磨砺，让他不会像个愣头青一样冲过去，他甚至还有余裕和身边人温文有礼地寒暄着，不让自己露出分毫破绽。

一旦他过去，林景颜脸上轻松的表情大概也就没有了。

克制，冷静。

他必须拼命压抑把她拉到自己身边的欲望。

林景颜身边的人走空了，她一个人坐到角落品着缤纷的鸡尾酒。

林然的注意力不由自主地飘过去。

一杯、两杯、三杯……就算不用开车，她也喝得太多了一点儿……

四杯、五杯……

"抱歉。"

林然说了声抱歉，从人群中走过去，夺下林景颜的酒杯。

事到如今，林景颜却只是轻描淡写地问他是否吃醋。

不如说，他早就已经嫉妒得受不了了。

对着他一言不发，对着商周却能滔滔不绝地说这么久，就算不是情人，也至少对他有好感吧？

重逢后一直在拒绝他，也是否和商周有关？

理智告诉自己他们如果是一对根本没有自己下手的机会，冲动的大脑却还在做着极端不理智的猜测。

"嫉妒得发疯？"

林景颜愣愣地重复了这几个字，欣喜一闪而过，但林然冷淡的面孔让她很快打消这不切实际的念头，中规中矩地回答："……下次我会减少来这种晚宴的次数，尽量待在家里。"

"我不是这个意思……"

"那是……什么意思？"

林然说不出口，但已经无法再忍耐下去，也无法接受一直这样的相处模式。

最终还是林景颜先开口。

"林然……"夜间反差很大的冷空气让她瑟缩了一下，林然下意识地把西装外套脱下来披在林景颜的肩膀上，林景颜抬头看着林然，"谢谢……我想，我们需要谈一谈。"

"……谈什么？"

"你其实……还是一直在怪罪我吧，我当年的一走了之，背叛了一直还在努力的你。怀孕生下安安也不告诉你，我很抱歉，真的……你讨厌我也是应该的……"

她吸了吸鼻子。

"我也知道你跟我复合是为了安安，她需要一个完整的家庭，这点我很感激你，你这么喜欢她，还这么宠着她……可是，我想你大概不是心甘情愿想要跟我复合，所以才定了那个合约……"她停顿了一下，需要让自己的情绪平复下来，"但这样对我而言，真的有点儿残忍……就算睡在一起，我们也还是貌合神离不是吗？安安现在还小，再大一点儿她应该就会发现不对劲……那么与其如此，我们不如找个机会告诉她实话，到时候我们可以分开，轮换着带她……也不用勉强住在一起。"

"你是……这么想的？"

林景颜把憋在心里的话说完，顿时松了一口气，点点头。

她可以忍耐，但终究不是长久之计。

她最初还为了能和林然复合，住到一起而窃喜过，但现在却发现这反而是另一个更沉重的负担。

总是看着林然冷淡疏离的面孔，想起他过去的温柔，心里的难过就会无以复加。

而这番话落进林然的耳中就是另一番意思。

"和我又在一起，对你来说……很残忍？"

良久，林景颜闭上眼睛，点了点头："我或许……已经习惯一个人了。"

一个人，没有期待也就没有失落。

安心做自己的事情，不用被别的人别的事烦扰。

她已经连续好几天画不出一幅像样的画了。

原本泡了温泉喝了酒才放松下来的心情，在见到林然的那一刻又被揪了起来，呼吸也变得艰难。

"我回房间了。"林景颜说，"你住哪个房间，外套我一会儿让服务员给你送过去。"

没等到回答，她只好又问了一遍。

"你……想跟我离婚？"林然的声音涩然。

"不离婚也行。"林景颜犹豫着说，"不过，我只要安安一个孩子就够了……你们家族更希望你能有个儿子作为继承人吧？你父亲也是这么希望的，不离婚你就没法娶……"

"你就这么讨厌我……还是……"他没漏看林景颜在提到他父亲时，突然凝滞下来的声线，"因为林深？"

林景颜一愣，不明白为什么林然突然这么说。

她是讨厌林深，简直恨不得他能赶快死去，但林深是林深，林然是林然……她怎么可能因为林深迁怒林然？

反过来说，她因为对林然爱屋及乌，而不愿意报复林深才是真，反正许如琪现在也走出来了，她本人也不是多么恨林深，林景颜也懒得再去计较。

"……等等，你这是要去哪儿？"

林然的车开得一如既往的平稳，林景颜却不觉得他突然拉着自己上车是要送自己回去。

"一个地方。"

如同白说的答案。

林然看样子是不打算告诉她。

一个多小时后，车停在了一间大型医院外面，这个时间，亮着的灯也已经不太多了。

"什么人病了吗？还是？"

林然领着林景颜下车，轻车熟路地进了一栋装修豪华的建筑，乘电梯到最高层。

顶层的装潢显然比下面的楼层更为用心，而且一整层总共也没有几间。

林然在其中一间外停下了脚步，转头低声对林景颜说："你不用进去，在门外站着就行。"

他推门进去，里面还隐约弥漫着消毒水的味道。

"你怎么来了？"熟悉，但比记忆中虚弱许多的声音。

林深的声音。

林然毫无恭敬地说："有件事要告诉你。我和景颜结婚了，我们有一个女儿，我不打算再和任何人结婚，也没有再生儿子延续香火的打算。"

站在门外的林景颜简直惊呆了，她并不吃惊里面的人是林深，却惊讶于林然这么不留情面而直截了当地宣告。

然而更让她吃惊的还是林深的回答。

林深的反应似乎慢了半拍，过了一会儿才说："哦，你用不着告诉我。"

"公司现在都上了正轨，我不想做了，你自己去找个可靠的职业经理人吧，或者找本家的人来接手我也没意见。"

这次林深停顿得更久："你舍得放手？"

"原本就是你硬塞给我的。"林然的音调里有很明显的嘲弄，"还有，她没有来过，你死心吧？"

"……你走吧，我累了。"

林然出门，随手带上了门。

在门合拢前，林景颜朝里面看了一眼，只能模糊看见林深的模样，苍老颓唐了许多。

"怎么回事？"她问。

林然边走向电梯边回答："那个女……我母亲回来找他是因为缺钱，并不是想要和他和好，骗了他一笔钱之后，她就再次消失了。"

"然后……你父亲就病倒了？"她猜测，但还是觉得荒谬。

林深这样的人，竟然也会因为被女人背叛而怒极攻心到住院的地步……

　　林然点头："我看他可怜帮他照管一段时间公司，作为交换，他答应不再干涉我的私人生活。"

　　一时林景颜竟不知该作何反应。

　　该高兴吗？

　　却又高兴不起来，只能说因果报应。

　　"不要离婚，好不好？"林然突兀地开口，"你不喜欢，我们可以不在一起睡。我会尽量把时间错开，让你不用见到我。"

　　林景颜愕然："我不是不喜欢，我只是……"

　　"只是？"

　　"只是觉得你在讨厌我，不是吗？"

　　电梯一层层向下，林然突然笑了，笑意里的苦涩就连林景颜都能清楚感觉到："你走之后我确实怪过你，可比起爱你的心情，根本微不足道到我连想都想不起来。真正因为迁怒而讨厌我的，不是你吗？"

　　"我没有讨厌过你啊……"林景颜不禁反驳，"那平时在家只有我们两个人的时候，你总是冷淡又客气……"

　　"因为你一直在推开我，我觉得你已经对我没有感情了，这个时候死缠烂打只会让你觉得厌恶吧。我找尽借口住到你身边难道只是为了给自己添堵吗？"

　　林景颜的大脑开始混乱起来。

　　"你等等，让我理一下……你对我冷淡的原因，并不是因为你讨厌我？"

　　抬手把即将开启的电梯门关紧，林然深吸一口气，重重吻在了林景颜的唇上，辗转着吮吸了两下唇瓣，松开："是不是不直截了当地告诉你，你就永远不知道我有多爱你？"

　　一直到再度回到家，林景颜都没能回过神。

　　反应迟钝是一点，有些事情就算隐约能感觉到，也因为林然的冷淡反应而不敢确信。嫉妒吃醋并不能代表感情，有时候可能仅仅代表着独占欲。

　　以她现在和林然的关系，如果会错意，就实在太糟糕了。

　　可此时此刻，林景颜什么也不想去，什么也不想去猜测。

　　她沉浸在林然的话里，脑子也像中途烧短路了。

相较起来，林然就冷静得多。

吻完林景颜，他直接牵着林景颜的手上车，一路开回了家，只有在等待红灯时，不自觉牵住林景颜手的动作泄露了他的心情，也并非看起来那么镇静。

察觉今晚的林景颜格外乖，林然停下车后，靠近她的脸颊吻了一下。

林景颜转过脸，张扬美丽的面容露出些许迷茫，像是从发呆中回过神，实在是很可爱，林然忍不住又吻了一下，才牵起她回家。

到家的时间已经很晚。

"你先去洗还是我先？"

林景颜愣了一下，说："我先吧。"

澡洗了很久，林景颜才出来，躺在床上感觉没过多久，林然也从浴室里出来。

平时大概是工作需要，林然的头发都会梳得一丝不苟，有时候还会故意向后梳露出额头，这样能让他那张年轻的脸显得更成熟可靠一些，但现在他穿着棉质的居家服，湿润的黑发擦得凌乱，发梢还一滴滴落着水，看起来和念大学时没什么分别。

林景颜看着他，慢慢坐起来，问："要我帮你吹头发吗？"

林然愣了一下，干脆回答："好。"

吹风机插上电，吹拂起嗡嗡的热风，林景颜梳理头发的动作轻柔得就像爱抚，一根根缓慢穿过林然的黑发，让水分顺着风被蒸干。

气氛宁静而安谧。

林然的发质很好，无论什么时候，摸起来都像丝绸一样柔顺。

洗发露的味道混合着林然身上清新的气息蔓延过来，林景颜很想就这么静止下去。

"我以前……"她犹豫着开口。

"嗯？"

"……好像偶尔也会这么做。"

"嗯，我记得。"这次是含着笑意的。

林然没有吹头发的习惯，洗完头都是任由水顺发梢流淌，性感是性感，但林景颜总担心他会感冒，在一起的那段时间只要有机会她就会顺手帮林然吹干头发，举手小事，后来连回忆都变成奢望。

不后悔，但终究还是有遗憾，有亏欠。

直到把林然的头发吹得干燥清爽，胸口跌宕的情绪让林景颜忍不住趴在林然背上，脸埋进他的肩窝，低声开口："对不起，当年的离开。"

重逢这么久，也没找到机会诚恳地道过一次歉。

怀愧太多，便觉得语言十足苍白，但也不能因此去逃避自己该承受的事情。

"那不是你一个人的错，我也有问题，那段时间我一直在想怎么赚更多的钱，却忽略了更重要的事情。"林然温和的声音沉沉说着，"我很恨我父亲，却不得不承认他的话，那时候的我还不是能负担起一个家的男人。"

林然的声音越是平静，林景颜就越是难过。

"你已经很努力了。"

林然轻轻摇头："让你和我在一起，原本是为了给你幸福，结果却让你越来越痛苦……"

"不是的，和你在一起的那段时间我真的很幸福，哪怕是父母反对我们的事情，我也从来不后悔和你在一起这件事。"手臂收紧，林景颜在林然的肩窝蹭了蹭，"我后悔的只是为什么不能早点儿察觉到你的感情，早点儿在一起。"

再年轻一点，她肯定会更有勇气和林然一起承担这件事。

林然握住了她的手，温度由掌间一直传递过来。

事到如今才发现，之前在纠结的自己有多么愚蠢，与其猜测痛苦，不如老老实实坦率地说出自己的心情。

因为对方可能和你做着相同的事情。

有些事，不说出来，谁也不会知道。

更何况，林景颜在心口轻叹了一声，自己原本就是坦率直接的性格，只能说身在局中，身不由己……爱情果然是会让人变得不像自己的。

"这四年来，只要一闲下来，脑海里就会不自觉地想起你。能回来再见到你，还能在一起，其实我很开心。"林景颜低声说，握住她的手紧了紧，"林然，我们真的在一起好不好？像对正常夫妻那样。"

"好。"

几乎是即刻就收到了回应。

林然的声音如此温柔，和窗前流淌的月光一样，温温和和沁人心脾。

灿烂明媚的大晴天，光线射落在被褥上有种被阳光烘烤过的味道。

一场好眠，一夜无梦。

林景颜大大伸了一个懒腰，头脑还有些迷糊，手却先触碰到了一个温热的物体，随后身体也被卷过去抱住，自然而然地蜷曲在林然的怀里。

对着近在咫尺的林然的脸，林景颜足足愣了三分钟，才回想起昨晚发生的事情。

因为太过美好，她还一度怀疑是梦境。

直到林然颤动着睫羽，睁开双眼，对她道了声："早安。"

她才确信，这是现实。

林然的眸子已经完全温柔下来，是当年她所熟悉的样子。

他们是真的和好了。

她凝视着林然的容颜，觉得一直以来萦绕在心头的愁苦担忧全都消散开，是真的很喜欢他吧，林景颜再次确定。

林然的手顺着林景颜的长发抚摸而下，轻轻触碰到林景颜的脸颊，温柔、深情，又小心。

若有温度的视线让林景颜不自觉地身体温度上升。

想接吻，好想接吻，重逢以来第一次有这么强烈的念头，就算连床都上过不少次，可那不过是身体需求，而现在才真正是感情需求。

她刚想到这里，就发现唇被覆盖住了。

心脏在一瞬间抽紧。

周身全部感官都是属于林然的气息，带着他的温度，有一点儿强势，但更多的是温柔，唇舌交缠，清晰地感受到彼此，紧绷得连脚趾都蜷紧，林景颜觉得自己仿佛要融化了。

闲散的周末，早餐自然是睡过去了，午餐林然下厨，林景颜本想打打下手，遭到拒绝之后，她灵机一动，从画室搬来了画板，放在厨房一角，对着林然忙碌的身影勾勾画画。

眯着眼睛用铅笔丈量林然的身材比例，林景颜不知不觉地扬起了嘴角。

"在笑什么？"林然切着菜问她。

　　林景颜直接道："笑你好看呗。"

　　林然也忍俊不禁。

　　明明也没有过多的亲昵与对话，说通之后，两个人单独待在一起的气氛却截然不同，不再冷漠压抑，反而若有似无地弥漫着甜蜜的氛围。

　　等林然做好，林景颜的速写也画得差不多。

　　林然擦干净手指，走过来看了一眼，画面上的人半垂着视线切菜，侧颜的轮廓清晰而优美，窗外的光线洒下了大片的高光，看起来慵懒又美好。

　　林然牵起林景颜的手，吻了一下，笑："吃饭吧，我的画家。"

　　饭后，林景颜坐在客厅，看一部古代绘画的纪录片，林然坐在她身边。

　　她看得兴致勃勃，其他人却未必感兴趣，她转头对林然道："你要是不喜欢看，不用勉强陪我，去做你自己的事情吧。"

　　"不会，很有趣。"林然冲她笑笑，"不过我有些地方不太明白，比如……"

　　"那里啊……"林景颜兴致勃勃地替林然讲解起来。

　　原本还在担心自己会不习惯关系的变化，相处下来才发现，那些都是求之不得的事情，转变起来也自然而然。

　　不论是什么事，和爱的人在一起，就会开心好几倍。

　　看完纪录片，是怀旧的电影剧场，两个人都没有离开沙发的意思，就顺着继续看了下去。

　　中途林景颜还去冰箱拿了两罐啤酒，边喝边看，实在太过慵懒，她渐渐靠向林然的身体，直到最后枕上林然的膝盖。林然安然受之，边看电影边有一下没一下地抚摸着林景颜的长发，他的动作让人觉得很舒服，林景颜的脑袋蹭动，轻声叹喟。

　　就在二十四小时之前，她绝对想象不到，能和林然变成现在这样。

　　回想起重逢以来，这长久的互相冷淡折磨，林景颜仍觉得有些后怕。

　　如果不是有安安把他们两个人维系在一起，如果不是林然的坚持与主动，如果他们没能说清楚……那么可能误会就不会消除，他们的关系永远都不会缓和改变。

　　现在简直有种幸福过头的感觉。

　　她又在林然的身上蹭了蹭："林然，我现在好庆幸。"

头顶传来一声轻笑："……我也是。"

有些事情总是后知后觉。

"林然，我好像一直没告诉你一件事。"林景颜仰头凝视林然，忽然觉得一阵轻松，想说的话也顺理成章地出口。

从前至多是在林然表白的时候，说一句我也是，却没有勇气直截了当地表达感情。

虽然看起来大大咧咧，但实际上林景颜对于感情相当敏感，总觉得有些话一旦脱口而出就仿佛将主动权和真心都交付到对方手中，宛若承诺，所以格外郑重。

然而，就连当年和季铭交往被恋爱冲昏头脑时也没有说过的肉麻话，此刻……

"我爱你。"

林然震了一下，猛地低下头。

林景颜的呼吸瞬间被剥夺了，和之前的温柔完全不同，强势、激烈、侵占欲浓烈，除了林然铺天盖地的吻，她感觉不到任何其他。

心脏不能承受般剧烈地跳动，吻焦灼而热切，林景颜被林然压着倒向沙发，窒息且大脑昏沉。

沉醉在欲望里，似乎也没什么不好的。

晚餐时间因为太迟，最后还是林然去便利店随便买了点三明治和奶茶。

林景颜想起床，反倒被林然按进怀里，他举着撕掉包装纸的三明治送到林景颜嘴边。

这动作实在有点儿肉麻，林景颜老脸一红，抬手准备接过："我自己吃就行了。"虽然体力告罄，但拿个三明治的力气还是有的。

不料，遭到了林然的拒绝。

他的声音低低柔柔："我想喂你。"他补充，"反正这里也没有其他人。"

林景颜纠结了片刻，自暴自弃地张嘴在三明治上咬了一口。

这生活真是享受啊。

吃东西的时候，林景颜想起另一件事。

"你是真的打算辞职吗？"

林然点头："嗯。"

"什么时候？"

"就这一两个月，交接起来可能会耽误一段时间。"

林景颜在心里欢呼，之前林然的工作有多忙她也见识过，就算现在还是三天两头要出差，而现在她恨不得一天二十四小时和林然腻着。

她转头偷瞄林然："如果我说我很开心，你会生气吗？"毕竟林然要放弃的可不是一点半点，而且再怎么说他也做了三四年。

林然笑："当然不会，我一点儿也不喜欢这份工作。"

"那你有……新的安排吗？"

"目前还没有。"

林景颜爬起身，抱住林然，冲他笑得开怀："那你想做什么就去做吧，不工作也可以，没钱我养你。"

林然笑得眼睛弯成一轮星月，他说："好啊。"

最近林籽安总觉得自己的爸爸妈妈有什么地方不对。

她是个敏锐的小孩子，之前她总会看到妈妈在不经意的时候悄悄叹气，但现在妈妈对着一盆盆栽发呆都能傻笑起来。

至于爸爸，林籽安就有些不满了。

过去爸爸总是花更多时间陪她，逗她玩，但现在他陪她玩的时间锐减，大部分时间他都跑去陪妈妈玩。

妈妈之前明明不是很喜欢爸爸的，林籽安觉得有点儿委屈。

明明是她喜欢爸爸，所以妈妈才让爸爸留在身边的。

但看着爸爸妈妈关系缓和，她又有些开心，之前她一直担心妈妈不喜欢爸爸，会把爸爸撵走，现在来看明显不会发生这样的事情了。

想到这里，她转念一想，爸爸一定是为了能长久地留在她身边，才这么辛苦去讨好妈妈的。

想通之后，林籽安忍不住用忍辱负重的眼光看着林然，还主动给他们留出相处时间，不去打扰他们。

三岁的林籽安，为了自己的爸妈，可真是操碎了心。

"你有没有觉得安安最近特别乖？"

林然想了想："大概是为了不打扰我们，我们的女儿真是特别懂事。"

林景颜深以为然地点头。

周末，林景颜和林然带着早就嚷嚷着要去游乐场的安安出门，小女孩儿一手牵着妈妈，一手看地图，按图索骥找游玩点。大概是第一次和爸妈一起出门，她兴致高得出奇，一蹦一跳，两个马尾辫在空中甩来甩去。

林然戴了帽子和墨镜，所幸游乐场人多，没被人发现。

只是他替安安买甜筒冰激凌的时候，林景颜还是听见边上有女生窃窃私语说那边那个男的长得好帅，和一个明星长得好像，但是想不起名字。

林景颜吓了一跳，忙催促林然赶快走。

一天结束，天快黑的时候，一家三口坐上了最后一站摩天轮。

"景颜……"林然似乎有些犹豫，"你生日的时候我们来过这里，你还记得……吗？"

"我想想……"

林然垂下眸，说："不记得也没关系。"

"哈哈哈。"林景颜大笑，从衣领里取出一条白金项链，"骗你的，怎么可能不记得……喏，这是你那时候送我的生日礼物，我可是特地翻出来的。"

本来趴在窗口的安安扭头，看着他俩，觉得好像哪里不太对："爸爸妈妈，你们……认识多久了啊？"

林景颜想："十几年了吧……"

"十四年零七个月。"

"哎？你记得这么清楚？"

林然笑而不语。

安安："……那不是比我还大！"

回去的路上，林籽安一路闷闷不乐。

"安安，怎么了？"

"没什么……"小女孩儿失落地拎着在游乐园里买的玩具兔子。

爸爸妈妈居然背着她认识了这么久……

绞尽脑汁终于从安安那里弄明白她到底在纠结什么，林景颜和林然不由得啼笑皆非。

林然亲了亲女儿烦恼的额头，说："没关系，安安，从今天开始，我们还会有很多个十四年，一次一次过下去，前面的十四年根本不算什么。"

"真的吗？"林籽安转头求助似的看向林景颜。

林景颜含笑点头。

乐极生悲的事很快发生。

林景颜觉得摩天轮真的是个灾星，第一次他们坐摩天轮，没几天之后他们的关系就被父母发现，而这一次，才过了不到一天，就有人在微博上曝光了她和林然一家三口去游乐场的照片。

连个女友传闻都没有的林然居然有了妻子和孩子，不啻于一场轩然大波。

无数林然的粉丝涌到他的微博求证，一大帮八卦者对着那张模糊的照片猜测女主角的身份，是哪个女明星、模特，又或是哪家的名媛？

林景颜跟林然说完，正准备和他商量一下怎么办，就见坐在她身边的林然干脆利落地在微博上承认自己已结婚生子，还丢了另一颗重磅炸弹，表示自己不日会辞职，他很爱自己的妻子孩子，希望网友和媒体不要去打扰他的私人生活。

"别担心，什么影响都不会有。"发完，他打了几个电话，冲林景颜笑笑，完全没有担忧的样子。

果然，第二天，一对炙手可热的当红男女明星在微博公布恋情，所有媒体和网友的关注点都转移到了那里，留在这里的关注少得可怜。而且林景颜发现，似乎主流的娱乐媒体都没有曝光这件事，网友的讨论也几乎都是站在林然这边的祝福声，并且谴责了曝光他人私生活的网友。

林然解释："公关手段。"

还记得当年他被曝光，被不胜其扰地骚扰到学校，甚至没办法不得不住到林景颜家，现在的林然已经不用依赖逃避手段，而可以正面解决。

的确是不一样了。

林景颜看着林然那张干净俊秀的面容，他依然有温柔的微笑，依然会用温和的声音说话，但他不再是躲在象牙塔里的王子，而变成运筹帷幄的国王。

不过这个事件后，林景颜还是收到了不少电话。

首先是许如琪的，她在电话那头，声音温婉："你过得开心就好，安安照顾不过来，随时可以让妈妈帮你带。"

其次，是温蝶的，她笑着说："看来我担心的事情没有发生？"

林景颜点头。

"那你们还要补办婚礼吗？我可红包都准备好了。"

"婚礼暂时还没计划，不过婚纱照可能还是要补照的。"

"那我也要陪你去挑婚纱！"

"好呀，没问题！"林景颜干脆应下，闺密就是这样，无论什么时候都会让你觉得内心温暖。

此外，林景颜还收到了久未联络的唐若言的电话。

她离职后，起初两人还会偶尔发个短信，听唐若言抱怨新上司没能力还总拿职位压他，林景颜则痛骂林深没人性，后来彼此都忙，也就联系渐疏。

"恭喜修成正果，照片上我一眼就认出是你。"

"你竟然还有时间看这种八卦。"

唐若言的声音无限烦恼："你不知道我现在在做什么吗？"

林景颜秒答："我怎么会知道！"

"你辞职之后大概不到一年我也跳槽了。"

"哦，现在哪儿高就呢？"

唐若言报了个业界大鳄的娱乐公司名字。

林景颜惊愕："你去做艺人了？"

"也差不远吧，艺人经纪人。"

"……差很远好吗！"林景颜忍不住道，"不过，你在做谁的经纪人？"

从广告公司跳槽到娱乐公司，也不算太离谱，只是她比较难以想象唐若言为某个人跑前跑后操心的样子。

"一个大小姐。"

"女艺人……你……不是打着监守自盗的念头吧？"

"怎么会？我看起来像这么没节操的人吗？"

"像。"

唐若言在电话那头佯装受伤："没想到在我前上司面前我竟然是这样的人，我的心都碎了。"

林景颜忍不住笑："四年过去，你还是老样子。记得当年某人就告诉我自己想定下来，现在呢？"

"已婚妇女不要持婚伤人。"唐某人在电话那端沉吟了一下，毫无节操地说，"既然这么关心我的话，我记得你是生了个女儿，要不要问小姑娘有没有兴趣嫁给一个大她二十多岁的帅大叔？"

林景颜："……"好吧，她输了。

唐若言笑得很开心，似乎还想说什么，那头突然传来一个骄矜的女声，嚷嚷着要她的经纪人。唐若言闻言声音里夹了几分无奈却又并非全然的不甘愿："颜姐，我先忙了……给我个地址吧，我给你寄个新婚礼物。"

最令人意外的是，时隔半个月后，她在去照婚纱照的路上，接到了另一个同学的电话，问她季铭的葬礼去不去。

林景颜以为自己的耳朵听错了，但再次确认，仍然是相同的答复。

季铭死了，一个多月前离世，死因是胃癌。

林景颜记得季铭曾经因为胃病入院过，却不知道最后会变得这么严重。

拍婚纱照的时候，林景颜始终有些恍惚，林然敏锐地发现，问她："怎么了？发生了什么？"

林景颜不知道该不该告诉林然，她知道对于林然来说季铭始终是个梗在喉中的刺，在犹豫的时候突然想起他们之前种种错失，都是因为缺乏沟通，便坚定下来，将事情告诉了林然。

林然听后，果然沉默了起来。

林景颜有些提心吊胆，她握住林然的手说："我对他已经没有爱情了，对我来说，现在最重要的是你。"这是真心话。

又沉默了一会儿，林然说："你去，我陪你一起。"

林景颜摇摇头，说："你不想我去的话，我就不去，我就当不……"

"会遗憾吧。"林然缓缓抬头看她，眼睛里不是没有难过，但他还是浅浅笑了起来，"骗不了你，我很介意季铭，到现在还在介意。只是，我也知道他曾经对你很重要，如果你不去势必会遗憾，我知道你现在爱的是我，我不希望我们因为这种事情有隔阂，更何况……跟一个死人计较吃醋，我是不是太小心眼了？"

林景颜用力摇头："不……"

她抱住林然，胸口闷得难受，这一次，却是为了林然心疼。

林然亲了亲林景颜的鼻子，笑："去跟他道个别吧。"

大约是因为之前组织过活动的缘故，葬礼上去了不少同学。

看到林然和林景颜，倒都没有说什么，都在感慨季铭英年早逝。林景颜不知道他们有没有看到新闻上她和林然的事情，也没好意思问。

到了现场才了解到更详细的原因，季铭的胃癌是因为饮食不规律和积劳成疾、压力过大所致，手术后几天还算恢复良好，没想到突然并发症发作，胃部大出血，就再也没有醒过来。

等葬礼结束，林景颜刚想走，就被一个穿着黑西装的男人叫住："林小姐，是林景颜小姐吗？"

"你是……"

"我是季铭季先生的律师，季先生生前立过遗嘱，除去捐赠和慈善的部分，他将剩下的财产都留给了您。"

"他的父母……"

"季先生的父母都已经去世了，他也没有妻子和孩子。"

然而这一点也无法令人开心起来。

林景颜攥紧林然的手，说："抱歉，这些财产我不能要。如果可以，能把这些财产都捐献出去？以季先生的名义。"

律师先生愣了一下，似乎没想到林景颜会是这种回答，他强调了一遍："您确定？季先生的遗产包括他所持有的公司股份、不动产……加起来可能有八位……"

"我确定。"

回去的路上，林景颜很努力地攥紧林然的手，小心翼翼问他："……你生气了吗？"

林然原本沉着的面孔笑了："……留遗产是他做的，又不是你做的，我为什么要生气？"他反握住林景颜的手，说，"我就算生气，也是在气自己而已。"

"……为什么？"

林景颜听见林然第一次用恶狠狠的语气说："我根本就不该给他机会——我应该在你上大学之前就先跟你表白。"

"可……那时候你才初三啊？"

"你父亲那时候就鼓励过我。"

"我父亲?"林景颜愣了愣,"你见过他?"

"嗯。"林然把当年他和林亦桑的对话一五一十告诉林景颜。

林景颜听完,实在忍俊不禁,没想到他爹那么早就开始误人子弟:"噗哈哈……果然是他的风格。"

林然沉声:"我现在很后悔没有早点儿听岳父的话。"

再深爱,开不了口也没有任何意义。

说出口,就算希望渺茫至少还有希望,不说出口,就真的一点儿机会也没有了。

婚纱照拍好,林然定制了一个大相框,把两个人选出来最好看的那张放在卧室中央。

谁知道安安看到后开始抗议,说怎么可以不带她拍,于是三个人只好重新找时间又拍了一套。

林景颜戴的婚戒还是当年林然送她的那个,林然有心想买个新戒指给她,林景颜却笑着表示,这个就已经足够,虽然简单,但她已经戴习惯了。

辞职后,林然闲在家。

林景颜画画,林然看书,日子过得惬意又甜蜜。

不过,她还有些担心,林然一直待在家里会不会不习惯,旁敲侧击问了问,谁知道林然笑着让她不用担心。

几个月后,林然拿了一张博士的录取通知书给她。

林景颜才蓦然想起林然还有学霸这个身份在。

"原本倒没这么清晰地想过,你走的这几年我自己想了想,发现自己最爱的还是在学校里。"林然笑笑,"我喜欢看书,喜欢做研究,喜欢数据分析,并不是出于任务,而是我自己觉得很有趣。"

这中途倒是有个插曲。

林然报考的导师就是他当年的研究生导师,这位教授一方面惜才,一方面又怨念当年林然的决然离开。老教授不上微博也不看新闻,得知林然来报考博士,嘴撇得老高,说他干吗不去念 MBA,读什么本专业的博士,反正也不会用心的。

林然苦笑着三令五申保证，颇费唇舌解释，表示自己已经辞职，绝对不会再回去干别的，教授这才把林然收入麾下。师母私底下偷偷对林然说，得知林然要回来念他的博士，他这几天整个人都容光焕发，神采奕奕，逮着人就说自己的得意门生悬崖勒马幡然悔悟，尾巴快翘到天上去了。

上次晚宴上谈的那位画廊老板，一口气买了林景颜五幅画。

开展剪彩的时候，还特地邀请林景颜前来参加，林然作为家属和林景颜一路参观，林景颜就充当导游，介绍画作说一些轶事。

逛着逛着，林景颜突然问："我回国在画展遇到你的那次，你……是不是故意的？"

林然点点头，又摇摇头："会去看画展的确是因为你，但是那次我并不知道你也会去。就算知道，也不清楚你具体什么时候会去。"

巧合，抑或缘分。

林景颜由衷地感谢老天。

十指交扣，林然问林景颜："晚上回家想吃什么？我来做。"

"唔，要不这次我来做吧？"

"嗯？"

林景颜小声说："你不在的时候我也有练习，不至于那么难吃……总让你做我也会觉得不好意思啊。"

林然微微笑了起来，宠溺道："好。"

"我会努力的！"

"嗯。"

这一生，总有些人，适合你用尽全部的生命，去爱。

　　考虑到林然读博的问题，尽管很不舍，但一家三口还是搬了家。

　　行李在新家玄关，虽然并不是多得可怕的数量，但刚下飞机的林景颜还是暂时失去了收拾的动力，瘫坐在入口新买的懒人沙发上。

　　林籽安倒是很有活力地到处逛了起来。

　　"妈妈妈妈，我们以后就要住在这里了吗？"

　　"嗯。"她笑，有些懒洋洋。

　　房子是林然选的，采光很好，他先一步过来已经布置了不少家具，房间里有种全然崭新的味道，也算是开始了新生活。

　　"爸爸什么时候回来啊？"

　　话音未落，门已经被再度推开，是林然那张无论何时都很温柔的脸。

　　他手里还提了个盒子，林景颜认出是一家很有名的蛋糕店。

　　"安安，我买了蛋糕，是你喜欢的草莓奶油蛋糕。"

　　林籽安已经欢呼着一溜小跑扑进了林然怀里："爸爸最好了！"

　　看着林籽安接过蛋糕，林然和林景颜相视一笑，目光温存流转，一切尽在不言中。

　　两个人花了半天的工夫把行李都分门别类放好，气喘吁吁地靠在床上休息，便听见林然的声音。

"景颜……因为我回来念书，有几个大学的同学凑了一桌小聚会。"

"嗯？"

"你可以跟我一起去吗？"

林景颜一凛，旋即放松笑道："一定要去吗？"

"……要求带家属。"

她把手按在眸子上，沉默了一会儿，说："好啊。"

林然的大学同学和她交集甚多，几乎绝大多数都知道她这个林然姐姐的存在，如果可以她当然不想用这个身份去见那些人，但既然林然希望，她还是决定相信他。

聚会他们到的不算太迟，偌大的包厢里已经有好几个小朋友在休息区玩闹起来。

"然少，你可算来了。"

"啧啧啧，看看我们然少，完全和大学的时候一样，刚才进来的时候那服务小姐看你的眼睛都直了。"

何止？

他们进门的时候，还有个服务小姐一脸羞涩地讨要了一张林然的签名。

"真不公平啊，怎么就你这张脸还这么招蜂引蝶？"

林然笑着脱了风衣外套挂上衣钩，说："千万别这么说，我现在也已经是成了家的人。"

他揽过林景颜的肩膀，补充："我的妻子，你们应该都认得。"又拍了拍林籽安的脑袋，姿态自然，"我的女儿，林籽安。来，说叔叔阿姨好。"

安安脆生生地喊了，两只大眼睛眨巴眨巴，萌得一干阿姨心都软成一团。

"哎哟，然少你这女儿可太水灵了。"

"好可爱啊！能不能给阿姨抱抱？"

"嫂子好。"

"嫂子和然少看起来感情真好啊。"

"是啊是啊。"

这是林景颜曾经担心过的事情，事实证明，或许因为林然和她落落大方的态度，虽然有些尴尬，可场面比她曾经想象中的好多了。

其中有个愣头青突然开口："当年我就觉得你们关系好得过分,我就说姐弟哪有这么亲密的,果然有奸情哈哈哈……"

话音一落,场面静默了几秒。

极力避免提及的关系还是被揭开。

"啊……那什么我是不是说错话了?"

"没关系。"林然淡淡一笑,"你说的本来就都是事实,我很遗憾没能当年就把她作为女朋友介绍给你们。"

"噗哈哈哈……"有人笑了起来,"看不出林然你还这么痴情。"

林然幽幽叹了口气:"追得可辛苦了。"

他迥异与平日的表演显然取悦到了大家,周围立刻一片哄笑声。

尴尬的气氛被渐渐被冲淡。

菜肴上桌,林然给林景颜盛汤、夹菜、挑鱼刺,照顾得无微不至,俨然妻奴模样,看得周围众人又是一片唏嘘,好几个已为人妇的女同学都开始捶打自家老公。

虽然林然平常也做惯了这些,但当着众人的面林景颜还是微微有些羞赧。

她偷偷在桌子底下扯了扯林然的衣角,小声说:"够了……"

林然微微一笑,安抚似的把手覆盖在她的手上。

掌心是微热的温度,却透着无比的坚定。

林景颜无声轻叹,只好随他去。

感觉到她的妥协,林然的笑容越发温柔,看得林景颜都一时晃神,恍惚间林然已将当年青涩腼腆微笑的模样全然退去。

现在的林然,哪怕只是笑笑,也能在她心里泛起阵阵涟漪。

聚会尾声,以照顾安安为由,林然和林景颜先行离开。

酒足饭饱又玩得累了,林籽安很快静静睡去。

"不……不算为难吧?"林然问。

林景颜笑着点点头,她以为会发生的那些尴尬状况最后都只化作一抹轻描淡写,过去是她太过拘泥。大家都早已是成年人,努力过好自己的生活还来不及,哪有多少闲工夫去插嘴别人的生活:"不过……"她迟疑了一会儿,"你是为了这个特地带我来的?"

"为了……什么？"

"让我放下心结……"

林然笑着摇了摇头。

"那是为什么？"

林然的眼中闪过一抹狡黠："想向他们炫耀，你是我的。"意外地有些孩子气。

林景颜倒是真吃了一惊，啼笑皆非地瞅着林然说："这有什么……好炫耀的？"

林然轻声笑了："你不会明白的。"

他轻轻抱住林景颜，无比珍视的姿态。

你不会明白的。

不会明白我曾经有多么多么嫉妒那个人。

又有多么多么地想牵着你的手正大光明地对所有人宣告，你是我的。

那是这么多年来，我构想过最好的梦。

时间点是林景颜高三暑假。

"帮我再涂下防晒霜吧。"

林景颜戴着大大的墨镜，趴在沙滩边的躺椅上，手边还有杯没喝完的冰西瓜汁。

因为有遮阳棚的存在，椅子周围反而有种有别于常温的凉爽，但猛烈刺目的光线仍是灼人十分。

她伸手递过去，发现对方没有反应。

她又重复了一次，才有一只漂亮白皙的手缓缓接过她的防晒霜。

"对了，林然，我特地选了防晒系数比较高的牌子，等会儿你也再涂一点儿吧。"林景颜想起临出酒店门时许如琪三令五申跟她说要好好照顾林然，有些头疼地说，"真把你晒伤我就有罪过了。"

"我没关系的。"

林然平静地回，语气无波无澜。

防晒霜被均匀地摸在了背脊肩膀等不方便自己涂抹的地方，林景颜舒服地长叹一声，转头对林然说："你要是想回去了，跟我说一声就行。"

"嗯。"

仍旧是平静的回答。

老实说，虽然她和林然的关系如今已经算不错，但她始终不知道这个便宜弟弟平静的面孔背后脑子里到底在想什么。

什么都是好，不会高兴也不会反对。

就像这次她妈许如琪以毕业家庭旅行为借口拖着两人来海外度假，林然也只是淡淡地说了声好，搞得林景颜完全不知道他到底是想和她们一起来，还是仅仅是因为被邀请了所以就不拒绝。

她无声叹了口气，问："林然，你喜欢海边吗？"

林然顿了一下，反问："你喜欢吗？"

没想到问题又抛了回来，她的回答倒是明确得很："当然喜欢了，海风吹着有种很舒服的感觉，踩沙子的感觉也很有趣，可惜现在太热了，等太阳稍微落下去一点儿应该会更舒服吧。啊……你呢？"不知不觉就说多了。

林然的声音揉了些笑意："嗯，喜欢。"

"那就别管我啦。"林景颜坐起身，指着海边时不时冲浪的人说，"想玩就去玩吧。"

林然一顿："不用，我坐在这边就好。"

"不会无聊吗？"

在这边阴凉区呆坐的人其实不多，毕竟是在海边，更多的人都选择了下海，租赁冲浪板的店铺生意好得不行，不时能听见伴随着浪潮而来的尖叫声。

"不会。"

还是判断不出情绪的音调。

林景颜是真的无力了，跟许如琪说会好好照顾林然，可从头到尾她都不知道林然到底对什么感兴趣。

她自己想来海边，换了泳衣系好纱巾就兴冲冲奔到海边，林然也跟了过来，起初林然看随身物品，她下海抱着冲浪板玩了好一会儿，等上来想换林然下去，林然却只是摇头拒绝。

如果不喜欢海边，为什么还要跟她过来，和许如琪一样留在酒店不就好了？

如果喜欢海边，为什么看到近在咫尺的大海还是无动于衷？

少年的白 T 短裤被热带海风轻轻掀动，露出来的部分，不论是修长的腿还是手臂颈脖都在日光下白得像要发光。可能是忙着考试没来得及理发，碎发已经过长地垂到肩膀，搭配上无可挑剔的五官，让十五岁的少年有种超越性别的清俊优美。

不愧是他们下三届从无质疑的校草，只不过……

林景颜突然福至心灵："林然……你不会是，怕水吧？"

林然一愣。

林景颜以为真被她猜中了，哈哈大笑道："那我可以替你借一个游泳圈啊，不过，噗哈哈哈……你套个游泳圈下去……哈哈哈哈……的确是蛮丢人的…………哈哈哈哈哈。"

林然无语地看着林景颜。

他的确是不会游泳，但不下水也不是因为这种原因……

林景颜冲林然眨眨眼睛："要不然我教你？包教包会……唔，不过蛙泳是不怎么好看，蝶泳又比较难……"

"不用了。"

"啊，为什么啊？我跟你说我游泳的技术不错的，我们班里好几个女生的泳技都是我教的……"

林然垂了垂眸，还是拒绝。

无谓的肢体接触，只会让自己变得更奇怪而已。

林然不答应，林景颜也不好硬拖着人下水。

灼亮的日光渐渐倾斜，显出些昏黄痕迹，暮色从海平线徐徐漫来，沙滩上已不再热浪滚滚。

林景颜带着林然在沙滩边漫步，顺便捡捡被浪冲上来的贝壳和珊瑚。

"快六点了，我们也该回去了。"

"嗯。"

将脚冲干净，重新穿上鞋子，林景颜才发现比起浑身湿透的她，林然甚至连脚都没湿。

海边都走了一遭，居然连脚都没湿，这像话吗？

林景颜突然恶作剧心起，偷偷将淋浴头扭向林然。

哗啦啦！

没想到水流过大，顷刻间，林然就湿了半个身子，几秒钟前还干爽的碎发立刻一滴滴往下落着水。

"啊啊……抱歉……噗噗……"林景颜自然是觉得很抱歉，拧上开关，忙翻出干毛巾给林然擦干，只是道着道着，就禁不住大笑起来。

方才被水浇到的那一瞬间，林然呆掉的表情实在是太可爱了。

因为完全没有预料到，所以他难得地露出了和年纪相符的表情，让那张平波无澜的脸孔也多了几分生气。

林然擦着湿润的头发，回过神后表情有些许无奈，但随后在对方毫无形象的笑声里也禁不住扬起嘴角。

"这种事……有这么好笑吗？"

林景颜捂着肚子："哈哈哈哈哈……我自己笑点低，不用管我。"

"那……"

毫无预兆地，林然重新打开开关，水流冲向林景颜。

刚才还在大笑的林景颜也是一副落汤鸡的模样，她呆了一下，随即笑得更厉害，手上却不停地接起一大捧水猛地泼向林然。

回到酒店的时候，两个人已经完全湿透，情绪却比来时高涨得多。

林景颜的笑容停不下来，她戳了戳林然："其实我没想到你会反击我啊。"

"嗯？"林然的声音听起来倒是有些低。

"毕竟你看起来像是完全没有脾气和情绪的人。"

"……怎么会有那种人？"

"是啊。"林景颜猛点头，"不过你有时候真的会给我这种错觉，但看到你刚才那样，我就放心了，你这个人还是有情绪的嘛。刚才玩得开心吗？"

良久，林然才点头道："嗯。"

林景颜大手一挥，揉乱了林然的黑发，毫无阴霾地笑道："要是你还想学游泳，随时可以来找我。我说包教包会可不是作假的。"

脑袋被触碰到的地方牵连起一片隐秘的麻痹感，直通向心脏。

林然想躲开，心跳声比剧烈活动时还要快，但他还是强压下那股欲望，视线在那张美丽张扬的脸上停驻了片刻，抿唇说："好。"

晚饭后，林然捧着杯水在二楼阳台吹风。

傍晚时他其实是有些沮丧的，他没想到自己的自控力会这么差，一直以来都被教育要宠辱不惊，要冷静要沉稳，却被一场水泼得仪态全无。

但此刻，他却忍不住回味每一个细节。

夜色静谧，隐约有星子倒映在一楼酒店的游泳池里。

林然无意间低下头，便再一动不动。

池壁的灯光让深蓝水中的一切若隐若现，女子流畅的身体曲线在水中一起一伏，快速穿行着，像一尾闪着光的美人鱼。

触之不及的美人鱼。

他轻轻抿了一口杯中水。

时间一分一秒过去，林景颜似乎游得有些乏了，披着浴巾出来，一抬头就看见二楼站着的他。

她冲他挥挥手，招呼他下来，笑得没心没肺。

距离有些远，只能看见她的嘴在动，却听不清声音。

反正都是自己不想听到的称谓。

林然回了个招呼，握着水杯，扬起嘴角，说："林景颜，我喜欢你。"

声音散在夜风中，无人知晓。

时间线是林景颜走的那四年间。

医院。

消毒水味道浓郁。

"你还在恨我？"

突兀地，空气里响起了男人低沉的声音。

林然倒水的手甚至没有波动过，将一杯温度适宜的水递到男人身边，另一手则拿起药瓶，平波道："到了吃药的时间了。"

男人吃下药，才又抬眼看他："不敢回答吗？"

"别开玩笑了。"林然淡淡道，"林先生。"

"就为了那个女人？"

林然顿了一下，突然笑了："这点上，你有什么资格说我？"

片刻，林然低垂头矮身坐下："好了，我也不想变得这么刻薄。能问你个问题吗？"

"什么？"

"你究竟为什么这么爱我母亲？我对她已经没什么记忆了，只知道她并不爱你，也不爱我。"

空气里安静无声。

"我无法回答你。"

"如果她现在回来，说她爱你，你还会接受她吗？"

"……"

林然低笑，却含着几分苦涩："那你为什么不能明白我呢？还是说，就连儿子对你都是无关紧要的呢？这么多年下来，我都按照你铺设好的路一步步走下来了，我从未反抗过你一句，但到头来，你就真的觉得我是任你摆弄的傀儡吗？"

"……你还真是我的亲儿子。"

仿佛毫不在意地按部就班去做，骨子里却有种深重的偏执。

"如果可以我并不想做你的儿子。"

林然收敛情绪，站起身，淡淡道："我先走了，林先生。为了处理你留下的烂摊子，短期内我都会很忙，应该不会再来看你。"

快走出门口的时候，才恍惚听见林深的声音。

"……辛苦了。"

过去对于这种冷淡的家庭关系，林然也并未在意过，只是，当曾和人真心相爱过，才会意识到，这样的关系有多么冰寒人心。

童年依稀的记忆里，就没有像样过的家庭幸福景象，母亲走后更是支离破碎。

驱车回到已经空无一人的家，眼前却全部都是林景颜的身影。

久未光顾的厨房里干净得像被洗劫过，林然拎着刚买回来的冰啤酒，靠坐在客厅地板上一口接一口地喝，只有这样的麻痹才能盖过心口一阵阵的疼痛。

林景颜。

林景颜。

林景颜。

念着她的名字，却更像是被咒缚，越发不得解脱。

捂着空洞而抽痛的胃部，林然缓缓倒向冰冷的地面，神志昏聩，醉意迷蒙，恍惚间听见了一声极温柔的"林然"。

他扬了扬嘴角，知道，那不过是幻觉。

林景颜早已离开。

【官方QQ群：193962680】

每周丰富多彩的群活动，好礼不停送！
作者编辑齐驾到，访谈八卦聊不停！

扫一扫看更多图书番外，作者专访

后 记

很少写这么温柔的男主角，也很少写这么温柔的故事。

写文时，只要打下"林然"两个字，整个人就不自觉地温柔下来，配的音乐也总是一些温柔的歌，算是难得的少女心吧。

这本书最初的构思来源于我另一篇文，当时林然和林景颜都不过是两个打酱油的角色，但是写着写着就不由自主地萌了起来。年前重看，萌这对萌得不行，鸡血之下就开了坑（其实原定开的并不是这个坑，但是人嘛，总是会任性一两次的）。

算是个相当舒缓慢节奏的文，很喜欢在他们确定恋爱关系之前一些暧昧的细节，总觉得会比在一起时更加动人。虽然写的时候可能也有一些不尽如人意的地方，但我确实已经尽力去体现我想要表达的，不知道读者们的感觉如何，如果能感觉到恋爱的甜蜜和少女心就再好不过啦！

最后，现言我还是会继续写的。

温柔男主姐弟恋尝试过了，下次可能会有别的尝试，目前还属于构思多得用不完的情况，希望下一本能带给你更好的阅读体验。

2015 年 7 月 粽子

只是突然很想你

Zhishi turanhenxiangni

安念青/著

一个霸道守护，温暖爆表的治愈故事
特种退役军官重遇军训女学员后的暖萌爱情

思念，是你翻两座山、走五里路，来牵我的手；
你看着天空说想我时，真巧，我也刚好在想你。

内容简介

顾微凉还是青葱烂漫的大一新生的时候，叶晁远是她的军训教官。因为迟到，他罚她在烈日下跑三千米直到晕倒，轰动一时，从此叶晁远三个字和禽兽划上等号。再次遇见，他是有名的商界新贵，她成了他的银行客户经理，商场波云诡谲，她遇事只会默默隐忍，像一朵倔强温柔的小花，所以他总忍不住出手帮她挡。

后来，他开始习惯护着她，不准任何人欺负她。在摊开的文件里，在簇拥而过的人群里，每个画面都是她，每个念头都关于她。

他向来杀伐决断，讨厌弯弯绕绕，想她就去见她，喜欢就强势介入她的生活，逼她表露心意。"微凉，让我照顾你吧"他捧过她的脸，轻轻一吻，像蝴蝶轻盈停留在嘴唇。

他心心念念的顾微凉，笑起来比阳光还要暖。多美好啊，他最宝贝的时光，都被他捧在了手心里。